Eu disse que voltava

Eu disse que voltava

Maria Angélica Constantino

São Paulo, 2019

Eu disse que voltava
Copyright © 2019 by Maria Angélica Constantino
Copyright © 2019 by Novo Século Editora Ltda.

EDITORIAL
Bruna Casaroti • Jacob Paes • João Paulo Putini
Nair Ferraz • Renata de Mello do Vale • Vitor Donofrio

REVISÃO: Kyanja Lee | Letícia Teófilo
P. GRÁFICO E DIAGRAMAÇÃO: Bruna Casaroti
FOTO DA CAPA: Michel Martins
COMPOSIÇÃO DE CAPA: Mariane Scariante | Maria Angélica Constantino

Texto de acordo com as normas do Novo Acordo Ortográfico da Língua Portuguesa (1990), em vigor desde 1º de janeiro de 2009.

Dados Internacionais de Catalogação na Publicação (CIP)

Constantino, Maria Angélica
Eu disse que voltava
Maria Angélica Constantino.
Barueri, SP : Novo Século Editora, 2019.

1. Literatura brasileira I. Título

19-1096   CDD 869.3

Índice para catálogo sistemático:
1. Ficção brasileira 869.3

Alameda Araguaia, 2190 – Bloco A – 11º andar – Conjunto 1111
CEP 06455-000 – Alphaville Industrial, Barueri – SP – Brasil
Tel.: (11) 3699-7107 | Fax: (11) 3699-7323
www.gruponovoseculo.com.br | atendimento@gruponovoseculo.com.br

À minha filha, Gabriela Constantino,
por ser mais do que inspiração.
Filha, você é minha joia preciosa,
minha companheira de viagem
sempre pronta para novas aventuras.
Já te amava, muito antes de você nascer,
quando escolhi para você o nome que
teria sido o meu. Te esperei todos os dias
até te olhar e perceber que esse amor era
ainda maior do que eu imaginei.

 # Capítulo 1

Outubro de 2002.

– Mãe, nós estamos em Lisboa!

– Gaby, não adianta me olhar com essa cara... Por que você não obedece como a Sarinha? Você está vendo sua prima dando um show?

Puxou mais uma vez a manga do casaco da mãe, que a ignorou e continuou se despedindo das outras três que dormiriam no lado oposto do corredor. Gaby deu um passinho para a frente, um beijo de boa-noite na priminha Sarah e depois olhou para cima.

– Boa noite, vó! Boa noite, tia! – Abaixou a cabeça e soltou os ombros enquanto recebia um afago da avó e um beijo no topo da testa da tia Néia.

Olhou alguns segundos para a mão estendida da tia Fernanda e suspirou. Encaixou a mãozinha na dela e caminharam alguns passos à frente de sua mãe. A tia inseriu o cartão e entraram no quarto. A mãe entrou em seguida e fechou a porta, então Gaby não viu outra saída senão fazer aquilo que costumava funcionar sempre que queria muito alguma coisa.

Chorou.

Dona Ângela sequer olhou, colocou as malas sobre o móvel e tirou o casaco, o suficiente para estimular Gaby a aumentar o volume e caprichar na careta.

– Não chora, Gaby! – Tia Fernanda afagou seu rosto. – Amanhã vamos sair bem cedinho pra visitar um monte de lugares, e você vai ficar cansada... É melhor dormir mais cedo hoje, meu amorzinho.

– Eu num estou com sono, tia, num quero dormir agora! – Foi para perto da mãe, que desfazia as malas. – Mãe, como a gente pode ir pra cama? Nós estamos em Lisboa e não são nem dez da noite. – Chorar não estava dando certo dessa vez, precisava tentar outra coisa. Juntou as mãos e franziu as sobrancelhas. – Mamãezinha, por favorzinho com queijo, estou morrendo de fome!

Ângela fechou a mala, soltou o ar e olhou para a irmã dela que entendeu a pergunta silenciosa.

– Por mim tudo bem – Fernanda encolheu os ombros –, só preciso colocar uma blusa mais quente.

Meia hora depois o taxista as deixava nas docas. Quase não havia movimento de pessoas e alguns restaurantes já baixavam as portas, mas nem isso tirava Gaby do encantamento. Sorriu ao avistar os barquinhos ancorados, virou o pescoço para cima, admirando a ponte, e tropeçou. Duas mãos, uma de cada lado, a sustentaram para não cair. Respirou aliviada.

Ângela encontrou um restaurante italiano aberto e foram conduzidas para o segundo andar. Gaby acomodou-se na cadeira com a ajuda do garçom, virou-se para agradecer e sorriu.

Ele entregou à garotinha papel, lápis de cor e piscou para ela. Naquela semana completava três meses que Rodrigo se mudara para Portugal. Durante o dia trabalhava na zona rural em Palmela, região de Setúbal, e à noite ia para o restaurante em Lisboa, servir mesas, onde aguentava todo tipo de turistas e raramente recebia sorrisos como aquele. Observou o par de olhos jabuticaba da garotinha fixo em seu rosto, ela enrolou uma mecha do cabelo escuro no dedo e bateu os cílios. Rodrigo curvou os lábios e foi impossível não mostrar os dentes, porque pelo jeito acabava de ganhar uma minifã.

Gaby continuou piscando por alguns instantes, atenta ao moço em sua frente, e decidiu que aquele era o sorriso mais lindo que ela já tinha visto em toda sua longa vida de 8 anos de idade.

O rapaz saiu e voltou com o menu e explicava para sua mãe algo sobre vinho. Ângela olhou para ele e franziu o cenho:

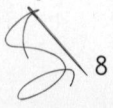

– Você não tem um sotaque português muito forte, por acaso é brasileiro?

– Sim, senhora!

– Claro que ele é brasileiro, mamãe! – Gaby botou os cotovelos na mesa, apoiou o queixo e bateu os cílios de novo. – Lindo desse jeito, só podia ser brasileiro!

Ele sentiu as bochechas queimarem.

– Gabyyyy! – repreendeu a morena que parecia ser a mãe da menina.

A loura ao lado prendia os lábios, mas logo seus ombros começaram a chacoalhar, então grugulejou, deixando escapar um som e caiu na gargalhada.

– E você ri disso? – A morena a fulminou com o olhar.

– Não olha pra mim – a loura levantou as mãos –, eu não tenho nada a ver com isso!

– Desculpe, moço! – disse a morena.

– Fica tranquila, senhora! – Ele se retirou em seguida.

Gabriela olhou para a mãe, que comprimia os lábios, consternada. Ângela inclinou-se sobre a mesa e sussurrou:

– Além do mais, dona Gabriela, há muitos portugueses tão bonitos quanto ele, mal acabamos de chegar a Lisboa, você nem viu tanta gente para sair fazendo comparações. E mesmo que tivesse visto, não é nem um pouco educado dizer o que você disse.

Gaby apenas abaixou os olhos para o papel e começou a desenhar. Já havia decidido que aquele não era só o moço mais lindo de Portugal, era o mais lindo do Brasil e do mundo inteiro.

Rodrigo agachou-se para pegar o vinho tinto Esporão que a mulher havia escolhido. Passou o dedo no rótulo, leu que vinha da região do Alentejo... Comprimiu os lábios quando viu, dentre as castas citadas, a uva aragonês que seu avô queria acrescentar na Quinta Santo Antônio, mas morrera antes de concretizar o plano, fazendo da mãe de Rodrigo herdeira da propriedade em Portugal.

Maria de Fátima criava os três filhos sozinha no Brasil, e a mudança de país, que parecia ser a solução para todos os problemas da família, tornou-se um grande transtorno quando, junto com a herança, vieram os impostos atrasados e uma dívida no banco. Aquele emprego de garçom que Rodrigo conseguira no restaurante do tio, nas docas de Lisboa, estava ajudando a pagar as contas.

Ele voltou com a garrafa e serviu as duas adultas. Lembrou-se de uns pães na cozinha e decidiu agradar as últimas clientes do dia, em particular uma garotinha encantadora. Colocou a cestinha na mesa e foi censurado pelo cenho franzido da morena:

– Não pedi...

– São por conta da casa, senhora!

Gaby suspirou antes de dizer:

– Além de lindo, é gentil!

Fernanda se engasgou com o vinho e Ângela arregalou os olhos.

– Meu Deus, Gaby! Que bicho deu em você?

– Ué! – Gaby levantou as palmas das mãos para cima.

Rodrigo sorriu para a garotinha que o surpreendia mais uma vez. Se ela era assim com aquele tamanho... Imaginou como seria quando ela crescesse; com certeza se tornaria uma moça linda e atrevida.

– Desculpe mais uma vez por minha filha.

Ele balançou a cabeça e voltou-se para a morena.

– Não precisa se desculpar, ela é encantadora!

– De onde você é? – Quis saber a loura ao lado da mãe.

– Sou de Santa Catarina, Blumenau.

– Você tem mesmo cara de catarinense.

Gaby ficou tentando imaginar o que a tia queria dizer com cara de catarinense. O que via era um cabelo que não era muito curto, amarelo misturado com marrom, e os olhos da mesma cor do cabelo.

Sua mãe continuou com o interrogatório:

– Tem muitos alemães em Santa Catarina. Você é descendente?

– Sim, uma mistura de alemão com português. – Sorriu.

– Quantos anos você tem?

– Dezessete.

– Nossa, tão novinho e já trabalhando fora de seu país.

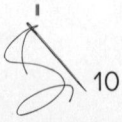

– Recentemente, minha mãe precisou voltar pra cá e nós tivemos que vir juntos... Eu amo o Brasil, mas também tenho muito orgulho da minha origem portuguesa, aqui também é meu país.

– Tomara que dê tudo certo para vocês.

– Obrigado.

Gaby deixou o lápis de cor amarelo e pegou o vermelho.

– Então, filha, não estava morrendo de fome? – Sua mãe levantou uma sobrancelha. – O que quer comer? Pode ser um macarrão?

– Eu queria camarão.

– Temos um camarão na mostarda que é uma especialidade da casa – disse o garçom.

Na verdade, aquele prato não estava no cardápio, era como costumava fazer em casa quando ainda moravam no Brasil e seus irmãos lambiam os beiços. Só queria que surtisse o mesmo efeito com a mocinha. A cozinheira já havia ido embora, num horário tardio deveria apenas servir bebidas. Se ela pedisse um macarrão, talvez o dele não fosse tão bom, mas não teria coragem de deixar a pequenina com fome.

– Pode ser esse camarão que ele falou, filha?

Ele torceu para que ela dissesse sim.

– Pode – respondeu sem levantar os olhos enquanto desenhava.

– E para vocês?

– Eu não estou com fome, quer alguma coisa, Fer?

– Não, pelo amor de Deus, ainda estou estufada com a comida do avião.

Gaby saboreou o camarão e, quando não tinha mais nenhum no prato, deliciou-se passando o pão no molho. "Mais um vinho?", tinha oferecido o garçom à mãe. Então Ângela, entretida na conversa com Fernanda, que falava sobre o namorado na China, fez que sim com a cabeça e quando o moço voltou com mais uma garrafa, trouxe também uma coca com limão e gelo para a pequena. A mãe olhou, parecendo confusa, e mais uma vez ele explicou que era por conta da casa.

Volta e meia Gaby procurava o rapaz com os olhos, acompanhando enquanto ele passava um pano nas outras mesas e recolhia alguns objetos. Quando ele olhava de volta e retribuía com um sorriso, ela sorria também.

A mãe e a tia, alegres sob o efeito do vinho, pagaram a conta, pegaram a garrafa de vinho pelo meio, e ele as seguiu até a porta do andar térreo. Quando as três já estavam do lado de fora, Gaby virou-se para o garçom a fim se despedir, e ele lhe entregou uma latinha de Fanta.

– Para você ir tomando no caminho.

A garotinha não sabia como agradecer tantas gentilezas. Sequer sabia o nome dele, mas não se conteve:

– Daqui a dez anos eu volto. – Apertou-lhe a mão e depositou na palma um papel dobrado.

As duas mais velhas olharam-se e começaram a rir.

– Gabyyyyyy! – O peito da mãe chacoalhou tanto que ela precisou se agachar.

– Cuidado com essa garrafa. – Fernanda ajudou Ângela a ficar em pé e secou suas próprias lágrimas de riso.

Elas seguiram de mãos dadas com a pequena no meio, e ainda dava para Rodrigo ouvir as gargalhadas a distância.

Ele tentou sorrir, mas não conseguiu.

Já na metade do calçadão, a caminho da rua, Gaby desvencilhou-se, olhou para trás e acenou. Ele apertou o papel na mão esquerda e acenou com a direita de volta.

Capítulo 2

Quinze anos depois...

Parada, olhando o seu Chevette pegar velocidade ladeira abaixo, apertou o rabo de cavalo recém-cortado na mão esquerda e na direita, a tesoura. Bufou de raiva, grunhiu, emitiu vários sons indecifráveis e acabou rosnando. Gaby só pensava que nada seria capaz de fazer o seu dia ficar pior do que estava.

Algumas horas mais cedo...

Depois de uma madrugada insone, só conseguiu cochilar quando já clareava. O barulho do celular ressoando em sua cabeça a forçou a abrir com muito sacrifício um olho. Pulou da cama ao constatar que passava das sete. Escancarou a porta do armário e, da pilha sem passar, puxou uma camiseta branca e sua única calça jeans limpa. Escorou a torre de pizza de roupas com o corpo e, com a ajuda da porta, socou tudo de volta para dentro. Saiu do quarto se vestindo e, na cozinha, extraiu da garrafa um resto de café do dia anterior, colocou a xícara para esquentar no micro-ondas enquanto acabava de fechar o zíper do jeans. Ignorou a louça sem lavar e, antes de apitar, pegou seu café. Na sala pescou com o pé a sapatilha embaixo do sofá, calçou e pegou a mochila. Fechou a porta e na garagem deu de cara com Sammy e seus lindos olhos verdes:

— Arroba, você está atrasada!

— A louça é sua, Arroba! — Gaby entrou no carro e riu. Desde que criaram suas contas no Instagram, um vivia chamando o outro de Arroba.

— Eu não moro aqui, sabia? Só vim filar seu café!

– Mais da metade dessa louça foi você quem sujou, lindão, e não tem café novo. Se vira! – Colocou a xícara entre as pernas, bateu a porta do Chevette, deu partida e acelerou.

– Calma, ou vai fundir o motor! Carro a álcool tem que esquentar, gatinha, não aprendeu ainda? Aliás, tá passando da hora de trocar essa geringonça.

– Essa geringonça é tudo que eu tenho!

– Bem que o idiota do seu namorado podia te dar um novo! Acabaram de ficar noivos, seria um ótimo presente de noivado.

– Eu jamais aceitaria. Não esquece de trancar a casa quando sair, cabeça de vento. Foi para isso que te dei as chaves!

– Quem sempre esquece ela aberta é você, @folgada.com.br!

– Também te amo, @trouxa! – Sorriu.

Conseguiu arrancar e partiu em disparada para o trabalho. Pegou a BR369 e pisou fundo. Morava na cidade de Cambé e trabalhava em Ibiporã. Precisava encontrar um trabalho mais perto de casa ou teria que mudar para mais perto do trabalho. Desde que a empresa mudara de endereço, se via obrigada a gastar uma boa parte de seu salário em combustível. A outra opção seria pegar um ônibus abarrotado de gente que, primeiro passaria no centro de Londrina, para depois seguir à cidade vizinha. Era exatamente o que fazia quando acabava o dinheiro e a gasolina.

Avistou o último semáforo na saída de Londrina sentido Ibiporã. Levou a xícara de café à boca e o sinal fechou.

Freou!

O pneu fritou no asfalto, e o cheiro de queimado tomou o carro.

Ótimo! Agora chegaria atrasada e com a camiseta manchada de café.

Meia hora de atraso, com sono, fome e uma dor de cabeça insuportável. Parou o carro e foi puxar o freio de mão, mas já estava puxado. Que maravilha! O caminho todo dirigindo assim, estava fazendo um bom trabalho para mandar o Chevette logo para o mecânico. Desceu do carro e esgueirou-se pelo portão.

Chocou-se em algo no canto do barracão. Puxou o ar e levou a mão ao peito.

– Você me assustou!

– Você está atrasada! – O chefe não parecia estar num bom dia.

– Novidade! – sussurrou enquanto entrava.

– O que foi?

– Nada. – Tirou a tesoura do bolsinho da lateral da mochila, enfiou no bolso traseiro do jeans e guardou os pertences no armário. Virou-se para ele e tentou um sorriso. – Em qual máquina você quer que eu trabalhe hoje, chefe?

Gaby fazia qualquer operação na fábrica de calça jeans e tinha o melhor tempo em qualquer função que a colocassem. Quando sua mãe ainda era dona de uma pequena confecção, dizia que para mandar era preciso saber fazer – e foi o que salvou Gaby da miséria. Nunca chegou a mandar em nada, mas costurava que era uma beleza! Não possuía um posto determinado como todas as demais costureiras, ela supria qualquer falta. O chefe a chamava de coringa. Eram mais de duzentas pessoas trabalhando ali, mas só ela descobria todas as manhãs onde trabalharia.

Maurício apontou para a máquina de fazer barra. Certeza que dona Jandira estava sob atestado de novo. Gaby puxou a tesoura do bolso, botou no canto da mesa e sentou-se. A hora foi passando e a pilha de calças, abaixando; no intervalo para o almoço não havia mais nenhuma peça. Suas companheiras teriam que trabalhar um pouco mais à tarde para supri-la de serviço.

– Essa sonsa faz de propósito!

O que Márcia disse não surpreendeu Gaby, já sabia que não tinha a simpatia dela.

– Ela quer ver o nosso osso! – A loura novata na máquina mais à direita em sua frente engrossou o coro.

– Você viu que a bonita traz a tesoura dela de casa?

A loura gesticulou algo, soltou uma gargalhada e continuou costurando. Gaby levantou a cabeça e percebeu que o mecânico que estava cobrindo as férias do Milton parou entre as máquinas das duas mexeriqueiras. Waldemar, que algumas meninas já chamavam de Waldemônio, disse algo no ouvido de Márcia e apertou o ombro da loura, que soltou uma risadinha.

Assim que soou o sinal, Gaby levantou-se e foi para o refeitório. *Merda, esqueci a marmita!* Na correria deixara em casa, na geladeira. Sentou-se no lugar de costume, de frente para Raphaela, que já levantava a tampa, liberando o cheiro de bife acebolado.

– Gaby, vi que te colocaram pra fazer barra hoje, toma cuidado que tem umas ali que são cobras!

– Percebi, mas estou de boa. Não sobrou uma barra para contar história… Obrigada, Brasil!

– Ahá! Engraçadinha, cadê sua marmita, Curica?

– Ai, Rapha, esqueci!

Chegaram mais duas e sentaram-se, uma de cada lado.

– Estou espumando de raiva do pessoal do corte. – Luíza puxou o ar. – Estou me coçando para falar com o homem da pasta preta, aí eu quero ver… Vou detonar aqueles moleques e falar tudo que está engasgado.

– Fala baixo, Lu, aqui até as agulhas têm ouvidos! – Pâmela levou o dedo na boca.

– Se estão até querendo falar com o homem da pasta preta é porque o negócio está feio… – Raphaela franziu a testa.

Pâmela fez sinal para chegarem perto. As quatro cabeças se juntaram no meio da mesa.

– Nosso chefe foi falar com o chefe deles para saber por que os cós das calças vieram menores, mas o psicopata do Roberto teve a capacidade de defender as crias dele pro Maurício, afirmando que é a gente que não sabe costurar. Que nervo!

– Meninas, esqueçam isso ou não vão conseguir almoçar… – Raphaela endireitou-se e desembrulhou os talheres do guardanapo. – Ou já dão logo pra Gaby que ela esqueceu a marmita.

– Vamos dividir, pega um prato na cozinha! – Apontou Pâmela.

— Não, meninas! Está tudo bem, estou morrendo de sono, se eu comer, vou acabar dormindo mesmo. — Um alvoroço chamou a atenção próximo ao marmiteiro. Gaby arregalou os olhos e apontou. — Que confusão é aquela?

— Ah, é certeza que o ladrãozinho de marmita atacou novamente! — Luíza franziu o cenho. — Esse ou essa filha da puta roubou minha coxa de frango semana passada...

Gaby sentiu o celular vibrar. Era uma mensagem de sua prima Sarah a convidando para tomar um café no apartamento da avó, na volta do trabalho. Mas estava cansada demais, agradeceu e disse que ficava para outro dia. Além do mais, precisava economizar combustível... Juntou as sobrancelhas ao lembrar que este estava no fim. A Gleba Palhano, onde a prima e os tios moravam com a avó, era um bairro burguês de Londrina muito fora de mão para quem ia de Ibiporã para Cambé. Ou talvez a distância fosse só uma desculpa para não ter que passar lá. Mais uma mensagem da prima "Ok, vamos deixar para outro dia, mas vou cobrar, hein! Estou com saudade, te amo!" Eles eram tudo que tinha sobrado, Gaby precisava se esforçar um pouco mais... "Também te amo!", enviou.

— Gaby, que carinha triste é essa? — sussurrou Rapha. — Pensando nelas de novo, né...

— É. — Remexeu a aliança na mão direita... Mesmo depois de tanto tempo era difícil falar da morte da mãe e da tia.

— Curiquinha, vai rejeitar mesmo esse bifinho? É temperinho da minha mãe... Larga de ser besta, Gaby! Você com fome é uma peste, com sono é uma praga, com dor é um castigo. Mas com os três é o apocalipse! Jesus me *defenderay*! Então, por minha saúde mental e física, come ao menos um pouquinho.

— Tá bom, Rapha! Mas só um pedacinho desse bife.

No meio da tarde, estava arrependida de não ter aceitado mais. Sentia um oco no estômago, a cabeça latejava e, para piorar, o cansaço produzido pelo sono já não permitia que trabalhasse na mesma velocidade que no período da manhã. E, no momento, suas "coleguinhas" pareciam obstinadas a provar que ela não era tão boa assim. A cada minuto acumulava mais serviço e as cutucadas das duas, falando mal de Gaby, pioravam na mesma proporção.

– Como será que ela conseguiu comprar um carro? – disse a novata.

Carro? É um Chevette velho, idiota! Faltou pouco para Gaby explodir.

– Ouvi dizer que ela ganha um valor maior pela produtividade. – Márcia não perdia a chance de insuflar as outras.

– Eu acho um absurdo essa aí ganhar mais do que a gente. O que ela tem de especial?

– Dizem que é porque ela faz qualquer operação. – Márcia virou-se para a loura enquanto prendia o cabelo num coque com a caneta. – Aprendeu com a mamãe.

– Eu sei bem a operação que ela deve estar fazendo na cama do chefe! Será que ela aprendeu isso com a mamãezinha também? – A loura riu com deboche. – Me falaram, na hora do almoço, que a mãe dela era costureira como nós e enriqueceu do dia pra noite... Que boa bisca não deve ter sido!

Gaby sentiu a tesoura voando de sua mão na direção das costas da novata linguaruda. A intenção era acertar nela o cabo do objeto, mas ao pegar pela ponta e arremessar, a tesoura virou no ar e ganhou velocidade. Poderia ter acontecido uma tragédia se a loura não tivesse abaixado para pegar a carretilha de linha que escorregou e girava no chão. Por sorte, nesse exato minuto, a tesoura passou raspando e fincou na mesa de madeira, onde ficava acoplado o cabeçote da máquina, e balançou em pé.

Encontrou no mesmo instante o olhar do chefe que caminhava a passos largos em sua direção, enquanto a coleguinha berrava histérica como se tivesse sofrido um atentado, o que não deixava de ser verdade:

– Ela é louca! Sua loucaaaaaa! Essa louca quis me matar! Isso não vai ficar assim!

Ele parou em frente à sua mesa.

– Gabriela, vá agora para o RH, você está demitida! – Abaixou o tom de voz para continuar: – Onde você estava com a cabeça? Você é minha melhor costureira, mas, infelizmente, não tem o que eu possa fazer!

– Ok.

As mãos tremiam, era como se tivesse um bolo parado na garganta, no entanto Gaby jamais iria chorar, não depois de tudo o que já tinha passado na vida. Aquela situação não faria brotar lágrimas em seus olhos. A confusão tinha atraído todos os olhares para si. O barulhento setor de produção silenciou e acompanhava seus passos. Caminhou até a máquina da linguaruda, que encolheu quando ela se aproximou.

– Quando você morrer – Gaby colocou o dedo no nariz da loura –, será um caixão para o corpo e outro para a língua. E você também! – Apontou para Márcia. Então arrancou a tesoura fincada na mesa e fez um movimento rápido com a mão para a frente a fim de assustar a loura.

– Tire essa psicopata de perto de mim, chefe! Ela quer me matar!

Gaby mostrou o dedo do meio para as duas e saiu do barracão com a sensação dos olhares fritando em suas costas.

O celular do noivo chamou até cair na caixa postal. Se ligasse para o Sammy, certamente ele largaria os alunos da aula de música na igreja, e aí arrumaria confusão com o pai... *Essa não é uma boa ideia!* Podia ligar para Sarah, mas já era insuportável ser a costureira pobre da família, agora a costureira desempregada, então... *Não, melhor não!* Se a vovó estivesse lúcida, até teria forças para encarar todo mundo só para chorar naquele colo fofinho, mas se passasse na casa dos tios, teria de ouvir toda a ladainha de que ela precisava ser alguém... E quem disse que uma costureira não era alguém? Ela amava costurar, e um dia abriria sua própria confecção, como sua mãe, e iria recuperar tudo o que perderam.

Levou a mão ao peito e soltou o ar. Tentou mais uma vez o celular do noivo. Chamou, chamou, chamou... e de novo caiu na caixa postal. Ele deveria estar dormindo, aproveitando as férias. De qualquer forma, a casa dele ficava no caminho e seria melhor mesmo contar tudo pessoalmente.

Estacionou na contramão da rua íngreme e estreita, que em horário escolar ficava praticamente deserta. Desceu do carro e usou suas chaves para entrar. As roupas jogadas pela sala dividindo o mesmo ambiente com a frigideira sobre o fogão, pratos na pia e copos na mesa, demonstravam o quanto aquela casa precisava de uma boa organização. A desculpa dele era que tinha muito trabalho, e durante as férias era que estava de férias. Gaby nem implicava porque não era nenhum exemplo da mais pura ordem. Além do mais, aquela não era sua casa, portanto o problema não era seu. Jogou a mochila no sofá, enfiou as chaves no bolso e abaixou-se para puxar um tecido vermelho que despontava debaixo da calça de moletom dele. Uma calcinha?!

Parou por um instante, tentando se concentrar no som que vinha do quarto. Avançou pelo corredor. Não podia ser! O desgraçado estava com alguém. Como pôde acreditar em tudo que ele disse? Em todas aquelas promessas? "Te quero mais do que tudo! Confia em mim! Você é a mulher da minha vida! Do que você tem tanto medo? Vai ser pra sempre, eu juro! Nós vamos ser uma família." Quanta mentira! Fechou os olhos e massageou perto do pescoço, onde parecia sufocar. Puxou o ar e comprimiu com ainda mais força os olhos. Ele que fosse para o inferno! Não ia se humilhar presenciando a cena... Mas não mesmo! Virou-se e decidiu silenciosamente deixar aquele lugar. Esbarrou a perna no sofá e a bolsa feminina caiu em sua frente. Ela conhecia bem de quem era aquele acessório de grife francesa. Ah, mas aquilo, sim, era uma traição! Deu meia-volta e escancarou a porta.

Ele paralisou e a pessoa debaixo do corpo dele puxou o travesseiro no rosto.

– Não é nada disso que...

– Que estou vendo? Por acaso sou cega agora?

– Gaby, vamos esfriar a cabeça! A gente precisa conversar... Eu sou o seu noivo!

– Ex-noivo! – Tirou a aliança e jogou cara dele. – E quer mesmo saber? De você eu podia esperar... mas você... – Aproximou-se dos corpos nus e arrancou o travesseiro. – Eu tenho nojo de você! – Estreitou os olhos. – O que será que a tia Néia vai achar da filhinha comportada? Hein, prima! Por isso me convidou para um café hoje? Precisava saber se eu estava no trabalho, não é?

Sarah sorriu.

Gaby arremessou o travesseiro nos dois e saiu.

No corredor levou uma mão à boca e a outra ao estômago, apoiou-se na parede, puxou o ar, endireitou o corpo e acelerou o passo. Pegou a mochila no sofá e sentiu a mão firme dele segurando seu braço.

– Me solta, Andrei, seu covarde! – Puxou o braço, mas ele comprimiu ainda mais. – Filho da puta!

– A gente precisa conversar.

– Não tenho mais nada para conversar com você. – Praticamente cuspiu as palavras.

– Então, eu quero as minhas chaves.

Desvencilhou-se dele, tirou-as do bolso e jogou na parede da sala.

– Vocês nunca combinaram, Gaby! – Sarah apareceu vestindo a camiseta preta do Guns N'Roses que pertencia à Gaby. – Devia me agradecer, não ia dar certo! – A prima abaixou-se, pegou a calcinha vermelha do chão e vestiu. – Não quer saber por quê? – disse, tirando o elástico do pulso e amarrando o longo cabelo num rabo de cavalo.

– Fica na tua, Sarah! A Gaby já está de saída... – Andrei se colocou entre as duas.

– Você precisa vestir uma roupa, querido! – O tom de Sarah fazia o estômago de Gaby se contorcer de nojo.

– Vou tomar uma ducha e me vestir, mas não vão brigar por minha causa, hein!

Gaby comprimiu os olhos e sentiu o rosto queimar. Não acreditava em como fora burra de ficar noiva de um cara escroto como aquele. Ajeitou a mochila nas costas, virou-se para a saída e acelerou o passo. Já alcançava o portão quando ouviu a voz de Sarah de novo:

– Frígida! – Ela aproximou-se. – Ele disse que você é fria na cama. Sabe como é, você não gosta da coisa... Fez jogo duro durante o namoro... Chegou a ser bonitinho. – Ela soltou uma gargalhada. – Foi por isso que ele ficou noivo, otária, para acelerar as coisas. – Balançou o polegar e o indicador, deu uma piscadinha e emitiu um som com o canto da boca. – Sacou ou quer que eu desenhe?

Gaby não estava conseguindo raciocinar, aquela não parecia sua prima falando. Não se enquadrava na mesma pessoa que inúmeras vezes disse que podia contar com ela. Há quanto tempo estava bancando a palhaça para aqueles dois? Desde o início do namoro as coisas pareciam fora de ordem, não se encaixavam, mas por um momento chegou realmente a acreditar que Andrei era bom para ela e que poderiam dar certo. Pensou que fosse conseguir seguir em frente com ele. Chacoalhou a cabeça como se pudesse apagar tudo e voltar ao instante em que era apenas uma solteira convicta, aquela que não precisava de homem nenhum para ser feliz.

– Ele é homem – continuou a prima –, não iria perder meses adubando sem provar. Eu apostei com o Andrei que você virou sapatão de tanto andar com seu amiguinho Sammy. Aquela bicha enrustida!

– Cala a sua boca! Ou todo mundo vai saber o que aconteceu aqui hoje...

– Vá em frente! O que será que o pastor faria se eu espalhasse para a igreja inteira que o filho dele é uma bicha?

– Não se mete nessa história. – Meteu o dedo no peito da prima. – Se você fizer isso, eu juro que eu mato você!

– Mata nada! Uma mosca morta feito você? Corre lá, vai chorar no ombrinho do seu veadinho!

Gaby travou a mandíbula e sentiu o sangue ferver.

Segurou-a pelo rabo de cavalo com a mão esquerda. Sarah se debatia, e as duas foram se empurrando até a calçada. A mandíbula da prima fechou em seu braço, e os dentes cravando em sua pele, em vez de causar dor, fizeram suas forças duplicarem. Gaby juntou os cabelos de Sarah com ainda mais intensidade, e ela afrouxou o maxilar. Nesse momento, Gaby puxou o braço, cerrou o punho e enfiou no nariz da prima, que levou as duas mãos ao rosto.

Gaby contorceu-se, com a mão direita conseguiu alcançar a tesoura no bolsinho lateral da mochila e, sem pensar, cortou o cabelo dela rente ao elástico que o prendia. Sarah libertou-se e empurrou Gaby, que sentiu a pancada nas costas quando esbarrou no carro e percebeu que o moveu em alguns centímetros. Antes que pudesse impedir, o Chevette ganhou velocidade e colidiu na esquina da baixada contra um caminhão, produzindo um barulho estrondoso.

Algumas pessoas botaram a cabeça nas janelas e outras saíram pelos portões. Sarah sentiu-se mais nua ao apalpar a ausência de cabelo na nuca do que pelos trajes: camiseta e calcinha. Escapuliu para dentro, bateu a porta atrás de si, pegou um dos copos sobre a mesa e tacou na parede. Andrei saiu do banheiro, enrolado na toalha, e arregalou os olhos quando deu de cara com Sarah praticamente careca.

Congelada no meio da rua, olhando para o carro, Gaby apertava o rabo de cavalo em uma mão e a tesoura na outra.

Bufou de raiva, grunhiu, emitiu vários sons indecifráveis e acabou rosnando.

Pior do que está, é impossível!

Seu celular tocou, tirando-a do pensamento, era a música que Sammy havia colocado para que Gaby identificasse quando fosse ele ligando. Suas mãos tremiam enquanto enfiava a tesoura na lateral da mochila e pegava o celular. Fazia todo sentido para aquele momento: "Stronger", da Kelly Clarkson. O refrão dizia "What doesn't kill you makes you stronger". (O que não te mata, te faz mais forte!) Junto com um suspiro, uma onda subiu do estômago até travar a garganta, mas engoliu e atendeu antes que desabasse no choro:

– Sammy, você adivinhou o quanto eu precisava ouvir sua voz.

– E eu a sua, Gaby! Meu pai morreu.

Gaby se agachou e sentou-se no meio-fio.

Sempre dá para piorar!

Capítulo 3

Gabriela sentou-se num dos sofás do amplo saguão que dava para as várias salas de velório do Parque das Allamandas. Na primeira sala ao lado direito velavam o corpo do pastor. Não conhecia quase ninguém, salvo o falecido no caixão, a esposa que não saía do lado e, é claro, Sammy.

Não demorou para o assento afundar ao seu lado.

– Gaby, eu juro que se mais alguém vier me falar que por eu ter feito teologia, tenho que assumir o lugar do meu pai na igreja, eu vou... – bufou o amigo.

Alguns irmãos da igreja, misturados ao pessoal da vila onde moravam, aproximaram-se para dar os pêsames, o que o impediu de continuar. Sammy tinha que explicar, a cada vez que recebia um cumprimento, de que forma seu pai morrera... E de tanto repetir, foi diminuindo os detalhes e, agora, a versão resumida era: "Foi um infarto fulminante: almoçou, caiu e morreu". Quando aparecia um para cumprimentar, encorajava os outros, que acabavam formando uma fila. Ele olhou para Gaby, sentada no sofá, e gritou com os olhos: "Me salva".

– Oi, primo! – A voz estridente de Hadassa chamou a atenção de Sammy. Ela vinha de braço dado com um rapaz desconhecido. O short jeans e a blusinha justa com as alças do sutiã vermelho aparecendo a faziam destoar, mas ela parecia nem se importar. – Meus sentimentos, meu lindo! – Estalou um beijo molhado em sua bochecha. – Ah! Esse é meu amigo... – Comprimiu os olhos. – Leandro?

– Carlos! – O rapaz estendeu a mão, que Sammy apertou.

– A gente se conheceu ontem pelo Tinder. – Ela sorriu.

Alguém tossiu a uma curta distância. Era o pai dela, irmão do falecido e que também era pastor. Hadassa aproximou-se de Sammy e sussurrou:

– Está todo mundo falando que você deve tomar o lugar do seu pai. Corre que é cilada, Bino! Se eu fosse você, sairia do Brasil.

– E vou pra onde?

– Sei lá... Vai pra Austrália, pra Paris, só some! Ah, Sam, fica quieto, Elielzinho vem vindo ali.

O irmão de Hadassa, o filho "perfeito", chegou no velório e logo foi cercado pelo pai e vários familiares, que não escondiam o orgulho que sentiam do rapaz. "Elielzinho cada vez mais bonito", "Elielzinho, que terno é esse, menino? Um arraso!", "Elielzinho, que exemplo!" Ele recebeu os elogios, veio cumprimentar a irmã e o primo Samuel, depois foi para a capela cumprimentar a viúva.

– Ah, Sam! Me enoja olhar para o Elielzinho e ver esse fingimento todo.

– Meu pai sempre dizia: "Se espelha no seu primo Elielzinho".

– É porque ninguém sabe o que ele é de verdade, meu pai encoberta tudo. Sabia que ele bebeu todas e bateu o carro, mês passado? Mas ele é o Elielzinho, né... Ele pode! Vai eu fazer o mesmo? Eles superprotegem o filhinho perfeito, mas aquele telhado é de vidro, uma hora a casa cai... Quero nem estar perto!

– Eu sabia da batida, um amigo meu me falou. Ele quase atropelou a Carol e o Diego. Ele subiu na calçada e bateu no poste, deu ré e saiu em disparada, mas o para-choque do carro caiu. A Carol falou: "É o Elielzinho?". O Diego falou: "Não, não pode ser!" Mas logo ele voltou a pé para pegar o pedaço do para-choque com a placa. Só acreditaram que era o Elielzinho porque eles viram com os próprios olhos.

– Sam, meu pai soube de tudo e não fez nada. Aliás, ele fez: eu estava usando o carro da mamãe para ir à faculdade, tomaram as chaves de mim e passaram para o Elielzinho. Eu gritei: "Essa é pra 'apraudi' de pé, igreja!" e bati palmas. Sabe o que fizeram? Cortaram também a minha mesada! Foi bom, porque assim me libertei de tudo... e arranjei um emprego. Nossa família dá valor para umas coisas que nunca vou entender. Já falei, mas vou repetir: corre que é cilada, Bino!

– Não posso deixar minha mãe justo agora...

– Primo, vai por mim... Sua mãe vai sofrer menos se você não sair do armário aqui.

Ele sentiu a bochecha queimar, mas era complicado negar o que era visível. Só não via quem não queria ver. Providencialmente o Carlos do Tinder se afastou para atender ao celular, e Hadassa puxou o primo para um canto. Sammy abaixou a cabeça e continuou ouvindo o que ela tinha a dizer.

– Olha, eu sei o que é ser filha de um pastor. No fundo, acho que sou assim por defesa... Não quero ser o exemplo a ser seguido porque eu não sou perfeita e nem nunca tive a pretensão de ser. As pessoas esperam mais da gente, mas somos passíveis de erros como qualquer ser humano.

Sammy nunca tinha parado para pensar que a prima se vestia daquela forma e tinha aquele comportamento por esse motivo.

– Eu cresci ouvindo que tinha que dar o exemplo... – ela continuou. – Esse é um fardo que cansei de carregar, não quero ter essa responsabilidade, eu não escolhi isso. E sei que os nossos pais não fizeram por mal. A verdade é que eles sempre foram apaixonados pelo ministério deles e achavam que poderiam salvar o mundo; seu pai até mais do que o meu... Ele foi o ombro amigo de muita gente, aquele que a todo momento tinha uma palavra para um casal, para os jovens... O tio sempre preocupado com todo mundo, se desdobrava para ser um pai para essa igreja que ele ajudou a construir... que foi incessantemente a prioridade dele, o sonho dele. Mas esse é o seu sonho? Se for, fica e luta, mas se não for... Some! Mas some logo, antes que seja tarde demais.

As palavras da prima ficaram martelando em sua cabeça durante a noite toda. Cochilou várias vezes no ombro da Gaby, vez ou outra despertado pelas risadas dos tios, que contavam piadas e causos para passar o tempo na madrugada. Um cutucão no ombro o trouxe de volta ao mundo real.

– Sammy – Gaby sussurrou. – Sammy, Sammy! Acorda!

Esfregou os olhos e viu que amanhecera.

– Sammy, o que será que o padre da minha paróquia está fazendo aqui? Quer dizer, não que seja minha paróquia, porque quase não vou à igreja.

– Ah, Padre Manuel? Relaxa, Gaby, ele é amigo do meu pai, faziam até caminhada juntos.

– Num brinca!

– Gaby, quem briga por religião são aqueles que se acham cristãos. Os líderes inteligentes e esclarecidos conversam entre si, alguns são até amigos porque conseguem respeitar as diferenças. Como nós dois, nós nunca brigamos por religião, já parou para pensar?

– Nossa, Sammy! Verdade, né! – Ela sorriu, mas logo subiu as sobrancelhas. – Sammy, o padre está vindo pra cá.

O vigário aproximou-se, estendeu mão e o puxou para um abraço.

– Meus sentimentos, Samuel! Seu pai era um homem muito bom e honrado, com certeza está contemplando a Glória de Deus!

– Obrigado, padre!

– E quem é essa moça bonita, filho? É sua namorada?

Sammy olhou para Gaby, pensando em tudo o que a prima falara no dia anterior. E uma brilhante ideia foi tomando forma e, antes que pudesse mudar de ideia, respondeu:

– Sim, minha namorada.

– Sou? – Gaby franziu o cenho.

– Gaby – Sammy a encarou e levantou as sobrancelhas –, esse é o Padre Manuel.

– Muito prazer, padre, sou a namorada do Sammy... muel. – Limpou a garganta. – Samuel. O senhor não me conhece, mas fui algumas vezes na sua missa. Quer dizer, fui uma vez esse ano, ou ano passado... – Forçou um sorriso.

– Ah, então já participou da missa conosco? Fico muito feliz, venha mais vezes. E você, Samuel? Pretende assumir o lugar do seu pai?

Samuel puxou o ar. *Até o Padre?*

– Eu e a Gabriela pretendemos ficar noivos e ir embora. Não é uma boa hora, mas a Gaby precisa procurar pelo pai dela, e eu pretendo ir com ela.

– Preciso? – Sentiu o beliscão nas costas.

Sammy sorriu e continuou:

– O pai dela mora em Portugal, e ela não o vê há anos. Só peço que não comente com ninguém ainda, porque não falei com minha mãe e minha intenção é só falar com ela depois do sepultamento.

– Vão amar Portugal, é um país encantador...

Sammy não percebeu, mas uma senhora a uma curta distância, curiosa com a presença do padre, escutara grande parte da conversa. E antes de terminar o hino gospel cantado, enquanto o coveiro colocava os últimos tijolos... de ouvido em ouvido, aquele diálogo se espalhara.

Após a salva de palmas, um a um foram se aproximando para se despedir... Diziam o quanto sentiam pela morte do pai dele e o parabenizavam pelo noivado. Era tanta gente que os últimos já perguntavam a data do casamento.

– Parece que teve uma confusão na casa do ex-noivo dela? É verdade que você quebrou o nariz dele?

– Ahn?! – Samuel franziu o cenho.

Gaby fechou os olhos e comprimiu os lábios. A fofoqueira de plantão só podia ser vizinha do Andrei. Além de espalhar a confusão com sua prima, misturou tudo e aumentou.

– Isso que é amor, hein? Lutou pela garota! Cabra macho. – O dono da padaria bateu nas costas do Samuel. – Pena que esperou o Pastor Levi morrer pra dar esse orgulho pra ele!

– O pai dele sempre teve orgulho dele! – Gaby começava a se irritar com os comentários.

– Vem, Gaby, vamos embora! – Sammy a arrastou, mas ela ainda deu alguns passos, olhando para o Sr. Zico Padeiro de cara amarrada. O amigo a conduziu até o carro e voltou para buscar a mãe que parecia alheia a tudo ao redor.

Gaby esperou que Samuel desse um remédio à dona Marta e a colocasse na cama para puxá-lo para uma conversinha. Onde ele estava com a cabeça de inventar aquela história? Sentou-se no sofá da sala e colocou o rosto sobre os joelhos; pelo odor, seu desodorante já estava vencido. Muita coisa tinha acontecido desde o dia anterior, a cabeça latejava só de começar a pensar... Em primeiro lugar precisava arranjar um emprego, urgente!

Sentiu sua cabeça acariciada... Nem percebeu que tinha cochilado. Ele estava trocado e cheirava a sabonete.

— Vamos, vou te levar para casa, você precisa de um banho.

Gaby fez uma careta para o amigo, mas ele tinha razão... e um banho iria ajudar a clarear a mente. Tinha muito o que falar, entretanto não podia ser tão grosseira com uma pessoa que acabara de perder o pai, ainda mais sendo seu melhor amigo. A cabeça de Sammy também deveria estar um turbilhão.

Concordou, e eles foram para a casa dela. O desgaste físico era tão grande que doíam os músculos do corpo inteiro... Saiu do banheiro já de pijama, e Sammy estendeu um copo de água e um analgésico. Gaby tomou, botou o copo sobre a mesa e o arrastou para o seu quarto. Deitaram-se em silêncio, lado a lado na cama, e ela se aconchegou ao peito dele.

— Ainda não acredito que meu pai morreu.

Gaby suspirou.

— Eu sei o que é isso. A gente tem uma realidade e, de um minuto para o outro, nada é o que era. Quando minha mãe morreu, parecia que o céu não era mais o céu, que tudo estava fora de ordem, que nem a rua era mais a rua... Tive a sensação de ter sido transportada para um mundo paralelo, onde tudo parece o mesmo, mas não é.

— Está tudo muito confuso... Parece que vou acordar e descobrir que foi tudo um sonho, que ele está vivo. Mas aí eu volto pra realidade e vejo que ele se foi.

— No começo é assim, mas vai passando... Às vezes olho as fotos dela só para ter certeza de que ela existiu, que não sonhei que tive uma mãe.

– Será que vou me esquecer da voz dele? Tenho medo de esquecer do rosto dele. Quantas vezes torci para a pregação dele acabar mais rápido... Eu devia ter sido um filho melhor...

– Você foi, Sammy, você foi ótimo... Ele amava você!

– Será que ele sabia? – Sammy esfregou a mão no próprio peito como se fosse possível aliviar um pouco da dor ali.

– Acho que sim. – Gaby alisou os nós dos dedos dele.

– Então por que ele nunca me perguntou? Será que ele não via o quanto eu estava sofrendo? – A voz dele quase não saiu.

– Talvez porque não iria ser fácil para nenhum dos dois. Se é difícil para você se aceitar, imagina para ele?

Ficaram alguns minutos em silêncio.

– Por que eu não percebi que meu pai tinha problema cardíaco? Por que não o incentivei a fazer exames? Por que não estava em casa quando ele precisou?

– Shiuuu! Pare de se torturar. – Gaby sentiu as pálpebras pesarem.

Sammy também se sentia exausto, não foi difícil adormecer em seguida.

Algumas horas depois, Sammy despertou com o estômago roncando. Ele precisava comer alguma coisa, tal como Gaby, ambos à base de café desde o dia anterior. Levantou-se, foi até a sala, ligou para casa e soube que duas senhoras da igreja já estavam fazendo o jantar para sua mãe... Pediu uma pizza e, assim que chegou, foi até o quarto chamar pela amiga.

Comeram em silêncio e, quando terminaram, Gaby decidiu não adiar mais a conversa.

– Sammy, que história foi aquela de falar que a gente é noivo?

– Gaby, eu tenho uma proposta para te fazer... Juntos, nós poderíamos...

– Fofis, você bateu a cabeça? Até ontem você era gay, Arroba!

– Gaby...

– Você deve estar com febre! – Chegou perto dele e tocou-lhe a testa.

– Gaby!

– Ai, meu Deus, você resolveu ocupar o lugar do seu pai?

– Gabyyyyy!

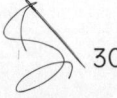

– O quê?
– Posso falar?
– Pode.
– Eu quero sair do país.
– E onde eu entro nessa história?
– Se você for como minha noiva, vai calar a boca de muita gente, e minha mãe não vai ter que suportar a morte do meu pai e ainda os comentários a meu respeito.
– Faz sentido, mas você vai ter que encontrar outra pessoa.
– Já passou da hora de você fazer uma certa viagem.
– Não começa com essa história de novo, eu não vou. E você prometeu nunca mais...
– Era outro contexto, você estava seguindo em frente, estava noiva... Não é o caso agora.
– Eu não posso simplesmente sair do país e deixar minhas coisas.
– Que coisas? Por acaso, nem emprego você tem mais.
– Pois é, nem emprego e nem dinheiro.
– Eu pago a sua passagem, é justo, já que vai se passar por minha noiva.
– Eu perdi tudo, mas não perdi a vergonha na cara.
– Aquilo não foi uma perda. Se quer mesmo saber, tudo o que aconteceu com você eu chamo de livramento. Deus tem planos para você.
– Vai começar o sermão, pastor?
– Era o que eu deveria ser, se não fosse por...
– Você nem consegue dizer? Gay, você é gay! E eu não vou a lugar algum.
– É mais fácil olhar para os meus problemas do que para os seus, não é, Gaby?
– Não sei do que você está falando.
– Sabe, sim, eu tenho certeza de que sua mãe iria querer que você voltasse.
– Não quero falar sobre isso, eu te proíbo!
– Fala para eu ser verdadeiro, ser honesto comigo, enfrentar meus medos... Mas olha só, gata, não sou eu quem me escondo atrás de uma

fatalidade. Ao menos eu tenho um motivo, não quero manchar a memória do meu pai e envergonhar a minha mãe. Já você, tinha o apoio da sua.

– Você nunca vai entender, foi tudo culpa dessa fantasia idiota que criei do príncipe encantado de Portugal... Eu odeio ele com todas as minhas forças!

– Não, você não odeia.

– Odeio, sim!

– Não, não odeia, não!

– Odeio, e você não está dentro de mim para saber.

– Amor e ódio caminham assim, oh – emparelhou os dedos –, grudadinhos.

– Já deu!

– Além do mais, que culpa ele teve?

– Toda culpa! Se não fosse por aquela promessa maldita, minha mãe...

– Para que tá feio, gata! Se pensasse só um pouquinho... iria perceber que está cinco anos atrasada. Não use sua mãe para justificar sua escolha, até mesmo porque ela teria feito qualquer coisa para te ver feliz.

– Ela fez e pagou caro por isso. – Gaby enxugou uma lágrima no canto do olho.

– Mais um motivo para dar ainda mais valor. Seja feliz por ela, faça valer o preço alto que ela pagou.

Gaby enxugou mais uma lágrima teimosa e fungou.

– Você acha mesmo que depois de quinze anos, ele ainda vai estar lá, no mesmo lugar?

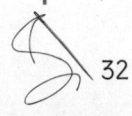

Capítulo 4

Como Gaby pôde permitir que Sammy a convencesse a ir para Portugal? Onde ela estava com a cabeça quando convidou a Rapha para ir também? Nesse caso até tinha uma certa razão, era o melhor que poderia fazer pela amiga. As duas se encontraram no dia em que assinaram suas respectivas rescisões de contrato na fábrica de jeans. Rapha pedira demissão no mesmo dia em que Gaby fora demitida. O roxo no olho esquerdo denunciava uma agressão recente, e mesmo ela não querendo se abrir, Gaby tinha suas suspeitas.

Por fim, Rapha, que decidira por último, acabou indo primeiro. Embarcou dois dias antes por uma outra companhia aérea, com mais escalas, o que tinha barateado a passagem. E a danada ainda descobrira que a amiga de uma prima, uma tal de Amélia, morava em Portugal e, mediante uma comissão, arranjaria emprego para as duas numa pequena fábrica de lingerie, em Lisboa. Ela apresentaria as duas à chefe, que estava precisando de costureiras.

Gaby não via a hora de se enfiar atrás de uma máquina de costura, mas por ora teria mesmo que aturar algumas horas de voo, apertada atrás de uma poltrona que acabava de inclinar ao máximo, ouvindo o choro do bebê três fileiras à frente, um grupo de turistas conversando alto, e Sammy roncando com a metade da face colada no vidro da janela. Respirou fundo, inclinou sua poltrona também, colocou os fones e meteu o dedo na tela, procurando por outro filme.

Fazia um calor insuportável em Lisboa. Bem que o piloto havia avisado: "Pousaremos em instantes em Lisboa, temperatura local é 41ºC, neste 17 de junho, já considerado o dia mais quente do ano, e de acordo com os noticiários, o terceiro dia mais seco do século". Sammy jogou a bagagem no porta-malas do carro da portuguesa, pegou a case do violão e com ela se espremeu ao lado de Gaby, no banco de trás.

– Bem-vindos! – Amélia olhou para trás e sorriu. Endireitou-se ao volante, deu seta e saiu logo atrás de um táxi.

– Gaby – Rapha, que estava sentada no banco da frente, virou-se para trás –, eu amei viajar de avião, só fiquei com medo quando pousou em Frankfurt... Amiga, a aeromoça me deu escova de dentes, meias e até uma cobertinha! Não devolvi não, guardei na mochila!

– Rapha, sua louca!

– A Amelinha disse que todo mundo pega! – Pousou a mão no ombro da nova amiga. – E o que falar de Portugal? Meu Deus, este é o meu país dos sonhos! Tirando esse calor infernal, o resto é simplesmente perfeito!

– Vou ligar o ar do carro, senão vamos assar aqui dentro. – Amélia tinha um sotaque carregado. – As notícias de hoje dizem que é o dia mais quente do ano. – Ela mexeu no painel e fechou os vidros.

Gaby posicionou o rosto no vão entre os bancos para sentir a brisa gelada.

– Gaby – Rapha beliscou de leve sua bochecha –, é uma graça a pensão que vamos morar, você vai amar. Ainda não conheci todo mundo, nossos horários não batem, mas parecem gente boa... Amiga, nós vamos ficar ricaaaaas!

– Você já conheceu a fábrica em que vamos trabalhar?

– Ainda não, eles não trabalham aos sábados e cheguei muito cansada ontem. Mas a Amelinha disse que, se tudo der certo, começamos na segunda. O bom é que você terá esse restinho de sábado e o domingo para descansar da viagem.

– Tenho a certeza que vão gostar. – Os olhos de Amélia encontraram os de Gaby pelo retrovisor. – Vais desenrascar-te bem, não te preocupes.

– Isso quer dizer, né, Amelinha – Rapha bateu no ombro da portuguesa –, se a Gaby conseguir entender tudo o que eles falam. O povo fala

muito rápido, amiga. – Virou-se para Gaby. – Tem hora que não dá para entender nada. Fora isso, tudo é lindo! Conheci vários lugares ontem...

– Ué, mas não estava cansada para ir ver onde vamos trabalhar?

– Relaxa, Gaby, depois a gente vê esses detalhes – riu. – Ontem fomos às docas, eu amei!

Docas! Gaby sentiu o coração sair pela garganta e o estômago revirar, respirou fundo, e a mão de Sammy apertou a sua. Ela queria perguntar, mas talvez não estivesse pronta para a resposta.

– Comeram alguma coisa em especial nas docas? – Gaby prendeu a respiração e comprimiu a mão de Sammy.

– Eu comi risoto de camarão, e a Amelinha, uma salada diferentona, parecia dos *MasterChef* da televisão.

– Parece bom, em qual restaurante?

– Tomato, Pomodoro, Bolonhesa... – Gesticulou com a mão. – Ixi, acho que o nome era um molho de tomate... Qual era mesmo o nome, Amelinha?

– Don Pomodoro! – Amélia sorriu no espelho.

Gaby sentiu uma onda de frio no estômago.

– Ah, isso mesmo, servem uma boa comida italiana e nem é tão caro quanto pensei que seria. Por que você queria saber? Já chegou com fome? Vai lá mais tarde com o Sammy. Eu só não vou de novo porque preciso dar uma segurada, me empolguei ontem, e dinheiro na mão vai que a gente nem vê.

– Não vou hoje não, estou bem cansada, só queria ver se era o mesmo que fui há muitos anos com minha mãe. – Forçou um sorriso.

– Desculpa, amiga... Muitas lembranças com sua mãe aqui, né.

– É.

– E foi bem atendida? – Sammy não iria deixar passar. Mesmo repreendido pelo olhar de Gaby, ele continuou: – Não vai me dizer que tinha um garçom gato!

– Fomos atendidas por uma garçonete, era uma loura muito bonita.

Rapha continuou falando de tudo o que vira em Lisboa, mas Gaby não conseguiu mais prestar atenção. Claro que nunca mais o veria, era mesmo uma tola em pensar que um cara ficaria parado quinze anos no mesmo lugar só porque uma garotinha cismou que voltaria. Será que ele ainda estava em Portugal? Será que era casado? Talvez já tivesse filhos. Quem sabe barrigudo, careca... Sem dentes! *Ah, com certeza era cheio de defeitos!* Aquela imagem, guardada ainda criança, devia ter se adaptado completamente à fantasia infantil, impedindo-a de enxergar que a realidade talvez estivesse a milhas de distância daquilo que sonhara tantas vezes.

Era grande a possibilidade de ser uma paixão platônica por um retrato distorcido pelo tempo. Mas em sua memória ele era lindo e percebia, examinando o próprio coração, que ele não precisava ser perfeito, contanto que fosse gentil como se lembrava e mantivesse aquele jeito único de olhar para ela, como nunca mais experimentou. Porém, como a Rapha acabava de dizer, a garçonete era uma loura. Com certeza sua amiga o teria notado... Que bom que ele não trabalhava mais lá, assim o destino decidira por ela, já não estava em suas mãos.

Quinze dias antes...

Rodrigo montou na moto e acelerou, deixando o rastro de poeira e um alto ruído por onde passava. Aquele vai e vem há quinze anos era desgastante. Tivera a chance de parar com essa vida, oito anos atrás, quando pagaram as últimas parcelas ao banco e quitaram os impostos junto às Finanças do município, mas a brilhante ideia de comprar o restaurante do tio, nas docas, os colocou na mesma situação de endividamento do início. Agora precisava segurar as pontas para quitar uma boa parte do financiamento após a colheita.

A grande Festa das Vindimas 2017, de Palmela, estava chegando e, com ela, a esperança de dias melhores. O que era um alívio, porque depender da renda do restaurante estava complicado. O problema era que a crise que vinha se arrastando desde 2008, e obrigara seu tio a abrir mão do restaurante no fim de 2009, arrastou-se por mais anos do que Rodrigo apostaria. Parecia que a economia ensaiava uma melhora, era o que dava ânimo para continuar com o restaurante, mantendo a dupla jornada. Muitos estabelecimentos fecharam nesses anos difíceis,

Rodrigo driblava a má sorte da concorrência reinventando o cardápio para atrair mais turistas.

Desde que se mudara para Portugal, sua vida parecia ancorada naquelas docas. Só mudara de função: antes garçom, agora proprietário e chef. O maior prazer era a mistura de aromas e sabores que produzia naquela cozinha. O desafio era encontrar garçons que cativassem os clientes para que, além de voltar, indicassem o lugar. Do que adiantaria produzir belos pratos se ninguém entrasse para provar?

Fez a curva e acelerou, passava de meia hora que saíra de casa e não queria se atrasar. Pouco antes da ponte, avistou Áurea, a vizinha que o ajudava no atendimento enquanto não encontrava ninguém. Ela ainda vestia o uniforme de enfermeira, e aquilo mexia com a imaginação de qualquer homem. Imaginou quantas cantadas ela deveria ter recebido, esperando-o no acostamento da 25 de Abril, próximo ao hospital em que ela trabalhava.

A loura subiu na garupa e Rodrigo retomou o caminho. Precisava admitir que a sensação das coxas dela se moldando às suas era prazerosa... O aperto dos braços dela na cintura e o aroma que ela exalava só não mexeriam com um cara se esse indivíduo estivesse morto. Só havia um problema: ela era uma garota que sonhava em se casar... Bem diferente das outras com quem ele saía.

Embora estivesse bem vivo, casar-se estava totalmente fora de questão.

Mesmo com a equipe reduzida a duas pessoas na cozinha e Áurea servindo as mesas, o trabalho rendeu. Lavavam os últimos pratos quando a loura entrou.

– Precisam de ajuda?

– Não, estamos mesmo a acabar. – Rodrigo tirou os olhos das panelas que ensaboava para responder.

– Nico, podes ir embora. – Áurea se dirigiu ao ajudante. – Eu ajudo o Rodrigo a terminar.

– Deixa lá, não te preocupes, miúda!

– Despacha-te senão vais perder o autocarro.

– Tens a certeza?

– Que pergunta! É claro que sim! Não és tu quem depende dos transportes públicos?

– Pois então eu vou.

Áurea pegou o guardanapo que o rapaz deixou sobre a mesa e aproximou-se.

Rodrigo levantou os olhos e sentiu que não era uma boa ideia ficar sozinho com ela, ou o diálogo poderia tomar um rumo desconcertante.

– Podes ir trocar de roupa se quiseres, nós já vamos daqui a pouco!

– Não, senhor! Ainda há muita louça por lavar. Vá, chega-te mais para o lado que eu vou lavando e tu passas por água limpa.

O silêncio que se formou a seguir agravou ainda mais o conflito interno de Áurea, que esperava conquistar o coração de Rodrigo nas noites em que o ajudava, mas nada avançava. Ele era difícil de decifrar... Toda vez que subia na moto e comprimia as pernas ao redor dele, ela se torturava, tateando os gominhos daquele abdômen... Queria ser mais ousada e se comportar como as raparigas que viviam na garupa do lindo, mas seria degradação demais... Piorava tudo o fato de a Quinta de sua família ser ao lado da dele, o que tornaria um caso passageiro um tanto constrangedor. E como ele parecia não corresponder, era melhor se afastar. Não queria se apegar ainda mais, porque apaixonada já tinha certeza absoluta de que estava.

– Rodrigo, preciso de falar contigo. Não posso continuar a ajudar-te à noite.

– Por quê? Aconteceu alguma coisa?

– É que agora estou mais sobrecarregada de trabalho no hospital. E como uma das enfermeiras vai entrar de férias para o mês que vem, as coisas vão complicar-se mais ainda. Contudo, não quero deixar-te na mão. Achas que consegues encontrar alguém para me substituir, até o fim deste mês?

– Vou tentar. – Ele piscou e sorriu. No mesmo instante, Áurea ficou arrependida de pedir para sair.

Rodrigo sabia que era o melhor que poderia fazer por ela, por isso a deixaria ir. Ainda não era dessa vez que alguém prenderia seu coração.

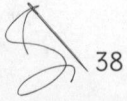

Já era 17 de junho e Rodrigo ainda não tinha conseguido encontrar alguém para substituir Áurea. Não ajudava o fato de que o salário que oferecia não era grande coisa. Tinha que pensar em algo, pois o que estava em risco era a Quinta de sua família, e dessa vez a culpa seria exclusivamente sua. Deixou a loura na vizinha Quinta São Miguel e tomou o rumo de casa em meio ao breu, iluminado apenas pelo farol da moto. Tirou o capacete e pendurou no guidão.

Duque veio em sua direção, abanando o rabo, Rodrigo abaixou-se e fez-lhe um carinho na cabeça e arrastou a mão por todo o dorso.

– Bom menino, cuidou bem de tudo, não é? – O cão da raça Serra da Estrela latiu, parecendo responder.

– Ei, Duque, não vamos acordar a casa! – Afagou-o nos pelos entre as orelhas. – Agora vai, garoto! – Como sempre, o cão obedeceu.

Rodrigo arrancou as botas na porta e entrou pisando com cuidado no assoalho... Se enfiou no banheiro, desabotoando a camisa grudada no suor da pele... O calor estava insuportável, só precisava de uma ducha. Saiu do banho e apagou assim que seus ossos encontraram a cama.

Sobressaltou-se com um barulho seguido por latidos, esfregou os olhos e se arrastou até a janela.

Olhou para o céu, que prometia chuva, alimentando sua esperança em aliviar o calor. Definitivamente aquele era o dia mais quente do ano, como fora noticiado mais cedo. As portas do celeiro bateram, mas não tinha vento. Devia haver alguém no quintal... Vestiu as calças, saiu para o corredor e deu de cara com sua mãe.

– Filho, onde tu vais?

– Preciso de ir fechar as portas do celeiro e dar uma olhadela na vinha. As notícias de hoje são de alerta vermelho devido ao calor. O Dado e a Malu estão em casa?

– Sim, estão dormindo, por quê?

– Não é nada... – Juntou as sobrancelhas. – Eu não vi o Jeep de Dado.

– No conserto de novo. – Ela bocejou e voltou para o quarto.

Rodrigo calçou as botas ao lado da porta, pegou a lanterna e saiu.

Iluminou o celeiro, mas não havia ninguém. Ouviu um uivo do cachorro, que parecia distante, o som se repetiu e Rodrigo sentiu os pelos da nuca eriçar. Deu alguns passos para dentro, mirou e por onde o foco da luz passeava, mostrava cada coisa em seu devido lugar. A porta devia ter sido aberta por Duque ou algum outro animal... Estava abafado, o que só piorou com a brisa quente que sentiu nas costas, olhou para trás em tempo de ver as portas do celeiro baterem mais uma vez. Pegou uma corrente e um cadeado ao lado do trator e passou pelas travas do lado de fora.

Caminhou até a vinha... Dava orgulho ver a floração das videiras formando os bagos. Aquilo era fruto de muito trabalho, em cada fase Rodrigo colocava a mão na massa, desde a poda no inverno, nos meses seguintes fazia a pulverização, poda verde... até a vindima no fim do verão. Olhou para o céu fechado, implorando que viesse uma chuva mansa, o suficiente para amenizar o calor sem causar estragos. O cansaço era grande, mas ia ser difícil dormir num dia tão quente. Se arrastou para dentro, voltou para o seu quarto, tomou mais uma ducha e se jogou na cama.

As pálpebras pesaram, rolou de bruços, encaixou a cabeça no travesseiro e cochilou... Quase entrava num sono profundo, quando o latido de Duque entrou em seu cérebro, e um sopro de vento fez arder suas narinas, devido ao odor acompanhado de um chiado característico de... fogo?

Capítulo 5

Gaby levantou os olhos e encontrou a chefe da produção franzindo o cenho, com alguns espartilhos nas mãos. A baixinha de bigode metia medo, e o coque no cabelo, ao invés de a deixar com cara de vovozinha, a fazia parecer uma bruxa.

— Este trabalho está uma porcaria. Desmanchem e façam outra vez. — Jogou metade sobre sua máquina e metade para Rapha ao lado. — Mas onde é que eu estava com a cabeça quando pensei em contratar duas incompetentes como vocês? Não há dúvida de que estão a fazer uma boa merda. Pelo jeito, é o melhor que fazem no Brasil, não? Despachem-se com isso, ou não precisarão de cá voltar mais.

Só se aquela fosse a vovozinha do capeta.

— E não adianta olhares para mim com essa cara, rapariga. Vamos, mexam-se!

Gaby não gostou de ser chamada de rapariga; por muito menos fez um estardalhaço no Brasil… Nunca um chefe a tinha chamado de quenga! Mesmo assim pegou a tesoura, desmanchou rapidamente a costura e a refez. Rapha fazia o mesmo, resmungando ao lado. Costurar lingerie era mais difícil do que supuseram, passaram uma semana tendo que refazer quando não agradava, mas precisavam do emprego.

A única vantagem era que seus dedos não ficavam mais azuis no fim do dia, como acontecia quando costuravam jeans. Gaby agradecia também que, mesmo sendo uma treliche, a cama que dormia era confortável e, com exceção do nojo que sentia do banheiro coletivo, estava tirando de letra. Era tranquilo dividir o quarto com Sammy e Rapha; ainda não conhecia todos na pensão – cada um trabalhava num horário e eram várias nacionalidades no mesmo lugar –, mas recebia alguns cumprimentos e sorrisos quando passava.

Na fábrica a maioria eram portugueses, mesmo assim estava difícil fazer amizade, mal dava para entender o que falavam de tão acelerados, tentava decifrar a primeira palavra quando já diziam a última. Focou-se em aprender o serviço e a segunda semana passou tão depressa quanto os diálogos portugueses. Aquele dia, então, voou! Depois de um expediente inteiro sem ter que desmanchar nada, Gaby respirou aliviada, pegou sua mochila no armário e enfiou na lateral a tesoura inseparável. Será que o cabelo da prima estava precisando de um novo corte? Riu.

– Do que você está rindo?

– Lembrei da minha prima, Rapha!

– Já está com saudade daquela traidora?

– Estou, sua ciumenta! Só que não! – Piscou.

– Ah, que bom né, Curica! – Rapha riu e deu um tapa em seu ombro. – Tem hora que custo a acreditar que você teve coragem de cortar o cabelo dela... Tenho medo de você!

– Nem eu acredito. Aquilo foi libertador... Obrigada, Brasil!

– Nem se acha, né, Curiquinha. – Balançou a cabeça. – Sua tia deu sinal de vida? Mandou alguma mensagem?

– *Nop!*

– Acho que você oficialmente não faz mais parte da família.

– Olha isso, Rapha! – Gaby levantou o braço e contraiu a mão num formato de conchinha.

– O quê, Curica?

– São minhas rugas...

A amiga juntou as sobrancelhas e ficou olhando a palma da mão enrugada de Gaby.

– Minhas rugas de preocupação, Rapha. – Gaby riu.

– Por que eu ainda acho que você pode falar algo sério? Afff! – Rapha bateu no ar com a mão.

Por fora era sorriso, mas por dentro a vontade era de chorar... Eles nem a deixaram se despedir da avó. Também, depois da história que a fingida da Sarah inventara... A prima invertera tudo e disse que era Gaby quem tinha inveja da coitadinha.

– Gaby, Gabyyy! Acorda, tá longe, amiga? Curiquinha, o pessoal convidou a gente para sair e tomar alguma coisa com eles hoje, vamos? A gente só conhece a Amélia, vai ser legal se enturmar.

– Quem vai?

– Os dois mecânicos, o entregador, eu, as duas costureiras que pregam bojo e a menina do empacotamento. E você, se quiser...

– Eu passo, não fui muito com a cara daquele mecânico baixinho e achei que o entregador me olha de um jeito esquisito.

– Você é muito desconfiada. Vamos, sim, eles me parecem gente boa!

– Como você achava que era o Waldemar?

– Eles não têm nada a ver com aquele Waldemônio.

Fazia uma semana que Rapha admitira para Gaby que aquele roxo no olho tinha sido causado pelo mecânico temporário na fábrica de jeans. Confidenciara inclusive que se apressou em sair do Brasil quando soube que ele seria efetivado.

– Vai, amiga, vai ser bom conhecer gente nova, só toma cuidado e vê se não gasta muito!

– Relaxa, nós vamos ganhar em euro!

– Nossas contas também serão em euro e nossos reais viraram nada em euro.

– Vamos, Gaby, assim você me ajuda a economizar.

– Ou a gastar mais, né! Não, eu não vou porque quero aproveitar que não vamos fazer hora extra hoje e vou tentar pegar o Sammy em casa.

– Larga de dar desculpa, porque a essa hora o Sammy nem está mais lá. Falar nisso, ele é tão calado... Ele te falou se está gostando de cantar na noite?

– Está sim, nem ele imaginou que fosse se encaixar tão rápido. Ele diz que deu sorte porque um cara que era bom no violão voltou para o Brasil, um grupo falou para o outro, e ele foi preenchendo os dias.

– Ah, mas ele é muito talentoso. Me veio uma coisa agora na cabeça... E se eu chamar o pessoal para fazer nosso happy hour onde o Sammy está tocando? Seria legal, né! Aí você poderia se animar para ir.

– Ah, Rapha, estou mesmo muito cansada.

– De sexta é naquele Pub que ele falou que era bom?

– Isso mesmo.

– Onde fica?

– Próximo à estação Cais do Sodré.

– Perfeito, bem no meio do caminho pra casa. Por favor, Curica! Espera um pouco e vamos juntas... Você poderia ficar ao menos um pouco.

– Esse povo é enrolado. Vou indo, prometo que na próxima eu vou.

– Vou cobrar, hein, Curiquinha!

Rapha puxou Gaby para um abraço e comprimiu os lábios em sua bochecha.

– Gaby, esqueci de te falar, precisamos acertar com a Amelinha até o fim do mês.

– Quanto ficou?

– Mil euros.

– Os três?

– Não, cada um.

– Mas nem foi ela quem arranjou o emprego para o Sammy!

– Questionei isso, mas ela disse que acompanhou ele nos lugares. Também achei meio salgado, mas fazer o quê? O lado bom é que ela disse que se a gente resolver tirar a cidadania portuguesa com a assessoria dela, vai fazer um superdesconto para a gente.

Gabriela não conseguia entender como seria possível fazer cidadania portuguesa se não eram descendentes de portugueses. Mas segundo Raphaela, a Amelinha tinha uns contatos que arranjariam tudo. Aquilo não cheirava bem, mas que saída teriam? Se custava três mil euros para buscar no aeroporto, mostrar a cidade e arrumar aquele emprego... Quanto seria a tal cidadania? Despediu-se da amiga e foi o caminho todo pensando que precisava arranjar uma forma de fazer um dinheiro extra. Esse primeiro imprevisto já significava mais tempo na pensão dividindo o banheiro com meia Lisboa.

Fazia duas semanas que o incêndio tinha destruído uma parte da vinha da família de Rodrigo. Por sorte não matara as videiras, mesmo assim haveria um prejuízo imensurável dali a dois meses, na colheita. Não teria mais todo o dinheiro para quitar o financiamento – sua situação, já delicada, agora era angustiante.

Se encontrasse um comprador para o restaurante, talvez pudesse pagar parte da dívida, mas aí perderia a renda que ajudava a manter a família e ainda ficariam refém das intempéries da natureza – sua vida seria de dedicação total à vinha. Apesar de que ultimamente o estabelecimento não estava dando grandes lucros, mas era o que amava fazer. Percebia que a questão não era simplesmente vender o restaurante, era vender junto com ele o sonho de ser um chef reconhecido. Adeus, estrela Michelin! Sentia um aperto no peito por abrir mão de tudo o que construiu, mas não conseguia enxergar outra saída.

Tirou o telefone do bolso e ligou para o tio antes que mudasse de ideia. Ofereceria em primeiro lugar para ele, que fora o dono anterior.

– Tio, tudo bem?

– Sim, estamos bem. Então, como estás? Tua mãe já se recuperou do susto?

– As coisas estão complicadas, mas estamos todos bem. Liguei porque estou prestes a tomar uma decisão e que queria falar-te: estive a pensar em vender o restaurante. Tens interesse em retomar o negócio?

– Não estás a precipitar-te? Pá, querias tanto o restaurante!

– Não consigo ver outra saída.

– Vou pensar no assunto. Estarei aí em quinze dias, passo para darmos um lamiré.

– De acordo.

Gaby notava que todo mundo parecia estar se encaixando na nova vida em Portugal, menos ela. Desde a morte da mãe sentia-se tão sozinha... Se ao menos soubesse onde estava seu pai... Há meses não recebia um telefonema. Como ele pôde surtar com a morte da esposa e deixar para trás uma filha? Gaby só tinha 18 anos. Agarrou-se ao corrimão do metrô durante a freada, era exatamente como se agarrava à vida. Tantas coisas interrompidas de forma brusca, tantos se, tantos quase... Respirou fundo para limpar o nó da garganta.

Rapha e Sammy vinham fazendo de tudo para tornar sua adaptação mais fácil, mas mesmo com tanto carinho, a sensação de vazio não ia embora. O sorriso de Sammy contando os elogios que vinha recebendo era a única coisa que não a deixava voltar correndo para o Brasil. Foi com um desses sorrisos que ele a recebeu no portão da Rua dos Anjos. Aquilo era uma injeção de ânimo.

– Ei, gata, chegou cedo! – Sammy ajeitou a alça do case do violão no ombro.

– Achei que já tivesse ido, Arroba!

– Dormi e perdi a hora, ainda bem que só preciso pegar a linha verde do metrô hoje. – Sammy tocou o rosto de Gaby. – Que cara triste é essa?

– Rapha acabou de dizer que ficou em mil euros para cada um com a Amelinha, fora o valor da cidadania.

– Caraca! Só é uma pena que você não está fazendo cada suor derramado valer a pena... Quando vai criar coragem para ao menos ir até lá e tentar descobrir que fim o seu garçom deu?

– Quer saber? Vai ser hoje!

– Assim, do nada?

– Do nada? Eu atravessei um oceano e estou aqui há quinze dias. Você tem razão, preciso saber o que aconteceu com ele.

– Essa é a Gaby que eu conheço! Estou atrasado, gata, me manda mensagem, respondo entre uma música e outra.

– Me deseje sorte.

– Você não precisa de sorte, porque Deus estará com você em cada segundo.

– Obrigada, Sammy, te amo!

– Eu também te amo! Agora vai e se produz, quero você poderosa. E não me esqueça de levar um guarda-chuva. Antes eu tive dúvida quando vi o tempo nublado, mas agora tenho certeza de que vai chover.

Encarou a si mesma diante do espelho e criou coragem.

Voltou três vezes ao quarto pensando se havia esquecido algo...

A coragem foi abandonando-a durante o trajeto. Parou em frente ao restaurante e ficou algum tempo decidindo se entrava ou não.

Capítulo 6

– Rodrigo – Áurea chamava pela janelinha. – Tem uma rapariga que quer camarão na mostarda, eu já disse que não tem no menu, mas ela está parva e repete que quer o camarão. Antes que eu passe, vim perguntar-te pelo raio do camarão na mostarda.

– Bem, já faz uns cinco anos que retirei esse prato do menu. É alguma cliente antiga?

– Nunca a vi antes... É brasileira. Se quiser, invento uma desculpa... Está tarde, posso dizer que a cozinha já encerrou por hoje.

– Como é ela? – Sua voz quase não saiu.

– O que disseste?

– Eu vou... – limpou a garganta – ...vou fazer!

Enquanto cozinhava, era consumido pela curiosidade, uma sensação estranha... Quando ainda tinha o camarão no cardápio e alguém pedia, acabava dando uma espiada e sempre acabava rindo sozinho dos diferentes tipos que apareciam... E ele sabia que era uma bobagem, mas vez ou outra lembrava com carinho daquela promessa. Como será que ela estaria agora? Bem, talvez tivesse se tornado a moça atrevida que um dia previra que seria, riu.

Montou o prato e apertou a sineta. O movimento estava fraco, então permitiu-se esgueirar-se para fora da cozinha e observar a entrega do prato. Ela estava de costas, precisava dar um jeito de ver o rosto dela. Estava certo de que a espiadinha não iria dar em nada, lógico que nunca a veria de novo... *Até parece!* Riu de sua própria imbecilidade. Uma brincadeira de criança...

Áurea entregou o prato, levantou os olhos e não pôde deixar de notar Rodrigo no canto do salão, no corredor que dava para a cozinha. Então era isso, ele deveria conhecer a garota. Esta levou o garfo à boca e saboreou o camarão, emitindo sons.

– Que tempero é esse? E o cheiro, então? – Fechou os olhos e inspirou. – Tão delicioso! Tem sabor de infância! Muito obrigada por ter convencido o chef. – A garçonete em sua frente franziu o cenho, parecia ter comido ovo podre, toda simpatia demonstrada desde sua chegada ao restaurante desaparecera. Gaby não conseguia entender. – Está tudo bem?

– Tudo ótimo, fico feliz que o prato esteja à sua vontade.

Mas a fala da loura não combinava em nada com a expressão no rosto. Ela parecia enfezada em sua frente, se controlando até para falar. Que bicho deu nela?

– Aceita mais uma bebida? – Pelo canto dos olhos, Áurea percebia que Rodrigo ainda estava lá.

– Não, obrigada. Só queria... É que eu estive nesse restaurante há muitos anos... Comi esse mesmo camarão. Faz tempo que você trabalha aqui? – Gaby levou mais uma garfada à boca.

– Não, há bem pouco tempo comecei a fazer um biscate aqui.

Gaby, parou de mastigar e olhou ao redor para se certificar de que estava mesmo num restaurante. Teria notado se tivesse entrado numa casa de prostituição, não? Aquela loura não parecia ser uma prostituta, apesar de que hoje em dia quem vê cara...

Rodrigo escondeu-se quando viu que a cliente virava o pescoço, passando os olhos pelo salão, mas viu de relance o rosto dela, tempo suficiente para saber que havia uma possibilidade de aqueles serem os mesmos olhos jabuticaba que vira um dia.

– Algum problema? – Áurea começava a considerar estranho o comportamento da cliente.

– Não, está tudo certo. Obrigada! – Gaby não poderia ir embora sem uma resposta, criou coragem... – Moça...

– Sou uma rapariga! Podes falar, rapariga!

Gaby teve a certeza de que a loura era mesmo uma prostituta. Mas como será que funcionava? Será que ela usava o restaurante para fazer contato com a clientela?

— Então, rapariga... — Gaby limpou a garganta. — Só queria saber se você chegou a conhecer um garçom que trabalhou aqui? Brasileiro, louro, olhos mel...

Áurea acabava de confirmar sua suspeita de que ela e o Rodrigo se conheciam.

— Nunca vi. Falta-te mais alguma coisa? Nossa cozinha está encerrando.

— Não, obrigada!

Gaby acabou de comer o camarão e pediu a conta. Saiu do restaurante com uma sensação de fracasso. Era uma idiota em pensar que depois de tanto tempo chegaria lá e o bonito a estaria esperando. *Contos de fada não existem, Gabriela!* Um pouco de ar puro era tudo de que precisava...

Rodrigo pegou a panela e a levou à geladeira.

— Viste assombração, señor Nico?

— Não, é que...

Já ia fechando a porta quando percebeu que a panela estava suja. Grunhiu para si mesmo e voltou com ela para lavar... Olhou para o lado e Nico, aos risos, chacoalhava a cabeça diante do estado de avoamento do chefe.

Poderia simplesmente ter ido até a mesa dela e se apresentado. Qual seria o problema? Nenhum! E de onde viera essa timidez que nunca teve? Assustou-se com o som dos pratos sendo depositados e arregalou os olhos quando Áurea bateu a porta. Ela deveria estar sensível por aquele ser seu último dia.

Sobressaltou-se mais uma vez quando ela voltou, atravessou a cozinha, entrou na despensa e saiu com a bolsa pendurada no ombro.

— Rodrigo, falta muito para te despachares? Vou fazer plantão nesse fim de semana, queria chegar cedo em casa hoje.

— Posso pagar-te um Uber? Eu preciso terminar as coisas aqui...

— Uber até Palmela ficará muito caro.

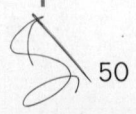

– Não há azar com isso, até me dá jeito, porque assim durmo aqui, e como amanhã teria que vir mais cedo para ir ao mercado... As hortaliças que o produtor entregou hoje não eram das melhores. Então, aproveito e vejo também se encontro alguns dos temperos que estão a acabar.

Ela saiu deixando a porta bater. Rodrigo enxugou as mãos no avental e a alcançou no andar de baixo.

– Áurea!

– O que foi? – Era uma voz grave que Rodrigo não conhecia.

– Toma, é o dinheiro para pagares o Uber e também o teu pagamento referente a esta semana. – Estendeu a mão.

– Obrigada.

– Eu é que agradeço. Sei que ficaste mais tempo do que combinamos devido ao incêndio na Quinta. Se não estivesses aqui, eu não sei... obrigado por tudo!

Ela pegou o dinheiro e saiu.

Terminou a limpeza com Nico, que o deixou sozinho em seguida. O som de "Despacito", que vinha do restaurante do lado era sinal de que o garçom Enrico também dormiria no trabalho hoje.

Estendeu o colchonete no salão e ouviu a vibração de algo sobre a mesa. Era o celular de Nico e um molho de chaves. Ele teria que acordar as crianças para entrar em casa. Rodrigo apanhou a mochila, desceu as escadas e correu para o estacionamento. De moto seria mais ágil... Tinha que ter vindo de carro justo hoje? Com sorte ele ainda estaria na parada à espera do autocarro – ônibus no Brasil. Fazia quinze anos que estava em Portugal e ainda achava engraçado como a forma de se expressar no mesmo idioma era tão diferente; só a linguística para explicar tanta salada...

Buzinou e Nico veio correndo apanhar os pertences, com um sorriso no rosto. Desculpou-se, correu para entrar no ônibus que acabara de parar, acenou lá de dentro. Rodrigo ligou o para-brisas para limpar um vestígio de chuvisco, o tempo fechado o dia todo não trouxe a chuva que parecia prometer. Sentiu o celular vibrar na virilha, só podia ser sua mãe. Parou no acostamento próximo ao restaurante, para conseguir tirar o celular do bolso da calça.

– Estou, sim!

– Estás a chegar?

– Mãe, ia mesmo agora ligar-te. Hoje vou ficar aqui. Tenho de ir ao mercado amanhã bastante cedo. Precisas de alguma coisa?

– Se tu conseguires encontrar o feijão carioca, compre ao menos uns cinco quilos.

– Não é muito?

– Não, de qualquer modo eu posso congelar. Nas duas últimas vezes que fui à banca de grãos brasileiros, estava em falta. Boa noite, meu filho, Deus te abençoe!

– A ti também, boa noite!

Colocou o celular no compartimento entre os dois assentos, deu um pulo e arregalou os olhos. Mas era só uma gaja abrindo a porta. Ela adentrou, sentou-se no banco traseiro e bateu a porta.

– Não estou acostumada a usar o aplicativo, mas você deve ter o endereço aí. – Gaby perdera a noção do tempo olhando os barquinhos, a chuva começara a engrossar, e o jeito foi pedir um Uber da forma como Sammy ensinara.

Só podia ser ela… Tinha que ser! Não podia acreditar que ela estava no banco de trás e que nesse momento o confundia com um Uber. Também pudera, pois o Renault Clio de sua mãe era popular em Lisboa, inclusive entre os motoristas de aplicativos. A rapariga tirou um lenço da bolsa e enxugou o rosto, o vestido parecia úmido… E agora? O que fazer com ela?

Ele pensou rápido.

– A bateria do meu telemóvel acabou, mas se não se importar, pode dar-me o endereço que eu levo-a aonde quiser.

– Rua dos Anjos, 34.

Rodrigo desligou o celular para que ela não desconfiasse de que ele não era um Uber. Ela olhava pelo vidro, a pouca luz que entrava no carro era o suficiente para desenhar os contornos delicados do queixo, sem dúvida era uma bela mulher. Só queria ter certeza de que era a mesma que um dia conheceu. Que tolice! Saber para quê?

Gabriela tinha a mente povoada de sentimentos controversos. *O que eu estou fazendo aqui? E onde mais estaria?* A sensação era de que não tinha sobrado nada, mas nem ia pensar que "pior do que está, não dá pra ficar", porque sempre dava pra piorar. Passou a mão no vestido molhado... *É, sempre dá para piorar!* Se sua mãe estivesse ali, iria dizer "Toda escolha tem um preço, Gaby!" "Desistir não é uma opção!" Gaby não conhecia ninguém mais determinada do que ela. Mas escolher o que, se não tinha escolha? Desistir do que, se não tinha nada?

Rodrigo precisava puxar assunto, tinha que descobrir alguma coisa.

– Você parece distante... Está cansada?

– Um pouco.

– É a primeira vez que visita Lisboa?

– Não, eu estive aqui quando tinha 8 anos.

Ele prendeu a respiração por um instante.

– O que a trouxe de volta?

– A insensatez de um coração ferido!

– Ele foi assim tão importante?

– Não é só esse tipo de amor que fere um coração, mas digamos que contribuiu para eu vir... Conheci um homem, bem, quer dizer... Ele deve ser um homem agora.

– Deve ser? Não o encontrou?

– Não.

– Talvez eu possa ajudá-la a encontrá-lo.

– É impossível, a não ser que tenha conhecido um garçom brasileiro que trabalhou há quinze anos num desses restaurantes, nas docas.

Rodrigo paralisou por uns instantes... Ele sabia que havia uma possibilidade de ser ela, mas a certeza o desestabilizou por dentro. Por sorte se recuperou do descompasso no peito em tempo de ocultar sua reação.

– Qual é o nome dele?

– Não sei! Está vendo? É impossível.

– Tudo é possível!

– É, tudo é possível! – Gaby mais fungou do que sorriu, não era sua intenção debochar... Saiu naturalmente! – Mas acredite em mim, essa frase tem outra conotação quando se trata de minha pessoa. Significa que tudo de ruim pode acontecer.

– Olhando para si, não consigo imaginar isso. Qual é o seu nome?

– Gabriela.

– Está explicado, então. A si, só lhe podem acontecer coisas boas. Anjos têm proteção especial!

– Taí outra coisa que não sou.

– Aí está outra coisa em que não consigo acreditar. – Rodrigo levantou as sobrancelhas.

Ela comprimiu os lábios e forçou um sorriso.

– Então, se acaso mudar de ideia, disponibilizo-me para procurá-lo consigo.

Gaby levantou as sobrancelhas.

Ele olhava pelo retrovisor dois pares de olhos jabuticaba encarando os seus: agora tinham ainda mais poder, quinze anos depois. A boca bem desenhada e uma coloração naturalmente encarnada implorando por um beijo. O vestido úmido evidenciava seus contornos... Rodrigo sentiu uma reação instantânea entre as pernas. Aquilo era encrenca na certa. O melhor que podia fazer era dar a carona e deixá-la pensar que esse garçom jamais seria encontrado.

Por alguns instantes Gaby sentiu medo pela forma com que ele a olhava; lamentou ter deixado a tesoura na pensão – eram tantas histórias de motoristas de Uber que era melhor não dar mole para o azar. Esfregou um pé no outro e sentiu no calcanhar que talvez o sapato pudesse ajudar numa luta corporal. Imaginou-se fincando o salto agulha no olho dele. Sorriu, fingindo ser o anjo que ele pensava que ela era.

Ela desceu do carro, e ele voltou para o restaurante sem conseguir prestar atenção ao caminho. Estacionou o Clio e ficou alguns instantes tentando assimilar tudo o que tinha acontecido. Quem era ela quinze anos depois? Nem sabia quem era antes, como saberia agora? Como ela tinha ido parar naquele lugar? Desceu e abriu a porta de trás para apanhar a mochila e só encontrou uma bolsa feminina.

Ladra! Ela levou minha mochila!

Gabriela desceu do Uber e avistou Rapha vindo pela calçada, abraçou a amiga e entraram juntas. Rapha subiu as escadas, contando que o pessoal do trabalho tinha adorado o pub, que Sammy estava arrasando nas músicas e que o amigo tinha ficado de conversa com um turista espanhol. Entraram no quarto, Rapha pegou a toalha e uma troca de roupas, e foi usar o banheiro compartilhado no fim do corredor. O sorrisinho de Rapha denunciava que a noite tinha rendido um love. Gaby jogou-se na cama de baixo da treliche, empurrou a sapatilha com os pés, soltou-as no chão, puxou a mochila para depositar sobre o criado atrás da cabeceira... Mas a sua já estava lá. As duas eram pretas e, olhando com atenção, nem eram tão parecidas... Comprimiu os olhos e bateu a mão na testa. *Minha bolsa!*

Estava acostumada com o aplicativo do Uber cobrando no cartão de crédito, como era no Brasil. Esqueceu-se de que nem cartão tinha mais. E agora? Como faria para encontrar aquele motorista de novo? *Meu celular! Meu dinheiro! Meu passaporte! Meu Deus, que idiota que eu sou!*

Gaby se levantou, esbarrou na única cadeira do quarto, calçou as sapatilhas e saiu correndo pelo corredor. Bateu na porta e ouviu, junto com o barulho do chuveiro, um resmungo da amiga do outro lado.

– Rapha, sou eu, Gaby!
– O quê?
– Deixei minha bolsa no Uber.
– Não estou entendendo.
– Minha bolsa, esqueci no Uber!
– O quê?
– Nada, esquece!

Desceu as escadas e, ao abrir a porta que dava para a calçada, deu de cara com duas moradoras da pensão que chegavam do trabalho ou talvez da balada.

– Olá, ainda não tivemos tempo de conversar, nossos horários não batem. Eu sou a Gabriela, mas pode me chamar de Gaby.

– Olá, Gaby! Eu sou a Thassiane, mas podes chamar-me Thássia. E esta – a loira pôs a mão no ombro da morena – é a minha amiga Matilde. – Apertaram as mãos.

– Podes chamar-me Tide.

– Muito prazer! Meninas...

– Bem, parece que a chuva também te surpreendeu – Tide interrompeu Gaby, apontando para o seu vestido úmido. – Se eu soubesse que a chuva ia parar tão rapidamente, não tinha voltado para casa tão cedo. Ah, já conhecemos o teu amigo, Sammy. És exatamente como ele disse. Tens traços marcadamente brasileiros. Vocês são do sul do Brasil, não é?

– Sim. – Gaby forçou um sorriso. – Meninas...

– Nós viemos do norte de Portugal há seis meses... – Thássia tocou o rosto de Gaby. – Acho que o Lineu ficaria encantado contigo se te conhecesse. Se estiveres interessada, poderás vir a trabalhar conosco. O que achas disso?

– O que vocês fazem?

– De tudo um pouco. Alguns bicos, mas geralmente, fazemos tudo. Gostamos mesmo é de trabalhar juntas.

– Quem sabe, se der para me encaixar, me falam... Mas, meninas, estou com um problemão, talvez vocês possam me ajudar. Preciso dar um jeito de ligar no aplicativo do Uber. Acreditam que eu esqueci minha bolsa, com meu celular e passaporte, dentro do carro?

– A esta hora da noite acho muito difícil conseguires resolver alguma coisa. – Tide torceu a boca. – É melhor acalmares-te agora, e amanhã bem cedo pensas no que deves fazer. Talvez o motorista volte aqui para te entregar a tua bolsa.

Aquilo foi como uma luz acendendo dentro da cabeça de Gaby.

– Claro que ele vai voltar! A mochila dele está comigo.

– Já viste o que lá tem dentro? – Tide animou.

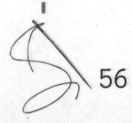

– Não, ótima ideia, vou fazer isso agora. Talvez tenha algum contato dele dentro... Obrigada pela dica.

– Então, vai buscá-la rapidamente para verificarmos se tem algum endereço ou algum contacto dele – Tide acendeu o cigarro. – Se tiver, nós podemos ajudar e ir lá contigo, não é, Thatá?

– Claro que sim. – Thássia pegou o cigarro que Tide estendia e deu uma tragada. – Enquanto isso aproveitamos para fumar, dentro da pensão é proibido. – Piscou.

Gaby voltou rápido com a mochila. Abriu e puxou um caderno, touca, camisa, avental, papel de seda, óculos de grau dentro de uma caixinha... pincel? *Será que o passageiro anterior esqueceu a mochila e o motorista não percebeu?* Sentiu um cheiro estranho e enfiou o rosto para ter certeza... Tempero? Devia ser mochila de uma cozinheira. Manteve o caderno no braço, ajeitou os outros itens, deu a mochila para a loura segurar. Passou os dedos pela paisagem da capa em tons azulados e começou a folhear. Arqueou as sobrancelhas quando notou as receitas. A caligrafia tinha traços precisos, parecia com as dos convites de casamento. Verificou todas as páginas, mas não encontrou nada que pudesse identificar o dono ou o endereço.

– Acredito que isso me pertença!

Era o motorista do Uber parando o carro rente à calçada.

Capítulo 7

O poste iluminou bem o rosto dele, e Gaby pôde ver os olhos mel e o cabelo com os fios alourados mais evidentes com o efeito da luz. Paralisou.

– Você deixou sua bolsa no meu carro... – Ele alcançou a bolsa no banco de trás, desceu e bateu a porta.

Rodrigo observou Gaby pegar a mochila da mão da loura que fumava na calçada, colocar o caderno de volta, fechar o zíper e estender para ele. Ela parecia desconcertada.

– Desculpe, peguei por engano! – Gaby entregou a mochila dele e pegou a sua bolsa...

Ele roçou sua mão... Ela respirou com calma e tentou em vão controlar os compassos do coração. Inspirou mais uma vez e tentou um sorriso. Se ele não se lembrava dela, não via motivo para lhe dizer que ela era a garotinha de quinze anos atrás. Mas que diabo ele fazia dentro daquele Uber? Não era garçom? Ok, isso não era da sua conta.

– Confira as suas coisas.

– Ah, sim... – Gaby abriu a bolsa e lá estavam seu celular, passaporte, dinheiro, batom, absorvente interno... *Será que ele olhou?* – Está tudo aqui, obrigada!

– É lá! Não nos disseste que o motorista era um gajo tão giro! Mas que pedaço de mau caminho! – Tide piscou, deu mais uma tragada, jogou a bituca marcada pelo batom vermelho no chão e esfregou o pé em cima.

– Vamos entrar, Tide? – Thássia escancarava um sorriso. – Foi um prazer conhecer-te finalmente, Gaby!

— O prazer foi meu, espero encontrá-las mais vezes. — Gaby sorriu. — Ah, e se seu patrão estiver precisando de alguém, pode me indicar. Vou precisar fazer alguns bicos, um extra vai ajudar a começar meu pé de meia. Além do mais, minha chefe é meio complicada, nunca se sabe... Não estou podendo escolher trabalho. Meu expediente é durante o dia, mas à noite eu topo qualquer coisa!

— Nesse caso, podes contar conosco! — Thássia piscou.

As duas acenaram e subiram.

Rodrigo sentiu o sangue subir pelo rosto. Semicerrou os olhos e encarou a garotinha agora crescida em sua frente.

— Quer dizer então que te tornaste uma prostituta?

Na mesma velocidade que disse isso, veio o estalo alto. Sentiu na hora a ardência da queimadura na face.

— Escolheste viver assim, e eu é que pago o pato? — Segurou-a pelos braços e aproximou-se com os olhos nos olhos. — A gaja tem a mão pesada, mas eu sou mais forte.

— Você é um ogro filho da puta. Conheço caras como você de longe!

— Não, não conheces, mas vais conhecer!

— Tire suas mãos de mim, não iria te querer nem se recebesse por isso. — A saliva saltava involuntária de sua boca. — E só para constar, não sou prostituta, mas se fosse, o que você teria a ver com isso? Não é da sua conta.

— Não, não é. — Rodrigo desejou que fosse... Tão perto, era possível sentir o cheiro adocicado dela... Ela tinha a carranca fechada, mas não era menos atraente por isso. Atrevida, exatamente como imaginou que um dia ela seria!

— Posso saber por que tirou essa conclusão?

— Ora bem! Porque este é um local muito frequentado pelas prostitutas. Ou seja, é precisamente um dos maiores antros de prostituição da cidade de Lisboa! Raios! Tu moras na Rua dos Anjos, no bairro do Intendente, menina!

– Não é o bairro mais lindo de Lisboa, mas é o que eu posso pagar. Agora me dê licença. – Tentou libertar os braços, mas ele a imobilizara com muita força. Quem aquele maldito pensava que era?

– Não podes ser assim tão ingênua! – Rodrigo manteve as mãos firmes, sentia nos dedos a carne exposta dos braços dela. – Desculpa-me, mas... Moras com prostitutas, disseste que querias fazer um bico, e estás furiosa comigo só porque te perguntei se és uma delas?

– Elas não são... – Algumas peças começaram a se encaixar. *Meu Deus, talvez sejam!* Arregalou os olhos. – Eu só as conheci hoje, e não é problema meu como conduzem as próprias vidas, cada um é livre para fazer as próprias escolhas. Além do mais, não sou eu quem paga as contas delas.

– Mas tu ofereceste-te para fazer um bico, e trabalhar com elas!

– E qual é o problema?

– Aqui, fazer um bico, não tem o mesmo significado que no Brasil. – Ele afrouxou as mãos. – Desculpa-me, tens toda a razão! De fato, não é um problema meu! Tenho de ir. Já é tarde, e é melhor também que entres. – Ele virou-se e pôs a mão na maçaneta do carro.

– Não, agora você vai me dizer... – Segurou-o pelo braço. – O que é fazer um bico aqui?

Ele voltou-se para ela.

– Significa fazer um... – Rodrigo abaixou a cabeça. – Tu podes imaginar!

Gaby franziu o cenho.

– Minha imaginação não vai tão longe. O que é?

– Com a boca no homem – ele olhou de esguelha e limpou a garganta –, cá embaixo... – Apontou.

Gaby arregalou os olhos.

– Meu Deus, eu disse...

– Sim, disseste...

– Eu sabia o básico das diferenças das expressões: que entrar na bicha é entrar na fila, que casa de banho é banheiro... Mas fazer um bico? Meu Deus, melhor nem repetir! – Juntou as sobrancelhas.

60

– Aqui diz-se "Fazer um biscate", quando se quer referir a um acréscimo de dinheiro extra ao vencimento mensal, semanal, etc. ou até fazer um trabalho temporário para quem não tem emprego.

Gaby fechou os olhos.

– Eu pensei que a garçonete do restaurante fosse uma prostituta.

– Áurea? Não!

– Você conhece a garçonete?

– Sim, hoje foi o último dia dela e preciso encontrar outra com urgência... Eu sou o chef do restaurante. Fiz o camarão para ti. – Ele sorriu exibindo os dentes perfeitos.

– Ah, obrigada! Espere aí... Mas você é chef de cozinha ou motorista de Uber?

– Sou chef de cozinha.

– E me deixou acreditar que era um Uber? Como eu consigo ser tão besta? Eu realmente merecia um troféu. – Gaby virou as costas e caminhou para a porta, mas a mão dele comprimindo seu braço a impediu.

– Espera! Eu lembro-me de ti, Gaby! Deixa-me explicar... Eu sou o Rodrigo, o garçom que conheceste. Desculpa-me, não tive coragem de ir até à tua mesa, mas quando entraste no carro da minha mãe e pensaste que eu era um motorista de Uber... eu...

– Você preferiu mentir... Eu falei que procurava por você, pelo garçom que um dia conheci... Você teve a cara de pau de se oferecer para procurar comigo.

– Talvez com isso eu estivesse a querer fazer um resgate de mim próprio e essa busca fosse também a minha. – *Que tonteira é essa? Por que disse isso?*

– Você é doente ou o quê?

– Sim, devo ser doente. Tão doente quanto tu, porque ao que me parece, também me reconheceste e não disseste nada.

– Escuta aqui, seu... seu... cínico! Eu só te reconheci aqui, agora há pouco.

– Talvez eu seja cínico, mas sou um homem de palavra.

– Você está por acaso insinuando que eu não seja?

— Tu prometeste que voltavas dez anos depois! — Rodrigo se arrependeu de cobrar aquela tolice no mesmo instante. *Essas palavras não podem estar saindo de minha boca.* — Em suma, não tens palavra!

— Você não me conhece, não fala do que você não sabe. — Gaby travou a mandíbula, retesou o corpo e colocou o indicador próximo à face dele. — Se eu tinha alguma dúvida se você era ou não um idiota, acabou. Agora tenho certeza!

— Eu sou mesmo um idiota — deu um passo à frente e permitiu que sua face se encostasse no dedo dela —, porque acreditei na palavra de uma criança.

— Você fala como se estivesse me esperando desde então. — Riu debochada, abaixou o braço e deu um passo atrás. — O que duvido muito.

— Não, não estava mesmo. Ainda bem, porque aí sim eu seria um completo idiota... E tu falas como se fosses uma freira recém-saída do convento. Coisa que não me parece que sejas. Há pouco ofereciaste para fazer um bico!

— Argh! — Sentiu o sangue em sua face. — Não sei por que ainda estou aqui conversando com você... — Gaby virou-se, entrou na pensão e bateu a porta.

Rodrigo ficou parado olhando para a porta, como se todas as portas do mundo estivessem se fechando para ele. Sentia-se um derrotado e nem entendia por quê. Como se deixara afetar por uma garota prepotente, cheia de si... uma completa desconhecida? Nunca tinha segurado daquela forma o braço de uma mulher, por que aquela fulaninha causara esse efeito? Que raio de atitude foi aquela de cobrar uma promessa feita por uma menina de 8 anos de idade? Rodrigo tinha 32 anos e, durante aquela discussão idiota, que simplesmente não iria levar a nada e a lugar nenhum, sentiu-se como se tivesse apenas 2. *Quem se importa?* Entrou no carro, abriu a carteira e ficou olhando por alguns instantes um desenho marcado nas dobras e desbotado pelo tempo.

A pensão parecia silenciosa quando Gaby passou pela sala feito um furacão e subiu as escadas afundando os pés... Mais uma página de sua vida fora virada, queria sentir-se aliviada, mas a raiva era tão grande que talvez fosse demorar alguns dias para respirar normal de novo.

Alcançava os últimos degraus quando ouviu o eco das risadas vindas do banheiro, deviam ser as duas amigas que tinham acabado de chegar. As vozes sussurradas aguçaram a curiosidade de Gaby, que encostou o ouvido na porta. "Será que se levássemos a rapariga para o Lineu conhecer, ele nos pagaria uma comissão?" A outra riu em resposta. "Quanto tempo achas tu que ela dura em Lisboa sem se prostituir?"

Alguém bateu a tampa do vaso e o som dos passos era um aviso de que vinham em direção à porta. Gaby voltou correndo, entrou no quarto, encostou a porta com cuidado e respirou aliviada. Rapha roncava, esparramada na cama do meio da treliche, Gaby puxou o braço da amiga que pendia para fora e o ajeitou na lateral do corpo. Abriu a gaveta da cômoda, pegou o pijama e vestiu-se perdida nos pensamentos.

A decepção ao constatar que aquele príncipe que ansiara tanto tempo em reencontrar não passava de um sapo, foi ainda pior do que ao se deparar com o noivo na cama com a prima. O que não fazia o menor sentido! Rodrigo, então o nome dele era Rodrigo. Talvez ele nem tivesse sido tão gentil quando o conheceu… Talvez fosse só sua memória pregando uma peça. Por que o cérebro humano era capaz de armazenar lembranças tão deturpadas? Talvez tivesse fantasiado tanto esse reencontro que… Mas esperava o quê? Olhar para ele e perceber que encontrava o grande amor da sua vida? Nem quando era criança conseguiu acreditar em Papai Noel, como iria acreditar em alma gêmea… em pessoas predestinadas?

Jogou-se no primeiro andar da treliche, olhou para cima e começou a contar as réguas de madeiras do estrado que protegia o colchão da Rapha – naquele momento, era sua forma de respirar no saquinho. Perdeu a conta de quantas vezes contou e recontou a ripas…

Sobressaltou-se com a batida da porta. *Sammy!*

Ele sangrava.

– Sammy, pelo amor de Deus, o que houve com você?

– Shiuuu – levou o indicador aos lábios –, fala baixo!

– Meu lindo, olha para você! – sussurrou. – Parece que foi atropelado por um caminhão.

– Por favor – ele levantou a mão –, não quero falar sobre isso.

Ele veio mancando, e Gaby o ajudou a sentar-se na cadeira, pegou um pano e correu para umedecê-lo no banheiro. Limpou com cuidado e então foi possível ver que o corte no supercílio não era tão profundo quanto a ferida que o amigo parecia ter na alma.

Completava um mês que estavam em Portugal. Duas semanas desde o incidente, e Sammy agia como se nada tivesse acontecido. Cada vez mais recluso, evitava ficar sozinho com Gaby, porque falar de tudo seria admitir em voz alta que toda violência que sofrera fora real. Às vezes era melhor fingir que sonhara. Pegara emprestado o violão de um dos integrantes da banda, não era grande coisa, mas ao menos estava conseguindo trabalhar. Assim que fosse possível guardar algum dinheiro, compraria um igual ao que fora quebrado em seu corpo durante a agressão que sofrera. Então, tudo ficaria como antes e seria capaz de acreditar que aquele dia jamais existira.

Ele rolou de bruços no último andar da treliche e enfiou o travesseiro extra na cabeça, como fazia todas as manhãs se quisesse continuar dormindo. As meninas acenderam a luz e cochichavam... Sammy contraiu os olhos e puxou a fronha com mais força sobre a cabeça, até que elas apagaram a luz e saíram. Já devia estar acostumado, mas naquele dia curtia uma enxaqueca que maximizava tudo em seu cérebro.

Sammy realmente acreditou que acabaria com os conflitos se fosse embora do Brasil, se estivesse longe de sua família e de sua igreja. No entanto, descobriu que o problema maior era dentro de si mesmo... Sentia-se dividido entre tudo que escutou a vida toda como verdade absoluta e irrevogável, em contrapartida com o que sentia quando via outro homem. Queria ser forte o suficiente para viver como um celibatário, mas com muita frequência nas últimas semanas se deixava levar pelas paixões da carne. Como poderia um homossexual ser tão preconceituoso quanto ele? Julgava-se o tempo todo, como poderia não julgar os outros?

A surra poderia ter sido um alerta? Um sinal? Talvez Deus não estivesse feliz com ele, talvez ele realmente tivesse merecido a surra que levou. Não poderia ser normal o que sentia... Uma aberração! Era o que ele era: uma aberração! "Um romano vinte e quatro merece um trinta e dois", dizia seu pai em referência às sagradas escrituras. Sammy conhecia o capítulo inteiro de cor, o que só fazia piorar sua aflição. Qual era a sua saída? Havia uma saída?

Apalpou até encontrar no canto, entre o colchão e a madeira, o vidrinho de remédio, depositou o comprimido sob a língua e, não tardou, as pálpebras começaram a pesar... Aquele efeito o conduzia para o único lugar onde se sentia em paz: nos braços de Morfeu, sonhando. Acordou sobressaltado com as batidas na porta, não fazia ideia de por quantas horas esteve apagado.

– Sammy, Sammy!

Tentou levantar as pálpebras, mas a claridade o castigou na primeira tentativa. Comprimiu os olhos, abriu primeiro um, depois o outro, até acostumar-se com a luz do dia. Continuavam chamando lá fora.

– Já estou indo.

Levantou-se, arrastou-se até a porta e abriu uma fresta. Era uma das meninas, a loura do vermelho. Não recordava o nome, mas era impossível não a associar à cor, uma vez que estava sempre de batom, unhas, sapatos ou roupas nos tons de encarnado, quando não era um detalhe era o todo.

– Pois não, senhorita...

– Thássia! – Ela continuou, mascando o chiclete: – Esqueceste-te do meu nome, foi? – Abriu um largo sorriso. – Desculpa lá acordar-te, mas está lá embaixo uma senhora que insiste em ver-te.

– Ué! – Franziu o cenho. – Mas quem será?

– Ela disse-me que é tua mãe.

Capítulo 8

Rodrigo dispensou na noite anterior a quarta garota que testou em duas semanas para a vaga de garçonete desde que Áurea deixara o cargo. A temporada de férias estava deixando aquela situação ainda mais urgente, teria que contratar duas em vez de uma. Aparecia muita gente procurando uma vaga, mas só queriam mesmo o emprego e o salário, trabalhar mesmo que era bom…

Quando o tio lhe vendeu o restaurante, Rodrigo teve que cuidar de tudo sozinho o dia todo, deixando a Quinta a cargo dos irmãos que já estavam crescidos o suficiente para ajudar. A crise econômica fez Rodrigo optar, nos meses mais fracos, por abrir somente no jantar. Com o aumento dos turistas, talvez fosse a hora de voltar a abrir no almoço também. Todo dinheiro que conseguisse agora seria muito bem-vindo, depois do prejuízo causado pelo incêndio na plantação. Mas como? Se nem para o jantar conseguia encontrar uma boa garçonete?

No entanto, ainda tinha outra questão atormentando sua mente… Uma garota implicante e sem palavra! Com a graça de Deus, nunca mais a veria na frente. Por sorte não a encontrara andando pela Rua dos Anjos em nenhuma das vezes em que por lá passou… Não que tivesse ido até lá só para vê-la, fora porque tinha coisas para resolver pelas redondezas.

Gaby tentava concentrar-se na costura do corpete, mas o rosto de um imbecil rondava sua mente. Por que Rodrigo tinha que ter sido tão rude, tão idiota? Já tinha passado por coisas muito piores, vida real era assim mesmo. Nunca acreditara em contos de fada e ainda não seria dessa vez que iria acreditar. Página virada, pior que está não dá para ficar.

Melhor nem pensar nisso que atrai, porque da última vez... *É, sempre dá para piorar! Xô, pensamento ruim!*

A boa notícia era que, no início da semana, a Amelinha dera entrada para legalizar os três em Portugal. Fora uma decisão difícil entregar todas as economias para fazer a cidadania, mas seria muito arriscado ficarem ilegais. Sem contar que, com os documentos, iriam conseguir salários melhores.

Após o almoço, as duas foram chamadas na sala da chefe. Certeza que era para receber a remuneração de um mês de trabalho, completado dois dias atrás. Era muito estranho porque, no Brasil, no dia vinte estariam recebendo o vale. Gaby só não arrumou confusão pois a Amelinha explicou que, por elas estarem sem contrato de trabalho, ficaria a critério da empresa definir a data de pagamento. Mesmo assim, vinha em boa hora, porque com todas as economias na mão da Amelinha, contavam com esse dinheiro para pagar a pensão.

– Venham aqui as duas, mexam-se! Deem corda aos sapatos e entrem já! – A baixinha abanou a mão chamando.

– Obrigada, dona Laura! Esse dinheiro está chegando numa ótima hora. – Rapha estava eufórica.

– Dinheiro?

– Sim, você vai acertar com a gente nosso pagamento pelo mês de trabalho, não é? – A voz de Rapha quase falhou no final.

– Chamei-as aqui, para lhes dizer que não preciso mais de vocês. À quantidade de erros que cometeram e ao prejuízo que me deram, deveriam era pagar-me ainda. Apesar de tudo, considero que melhoraram um bocado nos últimos dias. Mas, ainda estão muito aquém do ideal que pretendo. Vão buscar as vossas coisas e não apareçam mais aqui. Fora!

– É uma pegadinha? – Gaby aproximou-se. Travou a mandíbula e sentiu o coração acelerar. – Se isso é uma brincadeira, acho melhor parar.

– Pois garanto-te que nunca falei tão a sério, rapariga!

– Você quer dizer que trabalhei doze horas por dia na maior parte do mês, o dia que trabalhamos menos ficamos por dez horas... E agora depois de um mês inteiro escravizada você está me dispensando sem receber um euro?

— Ora bem! Sem tirar, nem pôr!

— Sabe o que eu vou fazer com você? — Gaby juntou as mãos em punho ao lado do corpo, enquanto Rapha estava paralisada.

— Tenho a certeza de que não farás absolutamente nada. E sabes por quê? Porque sei onde vocês moram e posso denunciá-las imediatamente aos inspetores do Serviços de Estrangeiros e Fronteiras. Esqueces-te de que sei que estão ambas ilegalmente no país, criatura?

— Mande-os atrás da gente que vou dizer quem me empregou de forma ilegal o mês inteiro.

— Estás muito enganada, pequena! Como é que foi um mês inteiro, se apenas vieram aqui hoje pedir-me emprego? Além disso, logo que percebi que não tinham os documentos de permanência no país, mandei-as imediatamente embora! Em quem achas tu que irão acreditar? Dás-me vontade de rir!

Raphaela agarrou Gaby pelo braço, a arrastou para fora do prédio e sentaram-se no meio-fio.

— Gaby, pelo amor de Deus! Perder o emprego já é péssimo, mas ir presa é pior ainda!

— Mas, Rapha, olha o tamanho da injustiça! — Apontou para o prédio.

— Gaby, lembra o que houve da última vez em que você não foi capaz de pensar direito? No mesmo dia, você quase matou uma costureira e cortou o cabelo da sua prima... Tá, elas mereceram! Mas você perdeu o emprego e o carro. Esfria essa cabeça, ou vai sempre sair prejudicada.

— Estou cansada de ver gente que não merece o feijão que come se dando bem à custa de quem se esforça, de quem é honesto.

— Amiga, minha mãe sempre dizia que a gente pode até estar certa, mas se agir por impulso dá de bandeja para os outros todos os nossos direitos.

— É por isso que você não enfrentou aquele mecânico filho da puta?

— Não, foi por medo mesmo, vergonha do que os outros iriam pensar... Afinal, eu saí com ele e sabia que ele era casado. Boa coisa eu não podia esperar, né... Como fui burra! – bufou. – Mas agora o assunto é você!

– Arroba, agora o assunto somos nós – Gaby juntou as sobrancelhas e olhou para o céu. – Como vamos pagar a pensão? Como vamos comer? Ainda bem que logo sai nossa cidadania, essa é minha única esperança, aí quero ver sermos tratadas assim?

– Curica, nem me fale... Nosso dia vai chegar e vamos dar a volta por cima, mas hoje estou me sentindo o mosquito da bosta do cavalo do bandido. A gente precisa beber alguma coisa, tudo por uma dose de tequila!

– Tá louca? Agora temos que economizar cada euro, cada cêntimo. Vamos ter que conversar com o Sammy. Ele também não tem mais dinheiro... Se ele não tivesse insistido em fazer aquele seguro de viagem que custou os olhos da cara, eu ainda tinha alguma coisa. Mas ele ficou com medo de que gente não conseguisse passar na imigração... Ah, talvez ele possa pedir para a mãe dele enviar do Brasil, ao menos para pagar a pensão esse mês.

– Eu não tenho como pedir para os meus pais, eles dependem de mim. Não sei nem como vão se virar esse mês. Eu achei que já ia conseguir enviar algum dinheiro a eles.

– Amiga, mas seu pai é pedreiro, não vão morrer de fome não. Relaxa!

– Não é isso, Curiquinha... É que, quando ele chega em casa, já gastou metade no boteco, minha mãe salva o que dá e o resto das despesas completa com as diárias que ela faz e com a minha ajuda. Meu pai nunca bateu nela e sempre me respeitou, mas não sei como vai ser quando as coisas apertarem. Minha mãe sempre foi uma santa, Curica... Às vezes quando fica tarde, ela chega até ir de boteco em boteco procurar por ele, traz pra casa... dá banho, comida e bota ele na cama. Vez ou outra, tem que levar direto pra cama, de tão bêbado.

– Nossa, por que nunca me contou?

– Não é algo que me dê orgulho. E o que vai adiantar se eu ficar me lamentando, me fazendo de vítima? Não quero olhar de pena das pessoas, Gaby. Agora vem – estendeu a mão –, vamos, levanta! Eu não tenho preguiça de trabalhar e você também não. Vamos tentar encontrar alguma coisa.

A fábrica de lingerie ficava na periferia de Lisboa. Para economizar, andaram a pé até o centro da cidade, parando onde achavam que dava para pedir um emprego. Desceram uma rua íngreme e estreita, parecia um cortiço, as janelas eram tão próximas que a intimidade entre os vizinhos deveria ir além de ver, mas também de ouvir tudo o que os ocupantes do sobrado da frente falassem. Uma senhora regava as plantas, e o chuveiro de água caindo sobre as flores despertou em Gaby tanta sede que não hesitou em pedir um copo d'água. Receberam junto com a água um sermão completo da senhora que se apresentou como Adelaide.

– Posso adiantar-vos desde já que para empregada doméstica, ou ama-seca, é muito difícil.

– Ama-seca? – Gaby juntou as sobrancelhas.

– Cuidar dos pequenos... Vocês são muito jovens, e nenhuma mulher inteligente vai meter miúdas giras como vocês a trabalhar dentro de casa, para que os maridos depois fiquem embeiçados, não é?

– Embeiçados? – Rapha franziu o cenho e entortou a boca.

– Gulosos, ávidos...

– Jesus! – Rapha arregalou os olhos, e Gaby se engasgou com a água.

– Ah, já sei! – Dona Adelaide segurou o queixo e esfregou. – Bem, talvez consigam começar a trabalhar na colheita das cebolas, do tomate, ou dos morangos, na Quinta de um conhecido meu. Eles estão sempre a precisar de gente para esses trabalhos no campo. Vou dar-lhes o contato dele!

– Seria ótimo! Vamos ficar ricasssss, Gabyyyy!

Dona Adelaide balançou a cabeça.

– Prometam-me que, assim que vos for possível – a portuguesa botou as mãos no quadril –, vão voltar para junto das vossas famílias. Quem diz que em Portugal pode enriquecer, não convence ninguém. É como diz o velho ditado: "Está a vender banha da cobra". Uma grande ilusão, acreditem! – Soltou o ar com força e pôs a mão na cabeça. – Oh,

Deus do céu! Que raio de mães desnaturadas permitem que duas crianças venham sozinhas para um país no outro lado do mundo!

Gaby sentiu tanta falta de sua mãe que nem conseguiu responder, mas agradeceu que alguém estivesse alertando sua amiga para a ilusão de enriquecer facilmente.

– E mais uma coisinha – Dona Adelaide parecia uma metralhadora –, ó, senhorita Raphaela! Já olhaste para o espelho, hoje? Queres meter o Rossio na Rua da Betesga, é?

– Não entendi!

– Oh, que caraças! É que o teu cu é demasiado grande que quase não cabe nas calças, menina! E tu aí, também não te ficas atrás! – Apontou para Gaby e caiu na risada. Em seguida esticou o pescoço para rua. – Eh, puto! Olha lá, oh, miúdo malandro. – Ele continuou mexendo no vaso, e Adelaide fechou o punho como se o fizesse no próprio pescoço do garoto. – Diabrete malcriado, tira já as patas do meu jardim! Se voltas aqui a meter os pés, juro que te arranco a pila como arranco as ervas daninhas. Ouviste, nanico?

O garoto saiu voando ladeira abaixo feito foguete.

– Vão, cachopas, entrem ali para a cozinha que vamos beber uma bica e comer uns cacetezinhos. Mas depressa, porque tenho ainda que dar um pulo ao talho.

– Cacetinhos já descobri que é pão, bica é café, mas o que é talho? – Gaby franziu o cenho.

– Ora bem! Então, onde é que vocês compram a carne que comem?

Açougue! Gaby sorriu, pensando que ainda tinha muito para compreender das diferenças das palavras entre Portugal e Brasil. Outra lição aprendida no mesmo dia era que tinha gente boa e gente ruim em todo lugar. O que a ex-patroa fez de maldade, receberam em bondade de uma senhora que nunca tinham visto na vida e que talvez nunca mais voltassem a ver... Dona Adelaide tinha um jeito áspero de conversar, mas logo se descobria um coração gigante!

Chegaram à pensão com a esperança de dias melhores, embora exaustas. O negócio era tomar um banho e se jogar na cama, porque para o dia seguinte o trabalho na colheita de cebolas já as esperava. Dona Adelaide arranjara tudo enquanto tomavam o café. Por ora seria torcer para que Sammy conseguisse o dinheiro.

Gaby entrou logo atrás de Rapha, que subia apressada para o banheiro, pisou no primeiro degrau da escada e se deteve quando ouviu a voz de dona Marta conversando com a dupla de prostitutas na cozinha:

– Muito agradecida, mas não estou com fome. – Era mesmo a voz da mãe do Sammy.

– Não fique envergonhada! Vá lá, meta o cacete à boca e coma que está uma delícia. – Tide caiu na gargalhada.

Dona Marta estendeu a mão e suas faces tingiram de vermelho quando deu uma mordidinha no pão e engoliu rápido.

– Não vejo a hora de ver minha nora!

– Nora? Você tem outro filho? – Tide levantou as sobrancelhas.

– Não, o Samuel é noivo! Ué, vocês não a conhecem? Gabriela! Era para ela estar morando aqui também. – Franziu o cenho.

Da porta, Gaby viu a loura engasgando-se com o café.

– Oi, dona Marta! Que surpresa ter a senhora aqui. Percebo que já conheceram a mãe de Sammy, minha futura sogra? – Piscou.

– Gaby, que bom te ver, minha filha! – Ela se levantou e envolveu Gaby num abraço. – Estava proseando com essas duas moças muito simpáticas, talvez elas consigam um bico para eu fazer. Não é uma maravilha?

Gaby gelou.

– Nos dê uma licencinha, meninas!

– Espera um bocadinho, Gaby! Deixa a senhora acabar de comer o cacete! – Thássia ergueu o pão mordido sobre a mesa, enquanto Gaby arrastava a "sogra" para a sala.

– Que nome estranho para dar ao pão, não é mesmo? Como vou falar para as irmãs que comi um cacete? Vão achar que teve briga, minha filha!

A romena, recém-chegada, que não falava uma palavra em português, passou sorrindo por elas de baby-doll e foi para a cozinha. Dona Marta a acompanhou com os olhos.

— Meu Deus, quantas pessoas moram nessa casa? Elas andam por aí assim? Essa daí também vive de bicos, como as duas da cozinha? Ainda de pijama uma hora dessas... Ela faz bico à noite?

— Aqui não se diz fazer um bico, trabalho temporário aqui é fazer biscate, dona Marta!

— Eu não sou biscate não, sou cristã. E qual o problema de dizer bico?

— Bico, aqui, é um palavrão dos grandes, do tipo que a senhora não iria gostar de saber... Confia em mim!

Dona Marta levou a mão à boca.

— Mas por que a senhora quer fazer um bico? — Gaby franziu o cenho. *Quanto tempo esta mulher está pensando em ficar?* — Aliás, como a senhora veio parar aqui?

— Estava me sentindo muito sozinha, daí fizeram uma rifa na igreja e me compraram as passagens. Eu fiz o meu passaporte escondido do meu Samuel, logo que ele falou que viria, a secretária da igreja me ajudou, eu sabia que não iria aguentar ficar muito tempo longe do meu filhote. Assim, vou poder estar mais presente na vida de vocês... Nunca iria me perdoar se meu filho casasse e eu nem estivesse aqui para assistir. Decidi que a vida é muito curta, quero ver meus netos nascerem... Mas não quero ficar escorando em ninguém não, viu? Vou fazer uns bicos, até encontrar um fixo por mês!

Gabriela fechou os olhos por alguns segundos, atônica demais para conseguir assimilar tanta informação e o que a chegada da mãe do Sammy representaria na vida deles. Respirou fundo e fixou o olhar na viúva, a expressão nos olhos dela aparentava mais marcada desde a última vez em que se viram, mas foi a tristeza que vinha das pupilas que lhe chamou mais atenção.

— Vem, dona Marta! Vamos para o nosso quarto!

Gaby olhou ao redor... *Onde Sammy se meteu?*

Capítulo 9

Sammy contorcia-se na patente pela milésima vez. A dor de barriga era tão grande que, quando ameaçava se levantar, as tripas davam sinais claros de que ainda não era o fim. Rapha chamava na porta, mas ele mal conseguia responder algo além de gemidos.

– Sammy, pelo amor de Deus. Eu sei que é você! Não tenho mais como segurar, vou mijar nas calças.

– Estou tentando. – Até a voz saiu esmagada.

Suava frio, mas ao menos estava protegido dos problemas que aguardavam do lado de fora. Com muito sacrifício conseguiu se limpar e abrir a porta.

– Credo em cruz! – Rapha levou a mão à boca para segurar a ânsia. – Comeu picadinho de urubu?

Sammy puxou Rapha para dentro e fechou a porta.

– E por acaso vou ter que fazer xixi com você olhando? – Pendurou a bolsa na maçaneta da porta.

– Não posso sair agora, minha mãe está lá embaixo.

– Sua mãe? Aqui?

– Agora me entende?

– E sair agora ou daqui a dois dias vai resolver alguma coisa?

– Só não estou pronto para sair ainda.

– Pelo amor de Deus, ao menos abra aquela janela – apontou enquanto abaixava as calças.

Não tardaram as novas batidas na porta.

– Vocês estão aí? Sammy! Rapha! Eu sei que estão aí, abram a porta!

Sammy aproximou-se e abriu uma fresta.

– Vai, abre logo! Me deixa entrar, sua mãe está no quarto.

– Entra, gata! Espero que você tenha um plano.

Gaby tapou o nariz.

– Alguém consegue pensar numa carniça dessa?

– Não era só xixi? – Sammy olhou para Rapha e levou a mão ao nariz.

– Quando era você, estava cheiroso, né! – Virou-se para Gaby. – Curica, tem fósforo no zíper lateral. – Apontou para a bolsa pendurada na porta.

– Pior do que está, não dá para ficar.

– Estamos literalmente na merda!

Gaby fez uma anotação mental para nunca mais repetir aquela frase na vida. Porque sempre dava para piorar. E nem iria mesmo conseguir pensar em algo pior com aquele sol fritando seu cérebro. Agachou-se, enfiou a mão na terra, arrancou mais cebolas, cortou o ramo e jogou na caixa. Repetiu aquele movimento o dia todo... Desconfiava que repetiria aqueles movimentos mesmo dormindo. Limpou o suor e olhou para o lado, onde Raphaela se arrastava parecendo uma refugiada.

– Curica – a voz da amiga saiu esbaforida –, eu não aguento mais nenhum dia neste lugar. Eu desisto, eu quero voltar para o Brasil!

– Arroba, vou tirar uma foto sua assim e postar no insta: "Plena sexta-feira, olha nós aqui!"

– Curiquinha, você está louca? As minhas fotos da balada bombaram mês passado, alguma coisa de bom tem que ter aqui. Ao menos nas fotos!

– Verdade, eu chego todo dia tão cansada que nem consigo ver o que minhas blogueiras favoritas postaram.

– Nem me fala, dá uma saudade de casa, né?

– Arroba, você quer mesmo voltar para o Brasil?

– Não posso, nem que quisesse... Meus pais precisam de mim e precisam viva. Aquele filho da puta do Waldemônio tentou me enforcar. Não aceitou que eu terminasse com ele... Disse que se eu não fosse dele, não seria de mais ninguém.

– Rapha do céu! Por que você não me contou?

— Gaby, você sabe que odeio a pena das pessoas... Para de me olhar assim ou não conto mais nada.

— Ele precisava ser denunciado para a polícia.

— Ia ser uma vergonha para a minha mãe. Se eu fosse à polícia, teria que admitir que saí com um homem casado.

— E você nunca mais vai voltar? Vai viver escondida?

— Minha intenção é trazer meus pais, quando eu estiver estabilizada. Por mim, não volto mais!

Finalizaram o dia com as mãos cheias de pequenos cortes e arranhões. Além de receberem muito pouco, elas chegaram à conclusão de que o corpo não aguentaria. Com a mãe de Sammy, foi mais simples do que imaginaram... Para todos os efeitos, os dois continuavam noivos e deram a desculpa de que Rapha dividia o quarto com eles para que Gaby não ficasse malfalada. O problema maior foi com a dona da pensão, que não admitia quatro no quarto sem pagar um adicional, ainda que Sammy fosse dormir no chão. Ele deu tudo o que tinha para pagar a pensão, e agora nenhum dos três tinha um euro sequer de reserva. Sammy não iria conseguir pagar pelos quatro, sozinho. Precisavam de trabalho urgente!

Sábado de manhã veio o golpe de misericórdia.

— Liga de novo, Rapha! Devia estar fora de área. — Gaby roía as unhas.

— Gente, já liguei mil vezes! Vamos acordar o Sammy?

— Deixa eles dormirem, a mãe dele ainda está no *jet lag*, e ele chegou muito tarde ontem do pub.

— O que vamos fazer?

— Já sei! Liga para a sua prima!

A prima de Rapha atendeu de primeira a chamada pelo WhatsApp, mas conforme o semblante de alívio da amiga foi se transformando em tensão, Gaby desconfiou que boa coisa não era.

— E aí? — Gaby disse assim que Rapha desligou.

— Acho que caímos num golpe.

— Mas a Amelinha não era amiga da sua prima?

– Agora minha prima me explicou que não era bem amiga dela. Ela era amiga de um amigo do marido dela, que também estava tentando a vida aqui. Mas que soube essa semana que ela sumiu com o dinheiro dele.

– E sua prima não ficou nem um pouco interessada em nos avisar?

– Ela disse que ficou envergonhada e que não sabia como iria dar a notícia, mas que estava ensaiando para me ligar hoje. Amiga, e agora?

– Agora é que eu vou passar um sebo na minha cara. Vou baixar o nível!

Rapha arregalou os olhos.

– Não está pensando em aceitar o emprego que aquelas duas te ofereceram, está?

Rodrigo levou o copo de chope à boca e esperou a resposta do tio.

– Queria muito poder ajudar, mas não estou num bom momento nos negócios, talvez em alguns meses... Não gostaria que entregasse tudo de bandeja! Você é muito talentoso, tens condições de vencer.

– Pois, mas talento não enche barriga! Estou mesmo sem saber o que fazer...

– Não tomes uma decisão num rompante, pense melhor antes de qualquer coisa. Pá, há quanto tempo não pisas numa igreja?

Rodrigo riu.

– Não adianta nada! Mesmo que eu lá fosse, de que me serviria? Ele não saberá quem eu sou!

– Aproveite seus últimos minutos de folga antes do jantar e vá. Peça uma direção, um sinal... Pá, pois escute o conselho de um tio que lhe quer bem!

– Vou pensar!

O tio tomou o último gole, colocou a nota de 50 euros na mesa, abraçou o sobrinho e entrou no carro estacionado em frente ao boteco. Rodrigo pagou a conta, montou na moto e foi parar num lugar que não ia desde a primeira comunhão no Brasil.

Não sabia ao certo o que pedir, como conversar, muito menos por onde começar... Ajoelhou-se no banco da frente. "Deus... perdoe-me! Há muito tempo que não oro nem frequento a igreja. Talvez o senhor não se lembre de mim, mas a minha família é muito crente. A minha mãe e os meus irmãos vão todos os domingos à igreja. Por mim, acho bem! Eu estou pronto para recomeçar quantas vezes forem necessárias, porém os meus irmãos precisam de continuar a estudar, e neste momento da minha vida, temo que não consiga continuar a pagar a universidade deles e todas as despesas da família. Minha mãe já está muito cansada, e não quero tornar-lhe o fardo ainda mais pesado. Peço-lhe, senhor, se puder mandar-me a funcionária ideal de que necessito, isso seria um bom começo, e ficar-lhe-ia muito agradecido."

Deus só podia estar brincando com sua cara. Palhaçada! Lá estava ela em frente ao restaurante. Nunca mais iria pisar os pés naquela igreja. Não iria começar um dia difícil de trabalho, como era o sábado, com aquela fulaninha tirando sua paz.

– Tem um minuto?

– Trinta segundos!

– Preciso de um emprego!

Ó, céus! Mas que mal fiz eu a Deus? Virou-se de costas e enfiou as chaves no cadeado.

– Vai me deixar aqui falando sozinha?

– Não fizeste o mesmo comigo? – Arrancou as correntes.

– Me desculpe, mas você mereceu... Me ofendeu, está lembrado?

– Eu estava apenas a tentar ajudar, ao explicar-te as diferenças da língua, aqui.

– Você tem um jeito torto de explicar as coisas...

– É o meu jeito. E se não te agrada, só tens uma coisa a fazer: põe-te a milhas de mim!

– Eu preciso muito do emprego. – Gaby engoliu o orgulho, garantiu para si mesma que seria temporário, só até achar outro lugar. – Você ainda tem a vaga de garçonete?

– Não, não tenho.

– Mas ainda tem uma placa na porta!

Só podia ser castigo por ter ficado mais de vinte anos sem falar com Deus. Respirou fundo e voltou-se de frente para ela.

– E por que deveria eu dar-te o emprego?

– Porque aprendo rápido, porque eu sou honesta, porque sou simpática – *quando quero* – e tenho paciência… – *mais ou menos,* engoliu em seco lembrando da tesourada que mandou na costureira linguaruda. *Não era para matar, era só para assustar, foi um acidente.*

– Eu preciso de alguém com experiência.

– Eu prometo que você não vai se arrepender. Me dá uma chance – levou a mão ao nó que se formou na garganta –, por favor! Estou desesperada…

Rodrigo ponderou. Não tinha muitas opções, ou era ela ou mais uma que o Nico diria ser excelente, como fora com as quatro anteriores… Passou a mão no cabelo, tinha certeza absoluta de que iria se arrepender, mas não conseguiu evitar.

– Uma chance! – Levantou o dedo. – Uma única chance, entendido? Quero ver como te vais desenrascar e despachar o serviço, numa noite tão movimentada como é um sábado à noite.

Gaby teve vontade de falar para ele que despacho para ela era outra coisa, que fazer oferendas aos espíritos não era bem a sua especialidade, mas se viu mordendo a boca para ficar quieta e o seguiu.

O fluxo de cliente foi intenso. Contou com a ajuda de Nico para tirar dúvidas… Agradeceu mentalmente diversas vezes por não ter faltado às aulas de inglês que sua mãe pagara, o que ajudou muito com os turistas. Rodrigo era realmente bom no que fazia, era desconcertante receber o elogio dos clientes no fim das refeições por uma coisa que outra pessoa merecia ouvir. Todas as vezes que colocou a cabeça na janelinha, ele parecia tão concentrado e tão bonito que esquecia por alguns instantes como ele poderia ser grosseiro.

Gaby tinha o corpo exausto pelo dia anterior na colheita de cebolas, mas podia jurar que nunca trabalhara tanto na vida como naquela noite no restaurante. Ajudava não ser sob um sol escaldante. Se tinha algum pecado para pagar, tinha certeza de que estava com as contas em dia.

Rodrigo espiou vez ou outra, mas não deixou Gaby perceber sua admiração com a capacidade dela de anotar, sorrir, trazer os pedidos e levar outros, como se estivesse habituada àquela função.

Baixaram as portas meia hora mais tarde do que o normal. Rodrigo respirou aliviado, embora o trabalho ainda não estivesse concluído. Nico pegou mais uma panela para lavar e olhou para o lado.

– Pá... Ela é tão boa e desenrascada quanto a Áurea e até bem mais simpática com os clientes!

– É, simpática até demais, senhor Nico! E pelo jeito, já caíste nas malhas dela, está visto!

– Pode ser, mas vejo que não sou o único.

Era muito fácil se acostumar com a presença de Gaby, um tipo de garota que deixa marcas, um rastro. Rodrigo só não sabia se isso era bom ou ruim. Uma semana depois teve certeza absoluta de que era ruim, porque se ela fosse embora... Gaby precisava dar um jeito de legalizar a situação dela no país o quanto antes, Rodrigo não queria correr o risco de ficar sem a garçonete de uma hora para outra e iria fazer de tudo para ajudar. Já tinham combinado de ir juntos atrás da papelada na segunda-feira, ia ser mais fácil dar entrada em Palmela, onde sua mãe tinha muitos conhecidos.

No início dos trabalhos, espiou o salão. Ela sorria para o mundo e o mundo sorria para ela, sorriu também porque era difícil não se contagiar. Voltou para a cozinha e quase em seguida ela enfiou a rosto na janela para passar o pedido. Estava cada vez mais complicado se concentrar no que ela dizia, torcia para não errar nenhum prato naquela noite.

Gaby estava mais confiante. Rapha tinha arranjado trabalho num café, onde receberia alimentação e pouso; a parte ruim é que as duas se veriam com menos frequência, mas não estavam em condições de reclamar, apenas agradecer. Dona Marta entregou panfletos por dois dias, no terceiro deu confusão quando ela se recusou a distribuir a divulgação de uma cartomante. Gaby quase rolou de rir com ela contando. Sammy disse que a mãe não precisava se preocupar, pois nem que tivesse que trabalhar dia e noite, não iria faltar nada para ela. Dona Marta disse que o filho era de ouro com diamante. Mas Gaby percebia Sammy cada vez mais distante, imaginou que era porque o amigo aumentara a carga horária e não tirava nenhuma noite de folga.

– E aí, gajos, precisam de ajuda?

– Ena! Parece que alguém aqui está a aprender palavras novas! – Rodrigo sorriu.

– Sempre é tempo para o que é novo! – Piscou. – Nico, se quiser pode ir... Eu ajudo o Rodrigo.

– Não vou me fazer de rogado. Hoje é sábado e não quero perder o autocarro.

– Niquinho, seu arroba, vai ser poeta! – Gaby caiu na gargalhada.

– Não é que fiz uma rima! – Sorriu. – Posso ir, chef?

– Vá com Deus, Nico. Até amanhã!

O ajudante tirou o avental, pegou a mochila e saiu, deixando os dois a sós na cozinha.

– Você está bem? – Gaby notou a testa franzida de Rodrigo.

– Estou um tanto preocupado com o almoço de amanhã. Há bastante tempo que não abrimos em dupla jornada.

– Vai dar tudo certo. – Pousou a mão sobre a dele.

– Espero bem que sim. – Rodrigo sentia cada milímetro do contato da pele dela na sua. – Se pelo menos eu estivesse a obter mais lucros, contratava mais uma pessoa para nos ajudar. Sempre ia aliviar-nos um bocado. – Ele não se mexia porque não queria que ela retirasse a mão.

– Eu tenho uma amiga que está fazendo um bi... ops, está trabalhando num café. Talvez ela se interesse.

– Se ela trabalhar bem como tu... – Rodrigo aproximou seu rosto do de Gaby.

– Ah, ela não tem preguiça não. – Gaby retirou a mão e se afastou. Teve medo do que poderia acontecer se ele chegasse mais perto. – Faz três dias que não a vejo, e já estou morrendo de sauda... – O celular de Gaby tocou, interrompendo. – Alô!

– Gaby!

– Rapha? Não morre mais... Acabei de falar de você, amiga!

– Socorro! – Quase não conseguiu terminar a palavra e caiu no choro.

O frio na barriga se espalhou pelo corpo de Gaby. Algo de muito grave deveria ter acontecido, Rapha não era de chorar por qualquer motivo.

– Amiga, onde você está?

A resposta foram soluços seguidos de choro. Rodrigo falou alguma coisa, mas Gaby nem conseguiu ouvir, fez sinal para que ele esperasse.

– Você precisa se acalmar ou não vou conseguir te ajudar. Onde você está?

– Eu não sei, não faço a menor ideia... Estou escondida no mato. Eles vão vir atrás de mim.

– Calma! Por favor, calma! Como você foi parar aí?

Capítulo 10

Rapha abriu os olhos e não enxergou um palmo à frente. Sob seu braço, sentiu uma pele, era a barriga de alguém subindo e descendo com a respiração... Quis gritar, mas sua língua estava adormecida... O coração acelerou, tentou levantar-se, mas seu corpo não reagiu... Apalpou do lado esquerdo e notou que outra pessoa dormia. Tentava se concentrar, mas a cabeça tonteou e as pálpebras pesaram, embalava no sono não fosse o apito. Era um trem? Estavam dentro de um trem em movimento? O coração descompassou novamente, batendo no pescoço e ficou difícil respirar, lágrimas escorreram e uma agitação interna apoderou-se de seu corpo, um corpo que não se movia.

Adormeceu... Mais uma vez o som do apito a despertou. Ainda estava num trem em movimento. As lágrimas escorriam pelas laterais de seu rosto... Não sabia o que fazer, mas não poderia se deixar vencer pelo pânico se quisesse sair dali. Respirou fundo, acalmou-se aos poucos, conseguiu mexer as pernas... Apurou os ouvidos... talvez tivesse muito mais gente dormindo naquele espaço.

Engoliu a saliva e identificou um amargo na boca. Forçou a memória... O suco! A última coisa de que Rapha se lembrava era de ter dormido no quartinho em cima do café. Estavam todas as meninas que seriam contratadas esperando o uniforme que Lineu disse que traria. Um dos ajudantes do chefe deixou uma bandeja sobre a mesa com vários copos de suco de laranja, um para cada uma. Não era muito fã de laranja, mas estava com sede, então bebera meio copo... A ruiva perguntou se podia tomar o resto e Rapha cedeu para ela...

Havia algo no suco... certeza! Sentia-se dopada, imaginou como estaria se tivesse bebido tudo. Um barulho chamou sua atenção, alguém se movimentava na escuridão. O lugar cheirava a peixe, talvez fosse um trem de carga. Era a voz de Lineu no celular: "O carregamento de raparigas está a caminho de Badajoz... Faz um calor infernal! Viúvo, espere, vou abrir um vão, está impossível respirar aqui dentro. – Ele puxou uma porta que clareou o ambiente. Rapha fechou os olhos e abriu devagar para se acostumar com a claridade. Lineu continuava ao telefone: "Sim, no máximo em duas horas estaremos aí!".

Ele veio em sua direção, e Rapha sentiu um frio na barriga. Controlou a respiração, tentando respirar o mais suave possível, para que ele não percebesse que ela havia despertado. Com o pé, ele tocou suas pernas: "Dormem como anjos!" Escutou os passos dele se afastar, só então puxou o ar com força. Abriu os olhos e viu que ele se sentou próximo à porta, de costas para ela, e acendeu um cigarro. Lineu colocou o celular em cima de um caixote ao lado, pegou um copo, levou o líquido âmbar à boca e, em seguida, deu uma tragada no cigarro. Rapha levantou-se cambaleando, era sua única chance... Apanhou o aparelho e pulou do trem. Sentiu os dedos dele em suas costas, fechou os olhos e saiu rolando no matagal.

Com o coração batendo acelerado na garganta, olhou na direção do trem. Ele poderia vir atrás... Talvez estivesse a salvo, talvez não... Agarrou as pernas protegidas dos arranhões pelas calças jeans. Tudo doía, os braços ardiam... Só escoriações não produziriam tanta dor, uma fratura era bem provável. Apoiou o braço e com dificuldade ficou em pé. Como iria sair dali? Soltara o celular durante a queda... Como iria pedir ajuda? Alguns minutos no meio do nada pareciam uma eternidade. Ouviu o barulho do celular chamando, seu coração quase saiu pela boca. Seguiu o som e a luminosidade indicou o aparelho a poucos metros. Apanhou o celular, apertou-o em sua mão e agradeceu.

Cancelou a chamada em curso e ligou para Gaby, pedindo ajuda e, aos prantos, explicou o que aconteceu.

– ...Lineu falava com um tal de Viúvo no telefone. Foi aí que eu pulei.

– Lineu? Quem é Lineu?

– É o patrão da Tide e da Thássia.

– Você não me falou que foram elas que te arranjaram emprego no café.

– Não falei porque eu sabia que você ia ficar assim.

– E teria razão, não?

– Sim, você tem toda razão. Mas me ajuda, pelo amor de Deus...

– Calma, claro que vou te ajudar! Só não sei como.

– Talvez eu saiba. – A voz reconfortante de Rodrigo soou atrás de Gaby. Ela se virou e ele estendeu a mão.

– Rapha, vou passar o telefone para o Rodrigo. Presta atenção na orientação dele.

Rodrigo pegou o celular.

– Tens noção do tempo que se passou, desde que ele disse que deveriam chegar a Badajoz dentro de duas horas?

– Talvez dez minutos.

Olhou para a rota de trem que colocou no celular e calculou o tempo do trajeto.

– Vocês devem ter acabado de passar por Évora. Estás ferida?

– Só estou com o braço de mal jeito e uns ralados.

– Consegues andar?

– Sim.

– Então, faz o seguinte: começa a andar junto aos carris.

– O que é carris?

– São os trilhos. Ande em sentido contrário ao que o comboio ia. Ah, desculpe, comboio é trem. Outro detalhe: é arriscado manteres o telemóvel dele, porque eles podem rastrear-te. Por outro lado, é o nosso único meio para nos comunicarmos, sem nos perdermos.

– Eu não quero me perder de vocês – começou a chorar de novo.

– Está bem, acalma-te! Mantém o telefone contigo. Nós vamos encontrar-te antes de ele voltar. Ele gastará pelo menos duas horas para chegar ao destino, deixar lá as outras raparigas e mais duas horas para voltar. Não te preocupes!

Desligou o telefone e olhou para Gaby.

– Vai para casa, Gaby, eu dou notícias.

– Como assim: vai pra casa?

– Ficas mais segura lá.

– Nem morta, eu vou com você.

– Não sabemos com que tipo de gente estamos a lidar e não quero pôr mais ninguém em risco.

– Ela é minha amiga, não sua. Se alguém aqui tem que se arriscar sou eu.

– Não vou levar-te.

– Tudo bem, vou sozinha.

Rodrigo grunhiu.

– Caraças! Alguma vez te disseram que és teimosa que nem uma mula?

Ele tentou argumentar que não teria como voltarem os três na moto, mas então ela disse que voltaria de trem. Aquela embirrenta tinha resposta para tudo! Rodrigo bateu na porta do restaurante ao lado, pela música Henrico dormiria por ali. Vestindo pijama, este abriu a porta, Rodrigo explicou a situação, e ele não hesitou em emprestar o capacete. Henrico ficou paralisado olhando para ela.

– Vai dormir, oh, paneleiro! – Empurrou o amigo para dentro, encostou a porta e puxou Gaby em direção à moto estacionada.

– Ele lava panelas?

– Não, paneleiro aqui é gay.

– Ah, entendi. Então ele é gay.

Rodrigo montou na moto e sorriu. Era melhor que ela pensasse que aquele olho grande era gay mesmo. Colocou o capacete do amigo e estendeu o dele a ela.

Gaby enfiou a cabeça no capacete e encaixou-se atrás dele, segurou firme em sua cintura e Rodrigo pensou que não seria tão ruim assim que ela fosse junto. Ela era um território desconhecido que ele queria desvendar... Queria saber tudo o que acontecera nesses quinze anos que ficaram sem se ver... *Mera curiosidade!*

Ele acelerou pela ponte 25 de abril, saiu pela A2 quase rente ao caminhão, Gaby fechou os olhos. A moto de Rodrigo continuou costurando entre os veículos pesados na A6, por fim na N114 Gaby pôde respirar por alguns segundos até que Rodrigo acelerou ainda mais. Em pouco mais de uma hora que saíram de Lisboa chegaram a Évora. Encontraram a estação ferroviária, pediram informações e descobriram o primeiro ponto onde a ferrovia passava por um vilarejo. Rodrigo localizou no mapa aberto no celular, e seguiram até lá... Gaby torcia para que Rapha não estivesse muito longe.

Pararam no local, mas não havia nem sinal da amiga. Gaby colocou a mão na boca e gritou por ela... Um eco ressoou, mas não houve nada além em resposta. Rodrigo enfiou dois dedos na boca e assobiou... Nem sinal de uma alma viva ali. *O que fazer? Como localizar uma pessoa?* Gaby fechou os olhos tentando raciocinar. *Pensa, pensa, pensa, cabeça...*

– Ah, Rodrigo, tive uma ideia! Vou pedir que ela mande a localização por WhatsApp.

– Boa! Como é que não nos lembramos disso?

– É que na hora do nervoso, apaga tudo da cabeça.

Ligou para Rapha, que fez o que pediram.

– Não consigo mais andar. – A voz de Rapha saía entrecortada. – Tem um galpão bem próximo à ferrovia, e um silo de armazenamento ao lado, acredito que pela altura seja possível ser visto a distância. Espero vocês lá!

– Combinado, e não se preocupe que estamos chegando.

Ela ainda estava numa região rural, mas havia uma estrada de chão que dava acesso. Guiaram-se pelo pontinho no telefone e não foi difícil avistar o tal silo.

O reflexo das luzes chamou atenção.

– Olhe lá, Rodrigo! – apontou Gaby.

Rodrigo estacionou ao lado da ambulância e desceram. Gaby respirou fundo e agradeceu, porque Rapha já estava sendo atendida.

– Mãos atrás da cabeça, já! – Ouviram logo atrás. – Virem-se devagar.

Ambos levantaram os braços e obedeceram.

— Guarda Nacional! Estão presos! Têm o direito...

Gaby não ouvia mais nada.

— Por favor, ouçam-nos primeiro! Estão enganados em relação a nós! Estão a prender-nos, mas os verdadeiros bandidos estão à solta e vão com certeza fugir. Mais uma vez, peço-lhes que ouçam o que temos a dizer! — Rodrigo tentava manter a calma enquanto ele e Gaby passavam por uma vistoria no corpo.

— Eles estão limpos, comandante! — O mais baixo se afastou.

Atrás dos dois, assustava ver mais de vinte homens a postos para atirar. O comandante pediu que fizessem uma varredura no terreno, e permaneceram apenas dois atiradores: o comandante e o que parecia ser o assistente.

— Onde é que estão as outras raparigas? — A voz grave do comandante metia medo.

— Nós não temos nada a ver com isso. — Gaby não conseguia esconder o nervosismo. — Ela é minha amiga, e nós viemos porque ela pediu socorro... Basta perguntarem para ela! — O paramédico colocava uma máscara no rosto de Rapha enquanto outro aplicava uma injeção.

— E quem é que nos garante que ela também não faz parte da quadrilha?

— Ela conseguiu escapar deles, não veem o estado em que ela está? — Rodrigo levantou o tom de voz.

— Baixe imediatamente o tom de voz! Está a falar com uma autoridade! — O grandalhão olhou para o relógio no pulso e continuou: — Temos aqui um bico-de-obra, então! Se ela não faz parte da quadrilha, como é que me explicam o fato de ela estar na posse do telefone de um dos chefes?

— Ela me falou que pegou o telefone do homem... — As mãos de Gaby tremiam tanto quanto a voz. Sentiu a mão de Rodrigo encaixando na sua. — ... Lineu, o nome dele é Lineu. — Engoliu a saliva seca. — A Rapha pegou o telefone dele quando pulou do trem, para poder pedir ajuda.

— Com isso tudo, acabou por abortar os planos de toda a operação, porque o telefone desse Lineu estava a ser rastreado. Ao trazer o telefone dele quando pulou do comboio, fez com que toda a equipa de agentes da Guarda Nacional e dos inspetores do Serviço de Estrangeiros e Fronteiras, viessem para o local errado. E vocês dois – apontou – são suspeitos até que se prove o contrário.

– Nós somos inocentes! Não pode manter-nos aqui. – Rodrigo tentou controlar o tom de voz.

– Não só posso, como é exatamente isso que vou fazer. Mais uma reclamação e esqueço-me de si na cadeia, até que abaixe essa crista de galo fanfarrão, entendido?

– Comandante – Rodrigo respirou fundo e acalmou-se –, tenho a certeza de que há aqui um grande equívoco!

– Se de fato houver, vamos saber dentro de algumas horas! Não se preocupe que nós sabemos bem como fazer o nosso trabalho.

Gaby olhou para Rapha, adormecida com a máscara no rosto. Enquanto ela não despertasse, não teriam como provar que tentavam resgatar a amiga. E se mesmo depois que ela acordasse, ninguém acreditasse nela? Já ouvira tantas histórias de pessoas inocentes que apodreciam na cadeia.

– Xavier, recolhe os documentos dos dois, dá-lhes um lamiré e depois insere-os no sistema, para ver se está mesmo tudo em ordem. – O comandante deu alguns passos atrás, alguém lhe entregou um celular e ele afastou-se um pouco mais para falar ao telefone.

Gaby tremia enquanto procurava o passaporte na mochila, tinha o choro preso na garganta e as pernas moles. Rodrigo abriu a carteira, tirou os documentos e entregou ao agente Xavier. Olhou para Gaby e a apoiou pelo cotovelo direito. Ela tinha revirado os papéis na bolsa, mas o nervosismo não a deixou enxergar o passaporte no canto. Ele o retirou da bolsa e estendeu para o agente, que já digitava as informações no tablete sobre a prancheta. Xavier só levantou os olhos, o pegou, colocou atrás dos seus documentos e continuou digitando… Rodrigo voltou-se de frente para Gaby e a segurou firme pelos braços.

– Rodrigo! – Gaby demonstrava o medo na voz e nos olhos. Talvez ela fosse deportada… Ou presa! Longe de seu país, ilegal…

Ele precisava pensar rápido. Seu tio? Sua mãe? Quem poderia ajudar? O que ele poderia fazer? Se ela fosse...

– Acalma-te – pediu a ela, mas ele mesmo mal conseguia raciocinar com os pensamentos desconexos. Esfregou as têmporas e passou a mão no cabelo. – Eles só querem fazer umas perguntas. – Rodrigo segurou a mão de Gaby na sua, pousou um beijo nos nós dos dedos, outro em sua bochecha e sussurrou: – Tu és minha noiva, e vamos casar-nos, percebeste?

– Como? – Gaby sentiu uma batida do peito chegar na garganta, e esforçou-se para manter a voz baixa.

– Conta-lhes a verdade sobre como nos conhecemos – os lábios dele estavam quase colados em seu ouvido –, da promessa antiga que fizeste, que voltaste para ver-me e ficaste aqui a trabalhar comigo e que te pedi em casamento há uma semana.

– Separa esses dois, já! Estão a conversar demais para o meu gosto! – O comandante se aproximava.

– Calma aí, sou um cidadão português! Vamos esclarecer tudo... – Rodrigo foi conduzido para uma van escura, e Gaby sentiu uma mão em seu braço, que a arrastou até outro carro do lado oposto.

Capítulo 11

Foram levados para uma esquadra em Évora, uma espécie de delegacia. Gaby desceu do carro primeiro e viu Rodrigo sendo puxado da van, que estacionou atrás. Entrou numa sala e sentou-se numa cadeira de frente para uma escrivaninha, pensou que provavelmente Rodrigo estava sendo instalado em outra sala como aquela.

Repetiu à exaustão a história desde sua primeira vez em Portugal até aquele instante. O surpreendente era que, cada vez que contava, parecia que seu conto de fadas ficava mais real. O problema era que o príncipe não existia, era só seu patrão fazendo um esforço para ajudar. Podia bem entregar os pontos e voltar para o Brasil, mas voltar para o quê? Se não tinha nada, nem ninguém, a não ser a vó, que mal se lembrava dela e de quem ela estava proibida de visitar. E um pai... riu, foi mais um sopro pelo nariz do que um riso, porque sempre dava para piorar.

O comandante não cansava de fazer perguntas, e o assistente Xavier anotava tudo num bloco de notas. Na claridade dava para ver melhor a feição dos dois. Xavier, além de mais baixo, era mais moreno. O comandante, de quem Gaby conseguiu ler o nome Vasco na lapela do bolso do uniforme, era calvo e tinha um semblante sério, mas era a voz grave dele que metia medo. Deixaram-na sozinha e, um bom tempo depois, Vasco entrou e repetiu as mesmas perguntas, Gaby respondeu como das outras vezes... mas ele não parecia satisfeito.

— Diga-me, conhece um tal de Viúvo? Teve algum contacto com ele?
— Não, claro que não.
— Qual é a sua ligação com o Sr. Lineu?
— Nenhuma, eu nunca nem o vi... Já disse!

– Mas conhece as duas raparigas que trabalham para ele e lhe apresentaram a sua amiga Raphaela?

– Conheço, porque moramos na mesma pensão, termina aí meu contato com elas.

– Acredita que elas estejam envolvidas nas atividades desse tal Sr. Lineu?

– Eu realmente não sei.

– Muito bem! Conto com a sua discrição. Nem uma palavra sobre a operação a ninguém, nem mesmo ao seu melhor amigo Samuel Pereira, ou estará a pôr a vida dele em risco, percebeu?

– Sim, senhor.

– A senhorita Raphaela já acordou e está bem. Confirmou a história de que vocês vieram para resgatá-la, mas desconhece o fato de vocês estarem noivos. Pode dizer-me por quê?

– Eu a vi pouco essa semana e tinha pessoas junto, queria dar a notícia pessoalmente e a sós.

– Percebo. – Ele cerrou os olhos, e Gaby retesou o corpo para não se encolher sob aquele olhar de escrutínio. – Não é muito comum duas pessoas se reencontrarem tantos anos depois... Há de concordar comigo!

– Sim, doutor! Mas falei a verdade.

– Espero que sim, porque os agentes do SEF vão acompanhar esta história de perto. O Rodrigo disse que pretende dar entrada nos papéis ainda esta semana, espero que cumpra com a palavra e regularize a sua situação no país.

Gabriela mordeu a parte interna da bochecha. Aquela história estava indo longe demais, talvez houvesse um jeito de consertar as coisas sem ter que fazer o Rodrigo se comprometer com algo que não escolheu.

– E minha amiga, doutor?

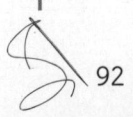

– A situação dela é bastante complicada em relação ao SEF, porque não entrou no país pelo aeroporto de Lisboa e não passou pela imigração, como é o seu caso. Pelo que nos contou, o voo dela foi só até Frankfurt. De lá, veio num voo doméstico, e logo que entrou em Portugal, deveria ter comunicado ao SEF a sua chegada num prazo de três dias úteis, mas não o fez. Assim que ela estiver em condições de viajar, será deportada.

Gaby gelou.

– Eu posso falar com ela?

– Numa situação dessas, que envolve tráfico humano, ela tem que ficar isolada até ser deportada.

– Mas, nesse caso, ela é vítima.

– É por isso que não será presa. Apenas será deportada por estar ilegal no país. Sorte a sua porque entrou legalmente em Lisboa, o que a faz estar apenas numa situação irregular, não ilegal. Se não fosse assim, e mesmo com o casamento marcado, você seria deportada também.

– Mas eu não tenho direito de ficar noventa dias no país?

– Apenas como turista, não a trabalhar! – Ele ergueu a sobrancelha.

– Está certo, doutor. – Gaby abaixou a cabeça.

Ele soltou o ar.

– Vou dar-lhe três minutos para falar com ela, mas na minha presença. É o máximo que posso fazer.

Era aquilo ou nada. Gaby concordou, saíram da sala e Rodrigo já a aguardava no corredor. Abraçaram-se, ele segurou seu rosto com as duas mãos e imprimiu um beijo em sua boca.

Arrepiou-se.

Os lábios dele dançaram sobre os seus, Gaby abriu um pouco a boca, o suficiente para que ele a invadisse com a língua. Aqueles poucos segundos do contato dos lábios com as línguas serpenteando-se foram suficientes para desejar mais e constatar que nunca fora beijada daquele jeito.

Fixou-se nos olhos dele e esqueceu-se de onde estavam. Era uma mistura de tantos sentimentos: medo, dúvida, proteção... O turbilhão de tudo fez brotar uma lágrima no canto do olho direito, que Rodrigo alcançou com o polegar. Gaby sabia que o beijo era uma encenação, mas fora tão real que acreditou que era uma noiva.

– Vai ficar tudo bem, meu amor!

Gaby tentou engolir o choro, mas foi inevitável. Grudou o rosto na camisa dele, pôs tudo para fora e recebeu um abraço que era o melhor do mundo em anos, desde que sua mãe partira.

– Shhhiiuuu – ele sussurrou em seu ouvido e continuou alisando suas costas.

Rodrigo sabia que precisava fazer alguma demonstração convincente aos agentes, mas não imaginava que um toque de lábios convenceria ainda mais a si mesmo. Aquilo era loucura! Onde estava com a cabeça? O que diria à sua mãe, irmãos e amigos? Daria um outro jeito, assim que possível. Seu tio deveria conhecer alguém, contava com isso. Mas o rosto molhando a sua camisa o desmontou, queria protegê-la de tudo o que a fizesse chorar... Queria que fosse sempre nos braços dele que ela se refugiasse, queria ser o lugar de amparo para ela... Só poderia ter mesmo enlouquecido. Afastou-se.

– Vamos! – Alisou a face dela. Precisava ter mais cuidado ou nunca mais se livraria daquela garota.

Segurou a mão de Gaby, e foram levados para o hospital a menos de um quilômetro do prédio da polícia onde foram interrogados.

Tinha dois policiais do lado de fora. O agente Vasco acenou com a cabeça, e eles abriram caminho. Rodrigo não desgrudou de sua mão e entrou junto. Raphaela tinha o braço direito enfaixado, escoriações leves no braço esquerdo e três pontos no supercílio.

– Estou tão mal assim, Gaby?

Aproximou-se da maca.

– Não, você está ótima! – Virou-se para o lado. – Esse é o Rodrigo.

– Obrigada por tudo, Rodrigo! Por terem vindo em meu socorro.

– Não foi nada.

– Então estão mesmo noivos? – Apontou para as mãos dos dois, unidas.

– Amiga, eu ia te falar quando a gente se encontrasse... Me desculpe, não ter chegado antes.

– Gaby! – Lágrimas escorreram pela face de Rapha. – Vocês formam um lindo casal.

Gaby queria falar a verdade, mas não podia na presença do agente Vasco.

– Promete pra mim que não vai desistir – Rapha continuou –, que vai se casar, ter sua família, e que se for para um dia voltar ao Brasil, seja para voltar por cima... Vitoriosa! Quero que todos que zombaram de você morram de inveja! – Forçou um sorriso. Rapha já tinha os olhos inchados, deveria ter chorado muito.

– Como vou ficar aqui sem você? – Gaby soltou da mão de Rodrigo e alisou o cabelo e o rosto de Rapha.

– Você precisa cuidar do Sammy, e agora também tem seu noivo.

– Mas e você? – Gaby levou a mão ao rosto para secar as lágrimas.

– Eu só quero voltar pra casa, não há dinheiro no mundo que pague o medo que passei... Mas você está bem aqui, vocês são lindos juntos! Por mim, Gaby! – Com a mão esquerda, Rapha puxou a de Gaby e apertou. – Vença por mim!

– Como vai se virar no Brasil? E o Waldemônio?

– Já estava na hora de eu enfrentar meus monstros, Curica! Aprendi muita coisa aqui, confia em mim! Eu sei que Deus vai me ajudar.

– Acabou o tempo! – A voz do agente era firme.

– Sr. Vasco, eu peço perdão por ter atrapalhado a investigação de vocês, estou me sentindo péssima pelas outras meninas. Me perdoe!

Ele acenou com a cabeça.

– Têm que sair, não posso permitir-vos mais tempo.

– Arroba, dá notícias!

– Pode deixar, Curica! Assim que chegar ao Brasil, eu aviso.

Despediram-se e, saindo de lá, o agente Vasco conversou no corredor com o médico, que informou que ela receberia alta no dia seguinte.

Amanhecia quando Rodrigo e Gabriela foram liberados. O agente Xavier os aguardava na entrada do hospital, com a moto de Rodrigo.

– Bem, podem ir-se embora. Provavelmente receberão a visita dos inspetores do SEF nos endereços que nos deram, porque vão designar alguém para acompanhar o vosso caso. Só peço, mais uma vez, que não comentem sobre esta operação com ninguém, pois poderão atrapalhar as investigações. Lembrem-se que há vidas em perigo!

Despediram-se com apertos de mãos, colocaram os capacetes, montaram na moto e partiram, sob os olhos dos agentes.

Em sua cabeça, Gaby já tentava achar um jeito de tirar Rodrigo daquela enrascada, não tinha como fazê-lo honrar um compromisso daqueles. Na N114 ele pegou uma saída à direita e entrou no posto de gasolina para abastecer.

Desceram da moto e tiraram o capacete.

– Vem – estendeu a mão à Gaby –, vamos tomar um café.

– Não precisa ser tão gentil, não tem mais agentes aqui.

– Há muitas câmaras espalhadas pela rodovia. Sugiro que me dês a tua mão agora mesmo!

Gaby fez o que ele pediu e o seguiu para dentro do espaço de conveniência do posto. Passaram pelas prateleiras de produtos, caminharam até os fundos, ele a puxou para dentro do banheiro feminino e travou a porta.

– Gaby, olha para mim e vê se percebes que, para isto dar certo, vais ter que confiar em mim!

– Nós precisamos encontrar um jeito de desfazer isso.

– Não há volta a dar a isto! A Guarda Nacional aqui é como se fosse a Polícia Federal no Brasil. Consegues entender agora a gravidade da situação?

– Rodrigo, pelo amor de Deus, estamos falando de casamento. Como vamos fazer tudo isso?

– Só nós dois sabemos a verdade, e é melhor que ninguém mais saiba.

– Tem uma coisa que você não sabe. Eu já sou noiva.

Rodrigo franziu o cenho. *Que conversa é essa? Quem é o cabrão?*

– Não é nada do que você está pensando.

– Certo, e amanhã se não chover, vai estar um belo dia!

– Eu posso explicar...

– Ah, sério? Quem diria! És mesmo muito espirituosa, miúda!

– Para e me ouve, caramba! – rosnou. – Eu tenho um amigo, ele é gay. Não quis assumir para a família. Para ajudá-lo, vim com ele para Portugal e estou me passando por noiva dele.

– Então... Se a família dele está no Brasil, não tens motivos nenhuns para te preocupares com isso, não é?

– A mãe dele chegou aqui há uma semana.

– Não seria melhor ele assumir de vez a sua condição? – Ele fez uma careta. – Ah, por que fizeste uma idiotice dessas? Era preciso ficares noiva dele?

– Está se sentindo idiota nesse instante? Porque foi o mesmo que você fez por mim.

– É diferente! – Conteve-se quando viu que falara mais alto e aproximou-se.

– Me fala em quê? – Gaby respondeu à altura e ficou face a face com ele.

Ele respirou fundo e virou-se.

– Somos os dois a fazer idiotices – voltou-se de frente –, mas a minha mentira foi para a guarda nacional – levantou as sobrancelhas –, talvez tenhas que acabar com esse outro noivado.

Não era possível que estivesse com ciúme de um gay? Rodrigo passou a mão na testa, espalhando o suor pelo cabelo. Dobrou as mangas da camisa, quente demais para uma manhã ensolarada. Quente mesmo estava sua cabeça. Onde foi se meter?

– Bom, então, estamos combinados! – continuou ele. – Vamos até à pensão, tu acabas o noivado com ele, agarras nas tuas coisas e vais comigo para minha casa.

– Você só pode estar louco! Eu não vou fazer isso.

– Tens alguma ideia luminosa melhor do que a minha? Sim, porque os inspetores do SEF não vão acreditar que um homem como eu deixasse a noiva hospedar-se num bordel daqueles.

– Um cara como você? Se enxerga! – Gaby empinou o nariz. – Lá não é um bordel, é uma pensão, e eu não sou mulher de ser mandada por homem nenhum, muito menos...

– Muito menos pelo homem que vai casar-se contigo, coisa que ele nunca quis fazer na vida, só para salvar a tua pele. Espero que também estejas preparada para quando o tal Lineu voltar. Queres mesmo saber? Lavo daí as minhas mãos, já que consegues resolver tudo sozinha... – Virou-se e colocou a mão na maçaneta.

– Rodrigo, espera! Me desculpe, estou muito nervosa, você já fez muito e... Eu não devia ter falado assim, só estou perdida, não sei o que fazer... Não posso magoar o Sammy, ainda tem a mãe dele.

Ele se virou.

– Para te ser mesmo sincero, penso que tu lhe farás um grande bem se o ajudares a sair dessa mentira... Porque esta é ainda pior do que a nossa!

– Você tem razão, é pior do que a nossa mentira. – Sorriu sem vontade.

Gaby sentia-se emaranhada por uma rede de mentiras. Guardava muitas coisas para si mesma há anos, e fingir sempre parecia ser uma ótima saída. Talvez fosse o momento de contar ao menos uma primeira verdade.

– O que me dizes sobre isso?

– Sammy ainda deve estar dormindo. Hoje é domingo, o dia que ele chega mais tarde. – Comprimiu os lábios por alguns segundos. – Preciso encontrar um jeito de falar com ele... – Puxou o ar e soltou: – Vamos buscar as minhas coisas!

Capítulo 12

Não foi uma conversa fácil com Sammy, ainda mais que não podia contar da Operação Tráfico Humano a ele. Explicou que Rapha havia sido pega pelos inspetores do SEF, e deportada porque estava ilegal no país por ter chegado por Frankfurt.

— Sammy, só escapei porque aceitei me casar com o Rodrigo... Ele me propôs casamento, pareceu meio louco e repentino, mas não fui capaz de recusar. Amigo, eu te amo muito – segurou a mão dele –, mas não posso mais fingir que sou sua noiva, ou corro o risco de ser deportada.

— Mas esse não é um bom motivo, é um excelente motivo. Gatinha, se tem uma pessoa nesse universo que merece ser feliz é você. Estou tão feliz, mas tão feliz por você que estou me sentindo mal por não conseguir ficar triste pela Rapha. É maldade isso?

— É um pouco, né, Sammy! Tadinha, ela queria tanto ficar...

— Eu a conheço há pouco tempo, não sei muito da intimidade dela, mas Deus sabe o que faz, ela tem a mãe dela lá, que talvez precise mais da presença da filha do que do dinheiro que ela prometeu mandar. E vamos combinar, né? É difícil ficar rico aqui, hein! Oh, ilusão!

— É a mesma coisa em qualquer lugar do mundo: dinheiro não cai do céu. Tem que ralar!

— A diferença é que aqui a gente vê um monte de brasileiros fazendo coisas que, no Brasil, não fariam e depois postam no Facebook uma foto em frente a algum monumento, como se vivessem no jardim do Éden – riu.

— Aqui ou no Brasil, nunca escolhi serviço. Toda profissão tem seu valor, graças a Deus eu não precisei atravessar um oceano para descobrir isso. Alguns dão muita sorte, mas fico com pena de quem vem iludido.

— Talvez seja mais fácil viver na ilusão; a alienação nos protege!

— Ai, Sammy! Você faz tudo parecer tão simples...

— Só a minha própria vida que não consigo simplificar, não é?

— Pois é, meu amigo.

— Eu não vim para cá para ficar rico. Vim para fugir, talvez esteja na hora de encarar meus monstros.

— A Rapha disse exatamente a mesma coisa.

— Ah, acho que é porque eu e ela conversamos longamente sobre fugir do que nos amedronta... Falei para ela sobre contar com Deus. Ela me prometeu que ia começar a frequentar a igreja.

— Você iria ser um excelente pastor.

— Mas sou o que sou... — Ele quase não conseguiu terminar a frase.

Gaby colocou o polegar sobre a lágrima que escapou dos olhos dele.

— Você é lindo, por dentro e por fora, é a melhor pessoa, melhor ser humano que eu conheço. Deus te conhece bem, Sammy, conhece teu coração, sabe de todas as tuas lutas. Você deu tudo o que tinha para que eu e a Rapha não fôssemos colocadas na rua... E tantas outras coisas boas que eu sei que você faz, mas ninguém fica sabendo, simplesmente porque você é assim. Olha, meu querido, eu duvido que Ele — apontou para cima — te deixaria só, mesmo por um segundo.

— Sou eu quem faz isso, Gaby, eu mesmo que me abandono. Porque quero me obrigar a escolher conforme o que as pessoas esperam de mim e não consigo... — Os olhos claros de Sammy já estavam vermelhos.

— Quem te amou primeiro, te deixou livre... Livre-arbítrio, não é isso? Ninguém pode fazer de você um prisioneiro de suas expectativas. Talvez quem te condena, já esteja condenado; nós não sabemos dos pecados uns dos outros. Tire os ciscos dos olhos, antes de... Como que é mesmo?

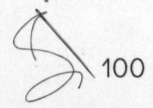

— "Hipócrita" — a boca dele tremia, engoliu a saliva e continuou —, "retire primeiro a trave de seu olho e só então cuidarás de retirar o cisco do olho do seu irmão", Mateus 7, 5. – As lágrimas continuavam escorrendo pelo rosto dele.

– É isso! Querem tirar um cisco do olho do irmão e não tiram a madeireira inteira que têm nos próprios olhos! – Plantou um beijo na bochecha de Sammy e sorriu. – Para de chorar, ou não vou embora. – Conseguiu fazê-lo sorrir. – Arroba, quando você pretende falar com sua mãe? Talvez ela possa te ajudar a se entender... A fazer as coisas fazerem sentido aí dentro.

– Um dia de cada vez... Vamos com calma! Devagarinho vou entrar no assunto. Hoje só vou dizer que terminamos...

Uma barulheira no andar de baixo chamou a atenção. A voz de dona Marta estava bastante elevada.

Saíram do quarto, desceram as escadas e foram até a cozinha.

Dona Marta segurava a vassoura como se fosse uma espada. A Thássia segurava uma chaleira e Tide estava atrás dela. A romena e uma outra garota que Gaby não fazia ideia de quem era estavam sentadas, comendo ovos mexidos de olhos arregalados.

– Gente, o que está acontecendo, aqui? – Sammy assustou-se ao ver a mãe tão exaltada.

– Elas me ofenderam e eu não vou deixar barato. Estou cansada de ouvir esses palavrões todos e ficar quieta.

– O que falaram para a senhora, dona Marta? – Gaby já sabia a confusão que a semântica causava.

– Eu ia fazer um chá, e elas falaram "põe-te na bicha". Eu falei que isso era coisa do capeta, que elas não poderiam falar isso para uma mulher cristã.

– Mas, dona Marta, é que bicha aqui é fila.

– Essa mulher é doida? Mas que peixeirada é esta? Vou já falar com a dona da pensão e reclamar! – Thássia ergueu a chaleira. – E se ela se aproximar de mim, juro que lhe atiro com a água quente para cima.

– Gente, não precisa disso – Gaby levantou a mão –, foi só uma confusão do idioma.

— Não foi só isso o que ela disse. Disse-nos que vamos todas queimar no inferno porque somos prostitutas. E nem sequer vê que o filho é paneleiro.

— Elas nem sabem o que estão falando; meu filho não é cozinheiro. Ele é músico, suas quengas!

— Eu não disse que ele é cozinheiro, mas sim paneleiro. Pa-ne-lei-ro. Percebes-te? Não sabes o que é um paneleiro, certo? Pois é um homem que gosta de homem. Compreendeste ou queres que te faça um desenho?

— Parem com isso, não é problema de vocês! – Gaby gritou com as meninas.

— Mentirosas! Vocês têm inveja porque meu filho é de ouro com diamante! Vocês são um bando de mentirosas! – Dona Marta levantou a vassoura e foi na direção das duas, mas Samuel a conteve.

— Meu filho é noivo – continuou berrando. – Noivo! Não é verdade, Samuel, que você é noivo e vai se casar com a Gabriela? Filho, explica para elas que isso é uma mentira. Mentirosas! – berrou até que começou a chorar. – Isso não é verdade, é uma mentira! – Baixou o tom de voz. – Fala para elas, Samuel. Por favor, filho! Fala para elas… – Quase se engasgou com o choro.

— Não era dessa forma que eu queria te contar, mãe… – Ele tinha a voz embargada. Queria falar tudo, mas engasgou com o choro preso há séculos e que saiu de uma vez, copiosamente, fazendo seu corpo tremer.

— Me solta! Me solta! – Ela remexeu os ombros, e ele não tinha mais forças para a manter ali. Sua mãe derrubou a vassoura no chão e subiu as escadas.

Gaby apoiou Sammy pelo braço, acomodou-o na cadeira e então correu atrás da mãe dele.

— Dona Marta! Dona Marta! – Perdeu o fôlego na metade da escada. – Pelo amor de Deus, ouve o que ele tem a dizer, ele é seu filho!

A mãe de Sammy parou no último degrau das escadas, sem se virar.

— Eu não tenho mais filho!

Gaby entrou no quarto para juntar suas coisas, mas não era fácil ouvir dona Marta soluçando de encontro ao colchão. Agachou-se próximo à cabeceira.

– Não fica assim, ele fez de tudo para não te ver sofrer. Lutou muito e ainda luta contra o que sente.

– Eu nunca vou aceitar, você pode falar o que quiser. Não entra na minha cabeça, não é de Deus... Se eu aceitar uma coisa dessas, vou estar compactuando.

– Mas, dona Marta...

– Melhor não me dirigir a palavra, você é tão mentirosa quanto ele. Da mesma laia! Vocês querem que a gente engula goela abaixo essa pouca vergonha como se fosse normal.

– Não, dona Marta – colocou todo o amor que conseguiu no tom de voz –, ninguém quer te empurrar nada goela abaixo, porque ninguém diz para a senhora como deve levar sua vida, não existe ninguém obrigando a senhora a ser gay. Ele só quer ter o direito de decidir a própria vida.

– Mas isso não é de Deus!

– Então deixa ele se entender com Deus! Isso é problema dele, não seu. – Gaby soltou o ar e levou a mão ao peito. – Eu sei que não deve estar sendo fácil para a senhora; se precisar de mim, a senhora tem meu telefone. Só me ligar ou mandar uma mensagem...

– Imagina quando a igreja inteira ficar sabendo... Vai ser uma vergonha. – Os soluços começaram.

– Para de pensar um pouco nas pessoas e acolhe o seu filho. Ele está precisando de você, do seu carinho.

Ela não respondeu e virou o rosto para a parede. Gaby continuou organizando suas coisas. Rodrigo tinha ido trocar a moto pelo carro e deveria estar chegando. Arrastou as malas para o lado de fora e fechou a porta. Chamou por Sammy, que subiu as escadas para ajudá-la. Ele parecia destruído.

– Como ela está?

– Irredutível!

– Eu imaginei.

– Tem certeza de que não quer que eu fique?

– De forma alguma, vou precisar desse tempo a sós com ela para nos entender. Se você estiver junto será ainda pior para a gente conseguir conversar.

– Com uma condição: você vai ligar ou mandar uma mensagem se precisar de mim.

– Fica tranquila, minha amiga. Você é minha irmã, o presente que Deus me deu!

– Para com isso ou vou chorar de novo.

– Saber que você conseguiu encontrar o seu príncipe e que está feliz já fez tudo valer a pena. Promete pra mim que vai fazer de tudo para viver seu conto de fadas?

– Prometo, mas só se você prometer também que vai fazer de tudo para ser feliz.

– Eu prometo!

Abraçaram-se, e Gaby sentiu o beijo dele em sua cabeça.

Ouviram uma buzina.

– Agora vamos, Gatinha, que eu acho que é seu príncipe na porta.

Sammy passou as malas para as mãos de Rodrigo e abraçou Gaby.

– Não esquece do que me prometeu. – O amigo a abraçou e acarinhou o cabelo dela.

Rodrigo sentiu uma coisa o comer por dentro. Colocou as malas no porta-malas, deu a volta e entrou no carro. Aquele abraço não acabava nunca, o cara não parecia gay e que história era aquela de promessa? Ela prometera o quê a ele?

– Não vou esquecer, meu amigo! E trate de não esquecer de que me prometeu o mesmo.

Rodrigo limpou a garganta, e os dois se soltaram.

– Então vamos, Gaby?

– Tchau, Sammy! Te amo!

– Também te amo! Deus te acompanhe. – Ele beijou a própria mão e encostou as pontas dos dedos na testa dela.

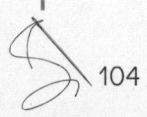

Aquela melação já era patifaria. Rodrigo duvidou de que aquele homem com as patas em cima da Gaby fosse realmente gay.

Ela deu a volta e entrou no carro.

Rodrigo ficou um tempo perdido em seus pensamentos controversos e tentando entender onde se metera. Precisava estabelecer algumas regras.

– Não sei se teremos outra chance para falar a sós antes de chegar à minha casa, e precisamos combinar uma coisa... Vamos ter que mentir à minha mãe também. Se lhe contarmos a verdade, vamos ter um problema.

– Ela vai ficar zangada?

– Não sei, talvez... Mas não é por isso, é que a minha mãe é incapaz de guardar um segredo. – Ele abriu um sorriso mostrando os dentes e que também alcançou os olhos. Gaby lembrou-se exatamente por que um dia se encantara por ele.

Rodrigo falou pouco no restante do caminho, talvez houvesse algo de errado com a mãe dele. Ele pediu desculpas pela demora e disse que teve de passar no restaurante para retirar o aviso de que abririam aos domingos para o almoço. Alguma coisa o perturbava, e ela gostaria de descobrir o que era.

– Está acontecendo alguma coisa que você queira dividir comigo?

– Não há nada de mais.

– Sei, e você está mudo por algo que não é nada de mais?

Ele comprimiu os lábios e levantou um canto da boca.

– Se vamos ser parceiros nessa, Rodrigo, acho que devíamos confiar mais um no outro.

– Olha, acontece que... – Ele respirou fundo – ...estou com problemas no restaurante, o lucro mal dá para cobrir as despesas, preciso encontrar um jeito de... Esquece! Não comentes com ninguém sobre isso, não quero que minha mãe tenha mais essa preocupação.

– Mais essa? O que mais está acontecendo?

– Na verdade já aconteceu... Tivemos um incêndio na Quinta há um mês e meio mais ou menos, que destruiu uma boa parte da vinha.

– Meu Deus, machucou alguém?

– Sim, Duque, meu cão... – Rodrigo ainda sentia a garganta fechar ao falar sobre aquele dia.

– Que triste!

– Foi uma noite terrível... o Duque latiu muito, tentou alertar-nos. – Rodrigo olhou no retrovisor, deu seta e saiu da rodovia à direita. – Quando eu senti o cheiro de queimado, já era tarde demais. Corri como um louco para apagar o incêndio... Meu irmão teve várias queimaduras nas mãos. Os vizinhos vieram para ajudar, mas o fogo alastrou-se muito rápido; quando conseguimos contê-lo, já tinha queimado boa parte das videiras.

Quando Rodrigo virou o rosto e a olhou, tinha os olhos marejados. Ele comprimiu os lábios, depois soltou o ar e continuou.

– O meu fiel escudeiro, Duque, morreu nos meus braços.

– Nem sei o que dizer... Deve ter sido um golpe duro.

– Sim.

Gaby deu um tapinha de leve no ombro dele e guardou a mão, embora a vontade fosse de abraçá-lo e de dizer que aquela dor iria passar... Mesmo tendo consciência de que algumas dores nunca iriam embora. Queria consolá-lo de alguma forma, mas não dava para baixar muito a guarda, ou seria ela a chorar no dia em que ele a deixasse para trás. E isso iria acontecer com certeza, porque era o que acontecia, seria sempre sozinha no mundo. E tudo bem, já tinha aceitado isso... Ah, mas talvez uma palavra de incentivo ajudasse.

– Rodrigo, espero que você consiga dar a volta por cima.

– Farei o que puder... Eu tenho duas saídas: ou faço o restaurante dar lucro para pagar o financiamento do banco, ou terei de vendê-lo.

– Talvez eu possa ajudar...

– Ajudar-me, tu? E como pensas fazê-lo?

Idiota! Claro que ele não via potencial nenhum nela. Dava vontade de mandá-lo pra... Gaby respirou e resolveu levar em consideração que, primeiro, ele passara a noite toda procurando sua amiga, depois prestando esclarecimentos, e, para piorar, saiu de lá noivo.

— Eu posso te ajudar a dar uma cara nova para o restaurante com pouquíssimo investimento. O cardápio é ótimo, a comida é saborosa, e o atendimento eu garanto, modéstia à parte, mas...

— Estás a assustar-me! – Ele riu. – Anda, diz depressa qual é o trunfo que tens na manga!

— Não tem um jeito legal de falar isso... O lugar é brega, pronto, falei!

— Brega? – O sorriso sumiu. – O que queres dizer com isso? Acaso, não é um bom restaurante?

— O restaurante é bom, mas aquelas toalhas de mesa... Jesus! Chamam muita atenção, nem dá para perceber a apresentação linda dos seus pratos. Está faltando um toque na decoração, falta glamour... As pessoas não pagam só pela comida, pagam pelo sonho, pelo momento, pelo encantamento... E tem mais uma coisa que podemos fazer também.

— Pois! – Ele arregalou os olhos.

— Você não divulga. Sabe quantas vezes procurei o seu restaurante no Google? – *Não era para ter falado isso... Merda!* – Tem lá meia dúzia de fotos ridículas do restaurante nos piores ângulos. O que não dá a mínima vontade de conhecer. – *Já que comecei a falar, é melhor ir até o fim.* – E tem mais...

Ele entrou numa estrada mais estreita, talvez já estivessem perto.

— Mais? – Ele ergueu as sobrancelhas.

— Ah, desculpa! Estou falando demais, né?

— Não, é claro que não! Apenas estou um pouco surpreso contigo por, em tão pouco tempo, já perceberes mais do meu negócio do que eu mesmo...

— Pode ser que quando se acostuma com um lugar, a gente não enxerga os defeitos e quem vem de fora veja tudo de outro ângulo...

— Concordo! E já que começaste a falar, agora quero saber tudo. Disseste que ainda havia mais.

— Havia?

— Sim, por isso sou todo ouvidos.

– Pois bem! – Começou a falar num fôlego só: – É que eu não preciso te dizer que você é muito bonito, você tem espelho na sua casa, e acredito que já se deu conta disso antes mesmo de aprender a falar... – Respirou e, mais calma, continuou: – E podia usar isso também a seu favor: o belo chef Rodrigo e seus pratos. – Sorriu, levantou a mão no ar e desenhou um arco de estrelas imaginárias – Camargo e Carmaguinho, Carmaguinho... Camargo e Camarguinho, Camarguinho! – Gargalhou, mas Rodrigo a olhava com um vinco na testa, como se ela tivesse falado grego. – Você não assistiu "Dois filhos de Francisco"? – Balançou a mão ao ar. – Deixa pra lá! Você entendeu o que eu quis dizer: vamos fazer a sua luz brilhar!

– E tu sabes alguma coisa sobre divulgação ou publicidade?

– Bom, eu sei que a propaganda é a alma do negócio, ao menos é o que todos falam. Não estudei sobre isso, mas sigo muitos arrobas, quer dizer: "Digital Influencers"! E também posso pesquisar mais sobre o assunto.

– Vou pensar em tudo que me disseste com carinho. Agora, estás pronta para conhecer a minha família?

Gaby arregalou os olhos e gelou, estava um calor de rachar, mas sentiu frio. Ele já estava estacionando em frente à casa. Ela empolgara-se tanto com a ideia de uma pequena reforma no restaurante que se esquecera completamente de que estaria prestes a conhecer a família dele.

– Gaby! Não te esqueças, eles precisam de acreditar que é pra valer.

Ela assentiu com a cabeça, e desceram do carro. Rodrigo sorriu e pensou que talvez sua mãe até conseguisse guardar esse segredo, talvez ela nem fosse tão fofoqueira assim... Mas ele estava gostando tanto desse faz de conta que queria mesmo saber como seria se um dia fosse de verdade.

– Mãe!
– Já chegou, filho? – gritou de dentro da casa.

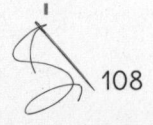

– Vem aqui fora, tenho alguém para te apresentar! – Gaby sentiu a mão dele comprimindo a sua e a boca dele aproximando-se de seu ouvido. – Fica tranquila, tudo ficará bem!

Será? Gaby nem quis pensar em suas teorias para não atrair, porque sempre podia... *Não, não podia! Não, por favor, não pode piorar!* Dessa vez as coisas precisavam se encaixar... *Por favor* – olhou para o céu –, *Deus, nunca te pedi nada!*

Capítulo 13

Saiu na varanda uma jovem senhora de avental e pano de prato nas mãos. Ela olhou para o filho e a mão dele grudada na de Gaby, franziu o cenho e entortou a cabeça, olhando de lado. Gaby achou que o clima fosse ficar tenso, mas aí a senhora abriu um sorriso, mostrando os dentes. Não deu para entender nada…

– Quem é essa rapariga tão gira?

– Linda, não é? Gabriela, apresento-te a minha mãe, Maria de Fátima. Mãe, apresento-te a minha noiva, Gabriela.

– Ah, meu Deus, eu sabia que ia ser assim… – Ela enxugou as mãos no pano e o enfiou no bolso do avental. – Tinha a certeza de que ias demorar a escolher uma namorada, mas que um dia chegarias de repente e me apresentarias uma bela rapariga. Mas… espera aí, filho, disseste noiva? Será que eu ouvi bem?

Rodrigo curvou os lábios, mostrou os dentes e bastou. Ele tinha um sorriso tão desconcertante que nem mesmo sua mãe era imune. Gabriela se viu envelopada em um abraço que não parecia ter fim – se seus ossos saíssem inteiros desta, tinha certeza de que estava bem de cálcio.

– Dado! Malu! Venham conhecer a Gabriela! Filhos, o Digo acabou de me dizer que está noivo!

Duas cabeças apareceram na janela.

– Mentira! – Malu arregalou os olhos e surgiu saltitante na porta. – Que fixe!

– Como é que é, meu paneleiro? Finalmente alguém te armou um laço? – Dado tinha o mesmo sorriso arrebatador, passou por Rodrigo e lhe deu um tapa no ombro.

– Então quem é paneleiro aqui, meu camafeu?

Gabriela recebeu o abraço de Malu, em seguida Dado a tirou do chão e a girou no ar.

– Larga-a já, Dado, deixa-a em paz! Não abuses da sorte!

– Pá, mas onde é que tu arranjaste uma miúda tão gira, meu? Vê-se logo que nasceste com o cu virado para a lua!

Rodrigo a puxou dos braços do irmão, aquilo já estava bastante estranho. Não era nem um pouco agradável ver Dado tão entusiasmado.

– Fiz macarrão, maionese e pernas de frango recheadas, temperadas com cerveja como aprendi a fazer no Brasil. Já devem estar prontinhas a comer!

Gaby sentiu a compressão da mão de Rodrigo na sua e foi praticamente arrastada para dentro da cozinha. O cheiro era incrível! Dona Fátima fez uma oração e em seguida disse que o almoço estava servido.

– Primeiro as visitas! Não foi isso que lhes ensinei? – Dona Fátima franziu o cenho para Malu e Dado se empurrando.

Gaby começou, e os mais novos se serviram em seguida. Ela colocou um pouco de cada coisa, olhou a assadeira de frango, escolheu a sobrecoxa mais dourada e espetou o garfo... Outro garfo espetou ao mesmo tempo. Levantou os olhos seguindo o dono do braço, e Dado sorriu. Ele a estava desafiando, e Gaby não costumava fugir de uma briga. Comprimiu os olhos, enfiou o garfo mais fundo, puxou o pedaço de frango e depositou no prato.

– Vi primeiro! – Gaby sorriu e comeu um pedaço.

Rodrigo ficou tão mudo quanto o resto da família. Gaby congelou. O que dona Fátima iria pensar? Olhou ao redor e espremeu os lábios num sorriso forçado, pois não sabia o que fazer para consertar. O frango desceu seco pela garganta.

– Olha, filho, uma coisa te digo! – Gaby nem conseguiu respirar quando a mãe dele começou a falar. – Esta rapariga não poderia ser mais perfeita para fazer parte da nossa família.

Todos gargalharam.

Gaby sentiu as faces queimarem... Forçou um sorriso.

– Desculpa, acho que me excedi um pouco.

– Minha filha, aqui em casa nós não somos de cerimônias! E...estou feliz por ver que és humilde como nós.

Rodrigo percebeu ali a decepção que seria quando sua mãe soubesse a verdade. Levara uma desconhecida para dentro de sua casa, e sua mãe já a tratava como uma filha. Iria ter que dar um jeito de se livrar da garota antes que dona Fátima estivesse apegada demais. Que situação! Que raios foi aquele em se envolver com essa história? Eram mesmo bem poucos os seus problemas e só fazia coisas para aumentá-los.

Gaby prontificou-se em ajudar Malu com a louça, e Rodrigo pensou que era um bom momento para conversar a sós com sua mãe. Arrastou-a para a varanda e sentaram-se. Olhou por uns instantes para a vinha, buscando coragem.

– Estás muito pensativo! O que é que se passa contigo, filho? Eu prefiro que me digas já, em vez de ficares nessa agonia.

– Não é nada de mais, mãe! É que tomei a liberdade de convidar a Gaby para morar conosco sem falar contigo primeiro.

– Filho, não estás a pôr a carroça à frente dos bois?

– Eu conheço-a há muitos anos, mãe. Ela voltou agora para Portugal e não quero perdê-la de vista outra vez.

– Mas, se ela gosta mesmo de ti...

– Mãe, ela não tem onde ficar. Deixa-me acolhê-la aqui, por favor! Senão, vejo-me obrigado a alugar uma casa para ficar com ela.

– Se ela é assim tão importante para ti, claro que podem ficar aqui. Não precisas de sair daqui à pressa para lado nenhum. Esta é a tua casa. Fiquem aqui os dois o tempo que precisarem!

– Obrigado, mãe! Quero apenas pedir-te que, por enquanto, não comentes nada disso com ninguém.

Dona Fátima arregalou os olhos e comprimiu os lábios.

– Mãe... Como e a quem é que já contaste? Nós acabamos de almoçar e estivemos sempre juntos!

– Só disse à comadre Leonor!

– Mas, mãe!

– Mandei-lhe uma mensagem por WhatsApp quando fui à casa de banho, mas posso mandar-lhe outra a dizer que foi engano.

– Não, deixa estar assim! De qualquer maneira, não tarda muito que toda a gente venha a saber.

– Filho, todos aqui gostam muito de ti. A comadre ficou feliz por ti, embora, como sabes, o maior desejo dela fosse o de ver-te casado com a filha dela.

– Mãeeee...

– Não precisas de me explicar nada, filho! Na verdade, nunca consegui imaginar-te ligado à Áurea! Nunca na presença dela, vi nos teus olhos o brilho que vi hoje. Aconselho-te que, antes de entrares a fundo nesta história com a Gabriela, tenhas a certeza de que é ela a mulher ideal para ti. Casamento é algo muito sério e deve ser bem pensado! Sentiste na pele o que é uma separação e tudo o que ela implica. E não me parece que seja isso que queiras que venha a acontecer contigo. E, claro, tudo é mais difícil ainda quando há filhos.

– Eu sei, mãe.

– Eu e o teu pai estávamos muito apaixonados. Eu era apenas uma portuguesa de visita ao Brasil, e ele, um rapaz do interior que ia à praia. Deixei tudo para ficar com ele. Porém, os anos foram passando, e as diferenças entre nós intensificaram-se. Até que o amor morreu e só restou raiva e rancor. O teu pai era descendente de família alemã, cabeça-dura. Sabes bem como ele era, e a família Ritscher, que me detestava, deu graças a Deus quando ele me traiu e preferiu ficar com a amante.

Rodrigo sabia tudo aquilo de cor, mas ouvia com atenção todas as vezes que ela contava. Tinha a consciência de que as coisas não tinham acabado bem, porque sua mãe sofrera tanto com a separação quanto com as privações que passaram depois sem a ajuda do pai para sustentar a casa. E ele faria qualquer coisa para colocar um sorriso no rosto dela. Contudo, naquele instante traía sua confiança.

– Mãe, a minha história será diferente, não te preocupes!

– Rodrigo... Filho, essa pressa toda tem alguma coisa a ver com... Meu Deus, ela está grávida?

– Não, mãe, claro que não! Ela vem morar conosco e, aos poucos, as coisas vão-se encaixando, e tudo será feito da melhor maneira.

– Como e onde é que se conheceram?

– Foi lá no restaurante, há alguns anos. Há cerca de dois meses ela voltou para Portugal, e faz uma semana que ela está a trabalhar comigo.

– Eu gostei muito dela e espero que tudo dê certo entre vocês. Podes contar comigo, filho!

Cada sorriso, cada palavra de incentivo era como uma apunhalada que ele sentia estar cravando nas costas de sua mãe. Uma mulher maravilhosa capaz de acolher uma completa estranha dentro de casa.

– Obrigado por seres minha mãe, pois eu tenho muito orgulho de ser teu filho.

Os olhos de dona Fátima avermelharam-se. Gaby chegou à varanda a tempo de ver Rodrigo de costas pousando o polegar para enxugar o rosto de sua mãe e em seguida dar-lhe um beijo na bochecha.

– Gabriela, vem para junto de nós, miúda! – Dona Fátima esticou o pescoço para o lado, e Rodrigo virou-se.

– Eu não quero interromper vocês, posso ficar na companhia de Malu, assistindo televisão. – Gaby deu um passo atrás e retornava para porta, era lindo ver como eram mãe e filho. No entanto, aquela cena causara um buraco dentro de si mesma, uma saudade absurda de ter um momento como aquele que presenciara.

– Senta-te aqui conosco! Já acabamos a nossa conversa!

– Eu posso mesmo voltar depois.

– Insisto para que fiques, porque agora fazes parte da família. Vem cá dar-me um abraço, anda!

Gaby pensou que aquele gesto de carinho não faria mal. Apesar de ser tudo uma encenação, um abraço de mãe parecia uma oferta bem real. Dona Fátima ficou em pé e a recebeu em um abraço; fazia tanto tempo que não recebia um abraço de mãe, que não era afagada daquela maneira nas costas, que peitos fartos como o de sua genitora não eram um ninho de aconchego. Até o cheiro daquela senhora se assemelhava ao cheiro de sua própria mãe. Só notou que chorava quando Rodrigo completou o abraço, mantendo-a entre mãe e filho, e os lábios dele secaram as lágrimas que escorriam por sua face.

Não soube precisar quanto tempo ficaram parados ali, mas teve um significado tão grande dentro de Gaby que ela não sabia o que faria, mas teria que dar um jeito de fazer aquela família ser dela também. Estava tão quebrada em todos os sentidos que perder aquele acolhimento nunca mais experimentado desde que sua mãe partira, poderia lhe causar um estrago tão imensurável que nem tinha certeza se sobreviveria. Rodrigo era um pacote completo: bom, lindo e família.

Ela se acalmou, e eles a soltaram.

– Me desculpem, não deveria ter chorado. É que... nem consigo explicar.

– Não te preocupes, filha. Todos temos uma história, e imagino que a tua também tenha ossos. Mas fica à vontade, e a seu tempo, quando sentires vontade de o fazer, poderás compartilhá-la.

– Vem, meu amor, vamos buscar as tuas coisas ao carro. Deves estar com vontade de tomar um banho. E também precisamos de descansar, porque amanhã cedo chega mercadoria para o restaurante e quero começar a pôr em prática algumas das tuas ideias. Que tal, hummm?

Gaby sorriu, ele estava mesmo disposto a mudar algumas coisas no restaurante, realmente ouvira o que ela disse.

– Ah! Eu sabia que isso faria aparecer um sorriso no teu rosto.

– Agora fiquei curiosa! Será que eu posso saber que ideias são essas, crianças?

– A Gaby disse-me que as toalhas de mesa do restaurante são horríveis e de péssimo gosto. – Rodrigo escancarou um sorriso.

– Ainda bem que aparece alguém que concorda comigo! – Dona Fátima levantou as mãos para o céu. – Já lhe disse tantas vezes para mudar aquilo, mas ele está sempre a dizer que não pode aumentar os gastos.

– Eu sei costurar, Dona Fátima! Se tivesse uma máquina de costura, poderia eu mesma confeccionar as toalhas.

– Eu tenho uma, mas há anos que não é usada! Era da minha mãe, e eu infelizmente não sou nada dada à arte de costurar.

– Mais tarde posso dar uma olhada na máquina, talvez eu consiga fazê-la funcionar.

– Oh, mas isso é muito fixe!

– Bem, já vi que vou ficar perdido no meio das duas.

Rodrigo pegou suas malas. Gabriela apanhou a mochila e a bolsa e o seguiu até o quarto. Era um quarto simples, mas com tudo muito bem organizado. Ele depositou as malas no canto, foi até a porta e girou a chave. Gabriela sentiu um frio na barriga enquanto ele se aproximava. Será que aquelas malditas borboletas permaneceriam em seu estômago toda vez que ficasse sozinha com ele?

Ele passou por ela e abriu as últimas portas do guarda-roupa de seis portas que ficava de frente para a cama de casal. Retirou duas camisas e passou para as primeiras portas e fez o mesmo com vários outros itens, apertando-os no restante do armário, liberando espaço.

– Pronto! Podes usar o espaço destas duas portas, e se não for suficiente, compramos uma cômoda. – Ele comprimiu os lábios. – Não é grande coisa, mas acho que a gente se consegue arranjar.

– Está ótimo! Nem sei como agradecer.

– Não precisas... – Ele foi até a outra porta ao lado esquerdo da cama e a abriu. – Aqui é a nossa casa de banho!

– Banheiro? Meu Deus, teremos um banheiro só para nós dois?

– Sim.

– É que é uma casa rural, então eu pensei...

– Fizemos algumas pequenas reformas desde que aqui chegamos. E em algum momento eu achei que merecia uma casa de banho. – Riu. – Era sempre uma guerra com meus irmãos pela manhã, e eu precisava trabalhar aqui e no restaurante.

– Eu sempre tive um banheiro só para mim. Em Londrina e mesmo em Cambé, quando precisei me mudar... Desde que cheguei aqui, tem ideia de com quantas pessoas eu precisava dividir um banheiro?

– Faço uma pequena ideia.

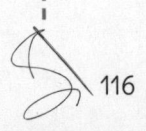

Gaby abriu a porta e levou a mão à boca. Quis pular de alegria, então pulou e soltou um gritinho! Era tudo branquinho e organizado. Lembrou-se da bagunça que era sua casa, ia ser um problema manter a ordem.

– O que foi? – Rodrigo sorria.

– Seu banheiro é lindo e tem até uma banheira.

– Bem, nunca vi pessoa mais entusiasmada com uma casa de banho. Vá, fica à tua vontade e toma um belo banho. Espero-te aqui no quarto.

– Se tiver alguma coisa para fazer, pode ir, eu me viro.

Ele aproximou a boca de seu ouvido.

– Se eu sair deste quarto agora, vão desconfiar...

– Entendi.

Gaby encheu a banheira, deixando a água morna na medida certa, tirou a roupa, mergulhou o corpo e relaxou. Aquela era a oitava maravilha do mundo, o corpo amolecia e a dor nos músculos das horas de moto na estrada parecia virar fumaça, até que o cansaço acumulado a fez adormecer. Acordou com as batidas na porta e Rodrigo perguntando se estava tudo bem, respondeu que sim. Lavou a cabeça com o xampu e o condicionador dele, se enxaguou e... não havia trazido nem toalha, nem roupa para o banho. A euforia pelo banheiro fora tanta que se esqueceu do resto. Sem olhar na direção de Rodrigo, saiu enrolada na toalha dele, abaixou-se perto da mala e retirou uma calcinha, uma blusinha de alcinha e um short, estava quente demais, então dispensou o sutiã. Entrou no banheiro para se trocar e voltou para o quarto.

Rodrigo ficou paralisado com a visão dela saindo do seu banheiro, envergonhada demais para olhar para o rosto dele. Ele torceu para que a toalha caísse, mas, de forma habilidosa, ela pegou a roupa e retornou vestida. Se é que aquele pequeno pedaço de tecido podia ser chamado de roupa.

Precisava mesmo era de um banho frio. Levantou-se, entrou no banheiro e usou a banheira com a água que ela acabara de usar, ainda tinha o cheiro dela. Depois de se lavar, levou a mão ao gancho, mas sua toalha não estava lá. Ficou em pé e esticou o braço para pegar a toalha de rosto e com ela enxugou-se, enrolou na cintura e foi para o quarto vestir-se.

Deitada na cama, Gaby arregalou os olhos quando viu o abdômen.

– Me desculpe! Esqueci de avisar que peguei sua toalha.

– Não há azar com isso. – Ele ficou de costas para abrir o guarda-roupa.

Gaby não conseguia parar de olhar, os braços e as costas dele também eram perfeitos, a toalha contornava seu bumbum arredondado. E as coxas? Que coxas!

Ali mesmo ele pegou a cueca, enfiou pelas pernas e deixou cair a toalha quando ainda dava para ver parte do que cobriria. Aquilo já era tortura! Ele pegou uma bermuda e a vestiu como se fosse a coisa mais normal do mundo fazer isso na frente dela. Virou-se de frente, sorriu e deitou-se ao seu lado na cama.

– Ainda bem que a cama é grande!

– Acho que eu posso dormir no chão. – Gaby sentia seu rosto queimar.

– Não te preocupes com isso, porque se alguém tiver que dormir no chão serei eu. Penso que podemos entrar num acordo e comportar-mo-nos, para que isso não seja necessário. Não pretendo atacar-te, fica descansada.

Era para Gaby ficar feliz por ele afirmar que a respeitaria, mas não foi o que aconteceu.

– Gaby, estás preocupada com mais alguma coisa? – Ele virou-se de lado para ela na cama. – Há mais algum noivo que eu não conheça?

Jamais iria lhe falar sobre o falecido. Andrei estava morto, sepultado e enterrado.

– Não, não é nada, está tudo perfeito!

– Bem, com isto tudo, sabes mais sobre mim do que eu de ti. Por que não me contas um pouco da tua história? Pode ser que ajude quando recebermos a visita de algum inspetor do SEF.

– Nem sei por onde começar...

– Fala-me dos teus pais. Como está a tua mãe? Lembro-me vagamente dela...

Gaby respirou fundo e soltou o ar. Uma hora aquilo teria que ser colocado para fora.

– Minha mãe morreu.

– Lamento muito, não podia imaginar. Foi há muito tempo?

– Cinco anos. – Talvez não fosse uma boa ideia contar a história toda naquele instante. Quem sabe um dia…

– E o teu pai?

– Meu pai? – Soltou um pequeno jato de ar pelo nariz, porque não sabia o que mais poderia dizer.

– Onde é que ele está?

– Eu não sei, meu pai enlouqueceu desde que minha mãe morreu. Esqueceu que tem uma filha. Faz quase um ano que não recebo um telefonema.

– Onde é que ele estava da última vez que se falaram?

– No nordeste do Brasil, trabalhando como caminhoneiro. Disse que tinha decidido que viria para Portugal, talvez esteja por aí em algum lugar. E o seu pai?

– O meu está no Brasil com a família dele. Teve outros filhos, nem se lembra que a gente existe. No início ele ainda ligava para desejar feliz aniversário aos meus irmãos, mas depois nem isso. Não falo com ele há mais de quinze anos, nem me faz mais falta.

– Já fez?

– Sim. E a ti?

– Também.

– Eu ainda tive sorte, o meu tio Zé Manel é como um pai para mim. Ele é irmão da minha mãe, o restaurante era dele. Lembras-te do dia em que apareceste lá no restaurante a pedir-me emprego? – Rodrigo sorriu.

– Sei.

– Pois, nesse dia, ele fez-me ir à igreja. Fui e pedi a Deus ajuda para que aparecesse a pessoa certa para trabalhar comigo.

– E olha que maravilha! Ele atendeu suas preces: um metro e sessenta e oito de pura eficiência. – Gaby apontou para si da cabeça aos pés. – Obrigada, Brasil!

Rodrigo pousou a mão no rosto de Gaby. Ele combinou mesmo de se comportarem? Que idiotice! Era mais forte do que ele, mas reuniria forças para parar se ela dissesse não.

– Eu deveria ouvir mais o meu tio.

Ele se aproximou, seus olhos frente a frente e as bocas a milímetros de distância. Rodrigo respirou, e Gaby sentiu o leve sopro de ar da boca dele nos seus lábios, e as batidas de seu coração quase se confundiram dentro de si com as batidas na porta. Alguém chamava por seus nomes e era a voz da "sogra":

– Não quero interromper os noivos, mas temos visita!

Capítulo 14

— Gaby, pode ser um inspetor do SEF.

— Ai, meu Deus! Rodrigo – levantou-se num pulo –, você acha melhor eu trocar de roupa? Colocar uma calça, não sei... Uma camisa mais discreta, tenho que encontrar meu sutiã.

— Não, vamos assim mesmo! Até é melhor ele pensar que interrompeu alguma coisa.

Ela mesma pensava que algo havia sido interrompido, mas ali estava Rodrigo de novo no *mode* fingimento.

— Tive uma ideia, Gaby! Põe um batom nos lábios, rápido!

Ela alcançou a bolsa, tirou um batom de dentro e passou.

— É demasiado claro, ficou da mesma cor dos seus lábios. Não tens um mais vermelho?

— Não – franziu o cenho e contorceu a boca... Arregalou os olhos, enfiou a mão no fundo da bolsa e foi tirando objetos até que encontrou uma amostrinha que tinha ganhado da Rapha. – Serve rosa? É quase pink.

— Vai ter que servir.

Virou-se para o espelho e passou.

— E agora – olhou para ele –, estou bem assim?

— Ainda não.

Rodrigo aproximou-se e comprimiu os lábios dele nos seus. Gaby decidiu que poderia facilmente se acostumar com aquilo, então facilitou para ele abrindo a boca, sentindo toda a profundidade e fervor do beijo. A intenção dele era rebocar os lábios dela e os dele, agora Gaby entendia, mas pensou que não precisava do show completo para isso. Talvez ele estivesse se aproveitando da situação e ela não poderia negar que também fazia o mesmo. Ele tinha um gosto incrível, e as borboletas no estômago continuavam fazendo um bom trabalho... Tudo ficou ainda mais intenso quando ele arrastou os lábios por seu pescoço. Gaby arrepiou-se e precisou puxar o ar quando ele se afastou.

— Agora sim, está linda! — Ele passou a mão no cabelo e piscou. — E bem marcada como a minha.

Gaby levou a mão ao pescoço.

— Rodrigo, o que você fez?

— Está perfeito, não fiques chateada comigo. Tenho a certeza de que isso consegue convencer o inspetor e até Palmela inteira. Anda daí, vamos lá enfrentar a fera!

Ele segurou sua mão e Gaby deixou-se puxar pelo corredor. Ele abriu a porta e permitiu que ela passasse, encostou a porta e ficou de frente para ela alguns segundos antes de se dirigir a quem estivesse na sala. Gaby viu que tinha um homem mais velho e um mais novo, mas Rodrigo tampava sua visão dos demais enquanto sorria para ela e fingia limpar sua boca. "Vai dar tudo certo!", lia nos lábios dele. Rodrigo virou-se e paralisou.

Eram um casal mais velho e um casal mais novo que pareciam irmãos. A loura, Gaby sabia bem quem era.

— Gaby, apresento-te os meus vizinhos e amigos: Áurea, dona Leonor, Sr. João e Fernando. Olá, pessoal, que bons ventos os trazem? — Rodrigo estendeu a mão ao mais velho e à esposa, em seguida ao rapaz e por último a loura que fingia não se importar, mas estava se roendo por dentro. — Amigos, apresento-lhes a minha noiva, Gabriela!

Um por um apertou a mão de Gaby.

— Se não visse com os meus próprios olhos, não acreditaria! — A senhora disparou a falar. — A tua mãe disse-me à hora do almoço, mas palavra que custei a acreditar. Pois então não é que a noiva existe mesmo?

— Onde está a minha mãe, dona Leonor?

— Foi fazer-nos um café.

Gaby tentava esconder o chupão no pescoço e o olhar da mais velha a fez sentir-se envergonhada pela falta do sutiã, enquanto ele parecia à vontade mesmo sem camisa.

Malu e Dado viam televisão e pareciam alheios à conversa dos vizinhos. Gaby acompanhou o momento em que Dado mudava de canal e parou um minuto para ver as notícias. Terminavam uma reportagem sobre a onda de assaltos em Palmela e em seguida começaram a falar sobre a Operação Tráfico Humano. Gaby ficou em alerta.

"Preso agora à tarde Liberto Alves das Neves Abreu – a foto dele estampou a tela –, que usava o codinome Lineu para despistar a polícia. Foi uma grande operação para prender a maior quadrilha de tráfico humano do país. Infelizmente, a pista tinha esfriado, e foi graças à morte de uma das garotas traficadas que chegaram ao bandido. Guiados por uma denúncia anônima, a Guarda Nacional chegou ao local próximo à fronteira, onde desovavam o corpo. Pelo que foi relatado, ela ingeriu uma quantidade muito grande de tóxico. A intenção dos bandidos era deixá-la desacordada durante todo o trajeto, mas recebeu uma overdose. As várias horas dentro do comboio sem o devido socorro a levaram a óbito. As demais garotas não foram encontradas, provavelmente foram atravessa..." Dado trocou de canal.

Dona Leonor não parava de falar. Fazia comentários sobre o mundo estar moderno demais, a velocidade dos relacionamentos... que uma noiva morando junto antes de casar não era um bom exemplo para os irmãos. Chegou a insinuar que a diferença de idade dos dois poderia atrapalhar.

– Meu Deus, só tem 23 anos! Tão novinha ainda, na flor da idade e vai casar-se? Tome cuidado ou ele vai-se enjoar de si antes do casamento. – Leonor piscou para Gaby. – Ele é assim mesmo, sabe? Não se prende a ninguém!

Rodrigo notou que Gaby olhava para o nada. Não era, naquele instante, a rapariga a que já estava acostumado, que tinha respostas para tudo e não tinha medo de ninguém.

— Não percebo! Até ontem, dizias que não eras homem para casar-se! Ouvi-te dizer tantas vezes que te enjoas demasiado rápido, e agora…! – Áurea sorria, mas o sorriso dos lábios não combinava com a frieza dos olhos.

— Pois que, desta vez, garanto que não há nada que me faça enjoar. Ela é a mulher ideal para mim! – Lançou o braço sobre o ombro da noiva. Havia algo errado, precisava tirar Gaby dali. – Agora, se não importam, precisamos de ir acabar de arrumar o nosso quarto. Por favor, fiquem à vontade, vocês são da casa.

— Bem… se acaso te enjoares dela, podes dar-lhe o meu número de telefone? – Fernando sorriu e fechou o sorriso na mesma velocidade quando viu a cara de Rodrigo.

— Mais respeitinho para com a minha noiva, Fernando!

— Caraças, pá, somos amigos! Foi apenas uma brincadeira! – Levantou as mãos.

— Estamos muito felizes por vocês, Rodrigo! – Dona Leonor não desistia e o Sr. João se avermelhava com os excessos dela. – Então, já que vamos mesmo ter casamento, quando é que é a data?

— O mais rápido possível! Se pudéssemos casávamos hoje mesmo. Vamos, meu amor!

— Pelos vistos, vamos ter casamento ainda antes da Festa das Vindimas? A tua mãe disse-me que ela é brasileira. Já tem cidadania portuguesa?

— Não, não tem! Mas também não vai precisar porque eu tenho e vou casar-me com ela.

— Bem, não me parece é que seja assim tão fácil provarem ao SEF que isto é uma relação a sério. Nunca vos vimos juntos… De onde é que essa rapariga surgiu? Soubeste do caso da filha do compadre Joaquim lá da Quinta São Manuel? O neto dele embeiçou-se lá por uma brasileira que acabou por ser deportada porque os documentos eram ilegais. Enfim, pobre do rapaz…

Rodrigo não respondeu, colocou a mão nas costas de Gaby, que permanecia calada e, pela cintura, arrastou-a para o quarto. Bateu a porta, passou a chave e a posicionou de frente para ele.

— O que se passa contigo, Gaby? Pareces chateada e ausente! Tem a ver com a impertinência da dona Leonor, ou fiz alguma coisa que te aborreceu?

— Não, não é por causa dela, muito menos por você. Viu as notícias na televisão?

— Não — franziu a testa —, nem sequer olhei para a televisão.

— Prenderam o tal Lineu. Lembra da ruiva que a Rapha disse que tinha tomado a metade do suco dela?

— Sim, lembro-me disso.

— Ela está morta. — Gaby sentiu os olhos arderem. — Foi por isso que conseguiram capturar o Lineu. Rodrigo, você tem noção de que poderia ter sido a Rapha, até mesmo eu se eu estivesse trabalhando naquele café?

— Shhhhh, anda cá! — Passou os dedos em sua face, a abraçou e manteve a mão acarinhando suas costas. — Está tudo bem com tua amiga, agora. Apenas vai ser deportada, e voltar para a família. Tu estás bem aqui, e não vai acontecer-te nada. Confia em mim!

— Eu sempre acho que dá para piorar. Estou sempre com a sensação que algo de muito ruim vai acontecer.

— Não penses assim! É apenas medo, mas aqui comigo, estás segura. Sabes, fiquei a pensar em tudo o que a dona Leonor disse. Vamos ter de provar ao SEF que estamos juntos e, para isso, precisamos de provas urgentemente. Podemos começar por uma boa quantidade de fotos nossas, o que achas?

— Tudo bem!

— Então, vamos lá à primeira foto! — Pegou o celular, colou o rosto no dela e sorriu. — Sorria! — clicou. — Amanhã tiramos mais! Estou a pensar levar-te a um sítio lindíssimo que te quero mostrar.

Gaby forçou um sorriso, caminhou até as malas e colocou as mãos na cintura.

— Vou arrumar isso já, antes que desanime.

— Deixa isso — apontou para as malas —, depois organizamos tudo. — Estás cansada e eu também. É melhor dormirmos um bocado, agora.

— Tudo bem, mas antes só quero dar uma olhadinha na máquina de costura da sua mãe.

— Tens tempo de fazer isso. Se saíres agora vais ter que aturar outra vez a dona Leonor.

— Verdade! — Bocejou. — Acho que vou tirar um cochilinho primeiro.

Gaby deitou-se do lado esquerdo e virou-se para a janela. Rodrigo a observou por alguns instantes, caminhou até a cama e sentou-se virado para a porta. A vida dele tinha mudado literalmente da noite para o dia. Acomodou-se no colchão de barriga para cima e colocou os braços atrás da cabeça.

Rodrigo cochilava quando um barulho lhe chamou a atenção. Foi até a janela e nada parecia fora do lugar. Talvez só estivesse ainda assustado por causa do incêndio... Observou o quintal por alguns instantes e voltou para a cama.

Ao lado, Gaby já parecia em sono profundo. *Gaby!* Respirou fundo. *Quem é Gaby? O que é que essa garota significa para mim?*

Capítulo 15

Rodrigo sobressaltou-se com o galo cantando e deparou-se com a morena toda encolhida no cantinho do colchão.

– Gaby – remexeu no ombro dela –, Gaby! Chega-te mais para o meio da cama e aproveita para dormires melhor. Eu vou levantar-me agora.

– Hummm! Que horas são? – Ela virou-se para o meio do colchão e aconchegou a cabeça no travesseiro.

– É muito cedo ainda! Vou agora dar comida aos animais e depois vou ao restaurante para receber os produtos. Descansa mais um bocado que eu volto ainda a tempo de, juntos, tomarmos o pequeno-almoço... café da manhã, como dizem no Brasil.

Levantou-se, concluiu rapidamente os deveres diários no sítio e retornou ao quarto. Gaby virou-se na cama, mas não abriu os olhos, Rodrigo foi tomar um banho e barbear-se, já terminava quando o celular bipou com a mensagem do fornecedor de carnes dizendo que essa segunda só iria no fim do dia devido a um problema na refrigeração do caminhão. Talvez aquilo fosse um sinal, já estava mesmo com a intenção de mostrar o lugar a ela. Enrolou-se na toalha, voltou para o quarto e deparou-se com Gaby esticando os braços e despertando em bocejos.

– Veste um biquíni e calça uns tênis – disse enquanto se vestia. – Podes usar mesmo essa roupa por cima. Vou-te levar a um sítio muito especial!

– Minha Nossa Senhora, dormi de roupa e tudo. – Bocejou tão escancaradamente que umedeceu os olhos, passou a língua nos lábios e sentiu o gosto de cabo de guarda-chuva na boca. – Meu Deus, quantas horas eu dormi?

– Para aí umas doze horas. São cinco e meia da manhã, e deves estar faminta como eu, pois ontem nem jantamos.

– Até que estou de boa.

O estômago de Gaby roncou alto, e Rodrigo riu. Ela comprimiu os lábios e sorriu de volta. Levantou-se, pegou a escova de dentes na bolsa e foi para o banheiro. Ao retornar para o quarto, Rodrigo enfiava algumas coisas na mochila.

– Aonde vamos?

– É segredo.

– Não é muito cedo?

– É a hora ideal, pois com o nascer do sol as fotos vão ficar ainda mais lindas.

– Não é longe daqui?

– Meia horita, só.

– Você deve estar cansado, não quero dar trabalho.

– Não há azar com isso! Eu já descansei o suficiente e não é trabalho nenhum. – Estendeu a mochila dele. – Podes pôr aqui o que quiseres. Não precisas de levar muita coisa.

– Obrigada!

– Eu volto já! – Saiu do quarto.

Gaby arrumou-se em instantes e colocou o que precisava na mochila. Ele voltou para o quarto, abriu um sorriso e estendeu a garrafa e o abridor.

– Põe também este vinho na mochila. Estás pronta?

Gaby acomodou a garrafa, fechou o zíper, colocou a mochila nas costas e segurou a mão estendida em sua frente.

A mesa estava posta na varanda. Dado cortava o pão e dona Fátima servia-se de queijos.

– Bom dia! Sentem-se, o café está na mesa.

– Estamos de saída, mãe, quero mostrar as redondezas à Gaby, e vamos a um lugar onde podemos tomar lá o nosso café.

– Vamos comer lá?

– Sim, meu amor, e tenho a certeza de que vais adorar! – Rodrigo pousou um beijo na bochecha de Gaby. – Dado, não é hoje à tarde que aquele especialista vem cá para reavaliar as videiras atingidas?

– Amanhã – Dado respondeu mastigando. – Depois do almoço.

– Ainda bem, porque quero estar aqui para falar com ele.

– No caso, o agrônomo sou eu...

– Futuro agrônomo, se fazes favor! Acredita em mim, pois não vejo a hora de terminares o curso. – Sua irmã sentou-se à mesa, serviu-se de café, e Rodrigo levantou as sobrancelhas. – Caiu da cama, Malu?

– Sabichão, vou malhar!

– E por que não fazes isso enquanto dás comida aos porcos e às galinhas?

– Porque és tu quem já faz isso, não é?

– Mais consideração, Malu!

– Ele é muito chato, mãe. Já tentei ajudar a tratar dos animais, mas ele vê defeitos em tudo o que eu faço. Bahhh, já desisti! Gaby, como é que consegues aguentar o "senhor perfeição absoluta"?

Gaby comprimiu os lábios e levantou os ombros.

– Porque ao contrário de ti, ela ama-me! – Ele piscou para Malu.

– Certo! Para convencido não te falta mesmo nada, maninho!

Rodrigo enrolou metade do pão no pano de prato, enfiou um pedaço de queijo num saquinho e entregou para Gaby guardar na mochila.

– Por favor, tenham muito cuidado, porque há notícia de uma grande onda de assaltos nessa região.

– Dona Maria de Fátima sempre exagerando nas preocupações. – Rodrigo riu.

– Sim, foi a Leonor que me disse...

– Ah, mãe! – Franziu o cenho. – Por que ainda continuas a dar ouvidos à Leonor e à língua comprida que ela tem?

Despediram-se, colocaram os capacetes e montaram na moto. Ainda causava calafrios ter as mãos no abdômen dele. Precisava dar um jeito de se afetar menos, ou teria problemas quando tudo acabasse. Quase meia hora depois ele saiu do asfalto, passou pelo estacionamento, entrou com a moto para dentro da mata e escondeu-a atrás de uma pedra. Tiraram o capacete, e ele passou um cabo prendendo os dois ao guidão.

– Pode deixar a moto aqui?

– Não devia, mas apesar de tudo, aqui é o melhor local para guardá-la.

Ele tomou a mochila de Gaby, botou em suas próprias costas, e adentraram a mata. A brisa marinha, misturada ao cheiro da natureza, adormecia Rodrigo para a vida real e o despertava em seu lugar de paz, onde contemplava a paisagem e ao mesmo tempo mergulhava em si mesmo... Ali refletia sobre suas escolhas, seus erros e acertos. Era onde se descobria fraco e forte com a mesma intensidade... Onde podia se libertar ou enterrar suas dores, seus medos, fracassos ou sonhos... Sonhos que nem mesmo ele sabia que existiam. Podia chorar e gritar, tanto de tristeza quanto de felicidade. Era onde renovava suas energias e, pela primeira vez, Rodrigo levava alguém ao seu lugar preferido e imaculado, sem interferências do mundo exterior.

A cada passo ampliava, em meio à vegetação, a vista para o mar azul-turquesa... O tênis facilitava andar sobre aquele solo repleto de pedras soltas, conforme avançavam na trilha, e nos pontos mais íngremes Rodrigo descia na frente para protegê-la, estendia a mão na qual Gaby se apoiava e, juntos, continuavam o trajeto.

– Rodrigo, não vou pisar aí. – Gaby sentiu um frio na espinha, olhou mais uma vez a ponte frágil de madeira e o vão profundo na rocha; aquilo devia ter muitos metros de altura. – Não consigo!

– São só dois passos! Dá-me tua mão. – Sentiu a mão suada dela na sua. Ele segurou firme, ela passou rápido e respirou aliviada. – Prometo-te que vale a pena, vais ver!

Ele não entendia por que queria dividir seu lugar sagrado com ela... Ou talvez, no íntimo, soubesse e só estivesse com medo de despertar desejos há tanto tempo adormecidos. Contudo, já que estava em processo de escavação interna, abrindo sua "Caixa de Pandora" na companhia de Gabriela, então talvez significasse que ao lado dela fosse mais fácil desvendar-se. Em pouco mais de vinte minutos de caminhada, alcançaram as pedras que formavam a encosta da Praia dos Coelhos.

– Que lugar lindo! É uma vista de tirar o fôlego. – Gaby encheu os pulmões com o cheiro de mar.

– E então, gostas?

– Ainda pergunta? Eu amei!

A praia estava deserta, apenas um vestígio no canto esquerdo da visita da imundície humana. Rodrigo caminhou até lá, recolheu uma lata de refrigerante e um papel amassado. Tirou uma sacola da lateral da mochila, depositou dentro e amarrou na alça da mochila.

– Deves estar faminta. – Ele pegou a manta e estendeu na areia. – Anda, vamos ao nosso pequeno-almoço. Mas, antes disso, vamos tirar uma foto. – Piscou.

– Vinho no café da manhã, Rodrigo?

– Também temos pão e queijo. – Riu. – Depois de tudo por que passamos ontem, bem merecemos um bom vinho ao pequeno-almoço.

Ele abriu a garrafa, bebeu um gole e passou para ela.

– Vou beber assim, no bico?

Rodrigo riu e sentiu vinho saindo pelo nariz e boca.

– Ah... essa minúscula palavrinha vai ser sempre para ti uma pedra no sapato, não é?

Gaby virou os olhos, fez careta, apanhou uma conchinha na areia e jogou nele.

– Seu bobo, você se sujou todo... Como sou uma mulher prevenida, trouxe lenços de papéis. – Alcançou a mochila e estendeu a ele, que começou a passar no rosto. – Ainda tem aqui. – Ela tomou o lenço da mão dele e acabou de limpá-lo.

Rodrigo era lindo demais, bom demais, perfeito demais... Talvez a irmã dele estivesse certa. Deveria ser difícil conviver com alguém tão perfeito... Uma hora ela mostraria todos os seus defeitos e, não tendo nada para desculpar dos dele, como poderia pedir que Rodrigo perdoasse os seus erros? Pois ela tinha certeza de que, cedo ou tarde, isso aconteceria, ela viria a falhar... Então, como iria equilibrar a balança?

– Ei, Gaby, deixa um pedaço desse pão para mim! – Ela nem percebeu que atacava o pão; seria outra a balança que logo teria de equilibrar se continuasse comendo sem notar. Ele cortou uma fatia do queijo e estendeu: – Toma, experimenta e vê se gostas deste queijo.

Gaby pegou o queijo e entregou o pão a ele. O coitado do pão tinha mais buracos do que o queijo que enfiava na boca.

– Hum, é mesmo delicioso!

– Fui eu que o fiz.

– Você é muito bom no que faz.

– Obrigado! Vem cá, vamos tirar uma foto aqui!

Fizeram uma foto sentados e depois deitaram-se, ele a puxou para mais perto para que apoiasse a cabeça sobre seu peito e sorriu. Pegou o celular e tirou outra foto.

– O que achas? – Ele mostrou as fotos na tela.

– Eu estou horrível!

– Não, Gaby, estás linda!

– Claro que não, olha as minhas olheiras!

– Não te preocupes, eu meto um filtro para que as possas postar nas tuas redes sociais, caso alguém pesquise sobre nós dois, Arroba!

– É estranho você me chamar assim.

– Então não é assim que chamas os teus amigos?

– Só alguns… Os que tenho mais intimidade.

– Bom, acho que agora somos bastante íntimos, certo? – Ele piscou. – Qual seria o meu arroba?

– @lindomasterchef.

– Oh… Estás a chamar-me velho?

– Não, é o nome de um programa de televisão no Brasil.

– Eu sei, tolinha, aqui em Portugal também há, e a minha irmã não perde um deles.

Rodrigo pousou a mão sobre a sua e ficou alisando e analisando seus dedos. O toque dele despertou nela uma sensação estranha, como a de quem pega algo que não lhe pertence por direito. Gaby sentia-se roubando na jogada, talvez porque enquanto ele abria sua vida para ela entrar… Ela, ao contrário, não conseguia se expor tanto, reservava ainda para si fatos significativos, também alguns medos, algumas escolhas e tudo que a conduziu até aquele momento. Talvez se conseguisse falar um pouco mais...

— Rodrigo, sabe quando você me perguntou ontem de brincadeira se eu tinha mais algum noivo?

Ele paralisou a mão.

— Tens outro noivo?

— Não, mas tenho um ex-noivo.

— Por que ele é um ex?

— Por todos os motivos que ele nunca deveria ter sido um noivo.

— Sou todo ouvidos.

— Ele me traiu, mas por incrível que pareça, o que me dói nem é a traição, é porque não enxerguei antes que ele era um idiota. Quer saber a parte mais nojenta?

— Sim, por favor!

Gaby soltou o ar, endireitou-se, apanhou outra conchinha, atirou longe e olhou para o mar, porque era muito duro dizer olhando nos olhos dele.

— Foi uma traição dupla, eu o peguei na cama com minha prima.

— Ei, então ele não era apenas um idiota – ele comprimiu a mão em seu ombro –, mas, sim, um idiota ao quadrado. E a tua prima, então...

— Uma piranha, pode falar!

— É isso tudo e ainda mais umas coisinhas. Como é que conseguiste descobrir?

— Eu tive um dia ruim.

A risadinha baixa com um leve chacoalhar de ombros de Gaby foi tomando uma proporção tão grande que ela precisou ajoelhar-se na toalha e se sentar sobre as pernas... Chegaram a sair lágrimas dos olhos de tanto rir.

— Eu joguei a tesour... – A gargalhada recomeçou. Respirou fundo, tentou se concentrar e começou de novo: – Uma costureira onde eu traba... – A gargalhada veio com ainda mais força. Limpou as lágrimas dos olhos e tentou mais uma vez. – Agora vai... – Mas não foi de novo e de novo... Ele já ria junto mesmo sem saber a história.

Depois de várias tentativas frustradas, conseguiu contar do início ao fim, com poucas pausas para rir.

– Chiça penico! E não foste presa?

Gabriela olhou para ele, séria, e ele ergueu os braços.

– Calma, miúda, não te zangues comigo! Estou só a brincar, mas espero que não tenhas nenhuma tesoura na tua mochila, tens?

Ele sorriu, e Gaby deu um tapinha de leve no ombro dele.

– Passa-me a garrafa do vinho, vamos acabar com ela. Se riste assim só com um golo, o que não ririas se bebesses mesmo a sério.

– Pare, Rodrigo, ou nunca mais te conto nada.

Ele tirou a rolha, virou um longo gole e entregou a garrafa a ela, que fez o mesmo.

– Há ainda mais alguma coisa a teu respeito que eu não sei?

Gaby lembrou-se do acidente que matou sua mãe e sua tia Fernanda.

– Não, acho que não.

Eles passaram uma manhã agradável... Mergulharam, brincaram no mar e deitaram-se na manta para se secar com o calor do sol. Gaby falou das ideias para a reforma, e Rodrigo animou-se em repaginar o lugar.

– De fato, nunca me preocupei com a imagem, mas tens toda a razão. São coisas que se completam e formam o todo na qualidade do restaurante. – Virou-se de frente para ela e apoiou a cabeça com o cotovelo na manta.

– Exatamente, Rodrigo! Imagem e sabor. – A boca grande e carnuda se destacava com os cabelos molhados. Ela sorria e ele se segurava para não roubar mais beijos. Precisava concentrar-se no restaurante.

– Estou a testar novos temperos e... sabes o que quero fazer? – Os olhos de Rodrigo brilhavam quando ele começava a falar da paixão pela gastronomia. – Quero provocar uma explosão de sabores, quero elaborar pratos que tenham o dom de despertar sensações capazes de transportar as pessoas.

– Transportar para onde?

– Para a infância, para uma viagem de férias em família, para lugares que sonharam vir a conhecer... Não importa, quero que, ao fecharem a boca degustando o prato, tenham uma experiência única, inesquecível.

– O camarão na mostarda que você fez para mim foi inesquecível.

– Vou recolocá-lo no menu, mas primeiro vou aprimorar a apresentação e equilibrar melhor a acidez.

– Hum, acho que vou virar freguesa! Eu vejo muito de você, de sua essência, naquele prato.

– Estás a perceber, é como se eu pudesse comunicar-me com as pessoas através do que cozinho. Esse é o meu idioma! Todo prato tem uma história, e eu conto a minha própria história quando cozinho.

– Sabe o que eu acho engraçado? – Ela esfregava o dedo nos lábios e já começava ficar insuportável para ele observar o movimento sem reagir.

– O quê? – Ele abaixou os olhos.

– Você é filho de mãe portuguesa, pai alemão, e faz comida italiana?

Rodrigo sorriu e olhou para ela novamente.

– Eu sou muito influenciado por tudo o que conheço... Pela cozinha portuguesa, pela francesa e também uso muitos dos ingredientes brasileiros. E se queres mesmo saber, até já enveredei pela cozinha alemã. Em culinária, podemos até ter muitas influências, mas desde que haja um equilíbrio de sabores nos pratos. Porque os ingredientes precisam conversar entre si de forma harmônica e os temperos devem realçar-lhes o sabor, não alterá-lo.

– Eu admiro quem consegue cozinhar como você... A impressão que eu tenho é que você deixa um registro de sabor no que faz. Ontem, apreciando o que sua mãe preparou, percebi que, com certeza, você foi muito influenciado por ela, mas mesmo assim dá para perceber que ela tem outra identidade de sabor... Eu não sou boa na cozinha, mas tenho um bom paladar, e quando eu degusto algo único, fica difícil apagar da memória. Sabe, tenho saudade de um macarrão à carbonara que comi com minha mãe na Itália, perto do Pantheon. Nunca mais provei um igual...

– Talvez um dia destes eu possa tentar fazer esse prato de carbonara para ti.

– Eu vou amar.

– Ou quem sabe, talvez irmos a Roma para saboreá-lo lá mesmo?

– Seria incrível!

– Tu e a tua mãe viajaram muito? Conheceram muitos lugares?

– Aquela foi a única viagem que fizemos para fora do Brasil, visitamos Portugal e Itália. Depois houve um período de recessão... Quando as coisas começaram a melhorar, a gente programou uma nova viagem, mas aí ela se foi e as coisas ficaram difíceis, nós perdemos tudo e fim da história.

– Não gostas de falar sobre ela, não é?

Gaby comprimiu os lábios, forçou um sorriso e balançou a cabeça, negando.

– Tudo bem, podemos falar de outra coisa... – A barriga de Rodrigo roncou, e ele sorriu. – Falar de comida deu-me fome.

– Melhor a gente ir, eu não passei protetor e o sol já está a pino. – Gaby se levantou.

Ele colocou os braços atrás da nuca, apoiando a cabeça. Poderia permanecer o resto do dia só a observando vestir-se. Ela era sedutora mesmo sem a pretensão de ser, o que era ainda mais perigoso. Por último ela enfiou a blusa e ajeitou no corpo.

– Vem, preguiçoso, vamos! – Estendeu a mão. – Quero dar uma olhada na máquina de costura antes do almoço.

Ele segurou a mão dela e levantou-se. Já conseguia identificar a textura da pele dela e era desconfortável saber.

Capítulo 16

A máquina estava funcionando, só precisava de óleo em alguns lugares... Era antiga, um pouco mais lenta do que as industriais a que estava acostumada, mas ia costurar do mesmo jeito. Dona Fátima entusiasmou-se quando viu os pontos unirem os tecidos, lembrou-se da mãe remendando seus vestidos.

— Por que a senhora está chorando, dona Fátima?

— Não estou a chorar. — Ela levou as mãos aos olhos e limpou rápido os cantinhos. — Está tudo bem, são apenas recordações de momentos muito felizes. — Soltou o ar. — Eu ainda hoje mantenho guardado o vestido que minha mãe me fez para usar na minha primeira comunhão.

— Faz muito tempo que ela se foi?

— Vinte anos.

— A minha morreu faz cinco anos. Eu foco nos bons momentos que tivemos juntas para não enlouquecer.

— Eu não tive tempo de fazer as pazes com ela, fazia treze anos que eu não a via. Meus pais eram contra meu casamento, não conheceram meus filhos. Mesmo depois da separação, eu não tive coragem de tentar a reconciliação, era orgulhosa demais para voltar com três filhos e admitir que eles estiveram sempre certos.

— Quantos anos tinham seus filhos quando se separou?

— O Rodrigo tinha 10 anos, o Dado, 3, e a Malu, 1 aninho.

— Deve ter sido muito difícil para você...

— Muito! Dois anos após a minha separação, a minha mãe morreu, e eu tentei uma reaproximação com meu pai, mas ele ainda estava muito ressentido. Então o tempo foi passando e cinco anos depois da morte dela, ele morreu. Foi só nessa altura que eu voltei com as crianças... Quer dizer, o Rodrigo já tinha 17. Ainda me parece que foi ontem!

– Nossa! Enfrentaram tanta coisa...

– Graças a Deus tive o apoio do meu irmão Zé Manel.

– O Rodrigo me falou vagamente dele.

– A presença e a influência dele foram muito importantes. Sempre que possível ele visitava-me no Brasil. Se não passamos fome, foi porque meu irmão nunca nos faltou, dividia o pouco que tinha conosco. Ensinou muita coisa ao Rodrigo, coisa que o próprio pai nunca fez. Foi com ele que Rodrigo aprendeu o que é ser um homem bom e honrado.

– Como é bom ter alguém assim...

– Hoje em dia, ele só não ajuda mais porque, primeiro, não gosto de estar sempre a pedir ajuda e, segundo, porque a esposa dele está sempre a meter o bedelho, e eu não quero que eles briguem por nossa causa. Mas ela tem razão, ele tem de cuidar da família dele em primeiro lugar... E tu? Como é a tua relação com o teu pai? Ele ainda é vivo, não é?

– Meu pai... Meu pai? – Praticamente perguntava para si mesma, como se uma resposta pudesse vir do além. – Então, nesse exato momento não sei onde ele está, mas é sempre quando eu menos espero que ele aparece. – Tentou um sorriso.

– Não fiques assim, querida, nada como o tempo para que as coisas se resolvam. Como se diz por cá: o tempo é que amadurece os marmelos.

– Amadurece ou apodrece de vez... Por que sempre dá para piorar, não é?

Riram juntas.

Gaby empenhou-se o mês inteiro para que pudesse fazer a tão sonhada reinauguração do restaurante. Trabalhou dia e noite, dormindo poucas horas por dia, fazia dupla jornada dividindo-se entre costurar e servir mesa. Rodrigo ajudou muito, e a "sogra" parecia ainda mais empolgada do que ela. Dado e Malu assumiram praticamente todas as atividades da Quinta, com poucas brigas graças à dona Maria de Fátima que apaziguava os ânimos entre os mais novos e Rodrigo.

O cansaço pesava no fim de cada jornada. No entanto, dividir a cama com um homem como Rodrigo era ainda pior do que costurar durante o dia e servir mesa à noite. A sensação era sempre igual quando, muito vivo – mesmo dormindo –, aconchegava-se ao corpo dela por trás. Borboletas circenses no estômago e pernas bambas eram os primeiros sintomas, que algumas vezes evoluíam para sonhos eróticos, e estes a faziam despertar tomada por comichões e calor nas partes íntimas.

– Diguinho, Digo, Rodrigo! – Gaby sussurrou, tentando se desvencilhar das pernas e braços do Rodrigo. – Não consigo respirar... – Ouviu um gemido em resposta.

– Ba... lhau...

– O quê?

– Bacalhau em posta... – Não foi possível compreender o resto da frase antes do ronco começar.

– Rodrigo, Rodrigo... – Se chamasse mais alto, iria acordar a casa. Gaby sentiu ainda mais forte a compressão dos braços dele, contorceu-se para se desvencilhar e conseguiu sair mais para o lado da cama. Virou-se de bruços e respirou aliviada até que sentiu novamente a perna dele em seu bumbum e os braços em suas costas. Comprimiu os olhos e desistiu.

– Bom dia, Gaby! Acordei muito inspirado hoje... Acorda, preguiçosa! Bommm diaaaaaa!

– Bom dia pra quem?

– Algum bicho te mordeu?

– Sim, se chama Rodrigo Ritscher. – Gaby levou o travesseiro sobre a cabeça.

– O que é que eu fiz desta vez? – Ele levantou as mãos.

– Grrrrr, simples, você existe! Só isso!

– Se estás com TPM, seria bom avisares para eu pôr o colete à prova de bala.

– Vou colocar é um tampão na sua boca se eu não dormir a meia horinha que estou precisando para eu existir.

— E eu que estava tão feliz com o que sonhei e que queria contar... Ah, meu Deus, eu vou mesmo casar-me com essa pessoa?

— Fica tranquilo que será por tempo determinado.

— Bom dia também para ti e tchauzinho, sim?

— Que tchau que nada. Pode tratar de sentar sua bunda no sofá da sala e me esperar, porque temos muito o que fazer hoje e vou precisar de você.

— Ai, agora vais precisar de mim?

— Grrrrrr! – Gaby sentou-se na cama. – Rodrigo, eu não dormi a noite toda com você roncando dentro do meu cérebro, estou com o corpo todo dolorido porque você jogou pernas e braços em cima de mim. Minha cabeça vai explodir de dor, estou com fome e sono.

— Eu não ronco! – Gaby fez uma carranca tão assustadora que Rodrigo emendou rápido antes que o estrago fosse maior. – Está bem, está bem! Desculpa, mas se me tivesses acordado, teria evitado tudo isso...

— Acredita em mim: eu tentei te acordar!

— Estava tão cansado que, mal caí na cama, apaguei por completo. Deve ser por isso que me ouviste emitir algum som.

— Ronco, Rodrigo, era ronco... Pior que um trator!

— Ok, tens razão! Vou andando para deixar-te descansar...

— Grrrrr, não vou conseguir dormir mais. Agora que me acordou, quero saber exatamente que sonho era esse.

Rodrigo olhou para Gaby e tentou enxergar as sete cabeças e dez chifres que um dragão apocalíptico teria. Não, ela não era um dragão, talvez uma princesa raivosa, uma que ele passaria a vida tentando entender e não iria conseguir. Absurdamente linda, mesmo com aquela cara de brava. Ela era muitas em uma só, mas poderia defini-la em uma palavra: parceira! Uma parceria no trabalho que ele nunca imaginou ser possível. Ela trabalhava duro para fazer acontecer... Rodrigo não tinha a mínima ideia de como iria ficar o restaurante, mas se não ficasse bom não seria por falta de empenho da Gaby.

Já nem conseguia mais dormir se ela não estivesse ao seu lado. No último mês, a única vez que Rodrigo tentou dormir no velho colchonete do restaurante, foi incapaz de fechar os olhos. No fundo, começava a reconhecer o que estava acontecendo, mas ainda teria que encontrar um jeito de superar seus próprios medos. E o pai de todos os medos era o de se comprometer e acabar como seus pais: separados! O grande problema não seria apenas a separação, mas uma separação com filhos... Seus sentimentos conflitantes eram fruto das dores de uma família destruída, não queria imputar o mesmo sofrimento a terceiros.

– Rodrigo! Estou esperando... Que sonho foi esse?

– Sonhei com aquele prato especial que vai fazer-me conquistar uma estrela Michelin.

– Juraaaa! – Ela levou a mão à boca e arregalou os olhos. Todas as sete cabeças e dez chifres de dragão pareciam ter desaparecido. – Uauuuu! Que legal! – Definitivamente nunca iria entender aquelas mudanças de humor. – E qual é esse prato?

– É segredo!

– Segredo? – Ela atirou-lhe o travesseiro. – E você me acorda para isso? Pra dizer que sonhou, mas não vai me contar. Não tem a menor graça, Rodrigo. – Gaby levantou-se, pisando firme e foi para o banheiro.

Ela já tinha se acostumado a chamá-lo de Digo assim como sua família, mas quando ficava brava, ele voltava a ser Rodrigo. Ele sorriu, adorava deixá-la zangada e nem ligava se ele era Digo ou Rodrigo, desde que ela continuasse desfilando em sua frente com aquele pijama minúsculo que deixava o bumbum dela ainda mais arrebitado. *Estou mesmo perdido!*

Faltava duas horas para o restaurante abrir e Gaby já tinha tudo organizado, só terminava de ajeitar a posição dos quadros com fotos em preto e branco encostados na parede, sobre os balcões onde armazenavam os pratos e taças. Rodrigo encantou-se com a nova decoração: a troca das toalhas, antes coloridas, para o tom pastel deixara o ambiente clean e chique. Ela sabia mesmo o que estava fazendo quando comprou aqueles vasos usados que pareciam horríveis e o fez pintá-los na cor concreto; o verde das plantas nos locais estratégicos não roubava espaço e deixava tudo muito harmônico.

Mal acreditava que havia permitido que Gaby mudasse até o nome do restaurante. A ironia era que exatamente por isso sonhara com o novo prato, o que o motivou ainda na modificação de parte do menu, incluindo mais ingredientes portugueses com leves toques de ingredientes brasileiros. Alisou sobre a mesa o couro marrom da capa do menu: em baixo relevo, o novo nome impresso "Dom Manel" – uma bela homenagem ao seu tio, que foi quem começou tudo.

Seu único medo era a correspondência que chegara pela manhã logo após sua mãe partir com seus irmãos para o Porto. Seu tio Manel daria uma festa para comemorar o aniversário de seu priminho Miguel... justo no dia da reinauguração. Decidiu que não iria mostrar o papel para a Gaby antes de um momento tão importante para ambos, que já era muito angustiante por si só.

– Está tudo lindíssimo e impecável, Gaby! – Ele segurou a mão dela, ela respirou fundo e sorriu. – Vamos rezar para que, depois de uma semaninha inteira fechados para a reforma, os clientes apareçam.

– Eles virão. – Ela balançou sua mão. – Se não for hoje, dia a dia estarão todos aqui... – Gaby juntou as sobrancelhas. – Você não está seguro quanto às mudanças no menu?

– Quanto a isso, fica descansada, porque testei tudo!

– Eu sei que testou, minha preocupação é ter de fazer tudo sob pressão.

– É justamente dessa pressão que eu gosto. Confia em mim, nessa parte vai dar tudo certo! Além do mais, temos mais duas pessoas na equipa. Mais do que nunca precisamos que isto dê certo para conseguirmos honrar os salários.

– Vai ficar tudo bem, mas será que o Nico e a esposa na cozinha juntos vai dar certo?

– Não há azar com isso; se a Francisca não se adaptar, substituímo-la. Já conversei sobre isso com o Nico. O meu maior medo não é o serviço, mas sim que os clientes apareçam. Para além do aumento dos valores no menu, que me leva a pensar se eles estarão dispostos a pagar mais caro.

– Eu acredito que seja um valor justo. Se o prato estiver bom e forem bem atendidos, eles voltam.

– Sim, vais precisar ficar atenta ao atendimento. – Rodrigo sinalizou com a cabeça. – E esse empregadinho tão janota que contrataste?

– O que tem ele? – Gaby abriu ainda mais o sorriso quando notou que Rodrigo corou. – Está com ciúmes, é?

– Para todos os efeitos vamos casar-nos dentre poucos dias, e eu não quero passar por corno mesmo que isto seja uma farsa…

Gabriela gargalhou.

– Gaby, não tem graça nenhuma fazer papel de…

– Fica tranquilo – ela interrompeu –, ele é amigo do Sammy e…

Rodrigo direcionou os olhos para o rapaz, e o observou no uniforme novo que Gaby havia costurado. Márcio sorriu de volta, tinha gel no cabelo escuro, pele bronzeada do sol e dentes brancos. Estava mesmo impecável!

– É difícil imaginar que, com aquele sorriso, ele não esteja a querer conquistar uma mulher.

– Aquele sorriso é para atender bem aos clientes… E que ótimo! Porque aqui o importante não é a opção sexual dele, mas o quanto ele é profissional.

– Tens toda a razão, é o trabalho dele que será avaliado aqui. – Sentia-se aliviado por não se tratar de um concorrente. Rodrigo pegou um fio de cabelo solto do coque de Gaby e o ajeitou atrás da orelha dela. – Estás linda nesta nova farda.

– Hum, obrigada! – Piscou. – Você também… chef Rodrigo! – Gaby deu um passo para trás e pegou o celular sobre o balcão. – Vamos fazer um vídeo para o Insta agora? Temos que colocar meu plano em ação. Já temos muitas pessoas nos seguindo no Instagram e curtindo nossa fanpage no Facebook. Fiz várias postagens em diversos grupos de turismo em Lisboa, postei também o novo cardápio no Face e no Insta, e o volume de curtidas só aumenta. Agora está na hora de eu usar minha arma secreta.

– E que arma é essa?

— Você, meu caro!

— Ah, eu?!

— Não se faça de sonso, eu avisei que você precisava mostrar esse rostinho... — Olhou para o corpo dele. — E o corpinho também. — Sorriu. — Agora vem aqui e convida as pessoas para a reinauguração, vou fazer um vídeo para jogar nos stories do Insta e vou compartilhar também na fanpage.

— Ah, bem, podes esquecer isso porque eu não o vou fazer!

— Ah, você vai...

— Eu sou cozinheiro, não ator.

— Hoje em dia tem que ser de tudo um pouco. Ahhh... vamos, Rodrigo! Não vai arrancar pedaço, não custa nada.

Ele travou a mandíbula, respirou fundo, olhou ao redor e pensou em todo o empenho de Gaby no mês inteiro. Ela tinha se doado tanto, não custava nada gravar meia dúzia de palavras.

— Ok, vou fazer! Mas só vou dizer apenas duas palavras.

Gaby estreitou os olhos e Rodrigo já sabia que teria que fazer muito mais.

Gravaram vários vídeos até um agradar a perfeccionista da Gabriela. Rodrigo começou a se soltar e agora já picava alguns vegetais interagindo com a câmera do celular dela.

— Perfeito! Arroba, você nasceu para isso. — Gaby soltou gritinhos. — Olha quantas visualizações já temos, Rodrigo!

Ele percebeu que ela não conseguia chamar ele de Digo no trabalho. Chegou bem pertinho dela e olhou para a tela.

— Uau, 30 mil seguidores! Como é que conseguiste isso em tão pouco tempo?

— Com fotos de alguns pratos que você testou... As pessoas comem com os olhos.

— Será que essas pessoas virtuais serão algum dia reais?

— Tenha paciência, dê o seu melhor e com amor, como sempre fez, que vai dar tudo certo.

Às sete em ponto entrou um casal de portugueses que costumava frequentar o lugar uma vez ao mês. Rodrigo, antes de se enfiar no trabalho, conseguiu ver o olhar de surpresa deles. Hibernou-se dali em diante na loucura da cozinha, do jeitinho que mais gostava, sem parar. Fran, a mulher de Nico, falava pouco e se entrosou muito rápido à dinâmica – devia estar acostumada a trabalhar com Nico em casa. Passava das nove quando Gaby apareceu na janela solicitando a sua ida por um momento ao salão.

Rodrigo enxugou as mãos, tirou o avental e saiu. Passou em várias mesas para receber alguns cumprimentos. Algumas raparigas mais animadas pediam para tirar fotos, Rodrigo atendeu. Gaby observou sem expressão, mas sorriu para as garotas e em seguida o conduziu à outra mesa, do primeiro casal a chegar, onde o senhor, de mãos dadas com a mulher, levantava-se para sair.

– Está de parabéns, chef! Nunca comi uma posta de bacalhau como essa, a crosta de castanha por cima dá uma combinação de sabor muito especial... E a minha esposa adorou o risoto de frutos do mar. Vamos voltar semana que vem, porque agora quero provar todo o menu, você soube muito bem reunir a cozinha italiana com a portuguesa.

Rodrigo recebeu os cumprimentos, voltou o mais rápido que pôde à cozinha e continuou a liberar os pedidos que continuavam chegando.

O balanço no fim do sábado à noite foi: casa cheia, muito cansaço e dinheiro no bolso.

– Enfim, sós! – Gaby jogou o avental sobre a mesa e sentou-se desfalecida. Rodrigo sentou-se ao seu lado, colocou uma garrafa de vinho na mesa e duas taças, e os serviu.

– Bem, daqui em diante, a manter-se o movimento de hoje, vamos ter que contratar mais pessoal para o serviço. – Rodrigo ergueu a taça. – Ao sucesso da reinauguração! – Brindaram e beberam.

– Que bom que você falou, Rodrigo, porque estava pensando em como eu iria te convencer de que precisamos de mais gente...

– Sim, com mais gente, poderemos pôr em prática a ideia de voltar a abrir aos domingos para o almoço.

— Nesse exato momento só consigo pensar na folga de segunda. – Gaby tomou mais um gole.

— Por falar em segunda... – Arrependeu-se, era melhor não a deixar preocupada durante o domingo todo. Poderia não ser nada! Levou a taça de vinho à boca e degustou o sabor daquele Pinot Noir francês. – Vinho bom esse, hein!

— O que tem na segunda?

— O quê? – Ele sorriu.

— Você disse "por falar em segunda"...

— Disse? – Serviu mais vinho para os dois.

— Disse.

— Hum, não me lembro o que era... – Ia ser difícil tirar da cabeça dela, precisava desviar o foco. – Tem notícias do Sammy?

— Liguei para ele hoje na hora do almoço, achei a voz dele muito triste.

— Ele fez as pazes com a mãe?

— Disse que ela só responde o básico e, agora que saíram da pensão, acho que as coisas vão melhorar. É só um quarto e sala, mas para os dois está ótimo. Tomara que fiquem bem!

— E a Rapha disse mais alguma coisa? Está tudo bem com ela lá no Brasil?

— Ah, você não vai acreditar... Aceitaram ela de volta na fábrica de jeans, e nosso ex-chefe, Maurício, perguntou de mim. – Gaby riu. – Ela disse que as duas costureiras que me fizeram perder o emprego não trabalham mais lá...

— Humm, não foram bem elas que te fizeram perder o emprego, mas sim uma certa tesoura voadora... – Rodrigo gargalhou.

— Tonto, você entendeu... – Bateu no ombro dele. – E lembra do Waldemônio? – Rodrigo franziu o cenho. – O mecânico que te falei...

— Sim, lembro-me. O tal que agrediu a Rapha e assediava as outras costureiras.

— Esse mesmo. – Gaby gargalhou. – Escuta essa, ele ia ser efetivado para ajudar o outro mecânico, mas foi mandado embora.

– Por assédio?

– Não, ninguém nunca teve coragem de denunciá-lo por assédio! Pasme, ele foi mandado embora porque descobriram que era ele quem roubava a mistura das marmitas.

– Menos mal. Como já lá não está, a Rapha vai sentir-se mais segura.

– Quer saber mais? – Gaby levantou as sobrancelhas. – O Maurício disse ainda que se eu quiser, ele me dá meu emprego de volta, acredita?

– Tu já tem um emprego. – Arrastou a cadeira para trás e levantou-se. – Anda, vamos para casa descansar.

Capítulo 17

Rodrigo afastou os pensamentos do que poderia esperar na segunda-feira e concentrou-se no chuveiro. A casa estava silenciosa e o resto da família só iria voltar no domingo à noite. Foi possível ouvir quando Gaby fechou o registro, devia estar se secando naquele instante. Não demorou para abrir a porta.

– Diguinho, pode vir tomar banho, já terminei!

– Não te preocupes, utilizei a casa de banho do corredor.

– Desculpa tirar você do seu conforto.

– Não há azar com isso! Estou bastante confortável de cuecas. – Sorriu, mostrando os dentes.

– Você não tem mais nada de brasileiro, mas fica ainda mais evidente quando você diz "Não há azar com isso!" – imitou o sotaque dele.

– É... de fato estou há tanto tempo aqui que, para além de captar bem o sotaque, também consegui o jeito de falar dos portugueses. – Piscou. – E torna-se bem mais fácil se a tua mãe é portuguesa e a ouves falar todos os dias em português local.

– Engraçado que, quando era criança e te conheci, foi justo por você não ter muito o sotaque forte que minha mãe suspeitou de que era brasileiro. Hoje é impossível dizer que você não é um português.

– Verdade, sim! – Sorriu. – Anda, vamos dormir, deves estar muito cansada.

– Vamos, estou exausta. – Bocejou e levou a mão à boca.

Gaby enxugou os cabelos, vestiu o micropijama e deitou-se ao lado dele. Rodrigo deu boa-noite e ela respondeu, viraram-se de costas um para o outro e fecharam os olhos. Os pensamentos de Gaby vagavam ora pelo Brasil e ora por Portugal, enquanto os de Rodrigo mantinham-se povoados de dúvida e medo. Um medo relacionado com a perda, com a falta, com as escolhas... Qual seria o preço e quanto estaria disposto a pagar? Seu maior medo era mesmo o de perder ou o de ganhar?

Rodrigo nunca, nenhuma única vez, se envolvera com alguém no trabalho e justo agora, quando tinha a pessoa ideal ao seu lado, iria colocar o bom andamento do restaurante em risco? Não, não mesmo... Ele daria um jeito! Rodrigo era muito bom em não criar vínculos... E se teve algo que aprendera ao ser abandonado pelo pai, foi não se apegar às pessoas... porque, de uma hora para outra, todos sempre dão um jeito de ir embora. Não se envolver era a melhor maneira de manter-se a salvo... Agiria o mais profissional possível com ela! Comprimiu os olhos com força... E teve vontade de gritar: *"Que engodo é esse?"*

Queria tanto se distanciar do pai, pensava tão mal dele... No entanto, se tornara um falso, um mentiroso como ele fora... Precisava admitir para si mesmo que aquela rapariga destruíra tudo, inclusive o muro que construíra para se proteger... *Raios me partam! Em que merda me fui meter!* Agora a sensação de perigo dava-se pelo motivo contrário, pela falta de um vínculo que já não sabia se conseguiria por meio dos papéis. Se ela fosse embora, faria uma falta monstra, tanto que um rombo se abriu dentro de si só de Gaby tocar no assunto de voltar para o antigo emprego. Não, aquela não era uma possibilidade, daria um jeito na segunda, provaria o que tivesse que provar no serviço de estrangeiros... Estavam demorando demais e pedindo cada vez mais papéis, mas não poderia ser tão complicado assim... Esfregou as têmporas com o polegar e os dedos.

– Ainda estás acordada?

– Estou, não consigo dormir... – Viraram-se de frente. – Sabe, Digo, era tanta coisa na cabeça para fazer essa reinauguração dar certo que, agora que passou, parece que não consigo limpar o meu HD para desligar o cérebro.

– Foste incrível, miúda! Deu tudo certo! – Com o indicador contornou a sobrancelha dela e acarinhou-lhe a face. – Precisas de descansar...

– Ainda estou com muita adrenalina no corpo...

– Queres que te faça uma massagem?

– Mas você também deve estar cansado.

– Nem por isso! Vamos... – Virou-a de bruços no colchão, desceu da cama e posicionou-se entre as pernas dela, pressionou os dedos na panturrilha direita, apalpou a carne deslizando para cima e para baixo, ela começou a emitir alguns sons... Fechou os olhos por um instante e respirou fundo antes de continuar com a perna esquerda. Aquele fora o mês mais torturante de sua vida. Dormir e acordar todos os dias ao lado dela era um teste de resistência absurdamente insuportável. Desceu para os pés, pressionou os polegares fazendo movimentos circulares, e ela gritou. – Queres que pare? – *Por favor, peça para eu parar!*

– Não pare, por favor!

– Pelo modo como gritaste, parece que te estou a magoar.

– Pelo contrário, está maravilhoso! – A voz saiu esmagada, o que a deixou ainda mais sexy. Pior do que isso, para o enlouquecer bastava Gaby respirar.

Rodrigo terminou de massagear os pés, subiu na cama, posicionou-se com uma perna de cada lado e encaixou-se sobre o bumbum dela, enfiou a mão por debaixo do pijama e percorreu toda a extensão das costas de Gaby, foi impossível não reagir quando a tocou.

Gaby tinha medo de ser traída e rejeitada de novo, mas não estava imune às mudanças que a proximidade provocava em seu corpo e também no dele, parou de respirar por uns instantes assim que o notou enrijecer. Um calafrio no estômago e um calor percorrendo-a dos pés à cabeça provocaram uma contração involuntária, seguida por um formigamento no baixo ventre. Ela gemeu, Rodrigo fechou os olhos e concentrou-se em terminar a massagem, mas ficava cada vez mais difícil.

– Pronto, já acabei, Gaby... – Saiu de cima dela antes que perdesse o controle.

– Agora é minha vez.

– Não é preciso, vamos dormir.

– Me deixa só pegar um hidratante no banheiro.

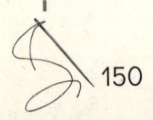

Rodrigo sabia que brincavam com fogo, precisava fazê-la parar. Gaby voltou com uma embalagem rosa na mão, depositou um pouco do conteúdo na palma e deixou a frasco sobre o criado.

— Vire-se de bruços. — Rodrigo ignorou todos os alertas e obedeceu. Ela escarranchou as pernas ao redor do quadril dele e rebolou para se encaixar, o movimento o fez segurar a respiração. Ela deslizou as mãos por toda a extensão de suas costas… e não deu mais para ele.

Em questão de segundos ele se desvencilhou, deitou-a de costas e, feito um animal perturbado, montou em cima dela, prendendo-a pelo quadril e imobilizando-a com os braços para cima da cabeça. Ofegante, a voz não saiu… Respirou fundo antes de falar:

— Deus! Não suporto mais… Quero-te, preciso de ti… Preciso sentir-te minha, fazer-te minha!

Gaby fechou os olhos com força, suspirou e não disse uma palavra.

— Por favor — Rodrigo alisou a o rosto dela —, não vejas nisto um sentido de posse, mas sim uma necessidade e desejo incontrolável de ti. É algo que ultrapassa as minhas forças, meu anjo. — Ela abriu os olhos e ele viu alguma coisa semelhante a dor. — Confia em mim, Gaby! Imploro-te… Não me recuses!

— Não é isso… — Ela mordeu os lábios. Não era um gesto de sedução, era de medo. — Nós não devíamos… Eu… Eu…

— Não compreendo, eu sei que tu sentes alguma coisa… Por favor, eu preciso saber.

Gaby comprimiu as pálpebras e disse de uma vez:

— Eu posso não ser boa nisso.

— Não, tu és boa em tudo!

— Mas não nisso… — Mantinha os olhos fechados, lembrando de tudo o que ouvira da prima: "Você é fria!", então uma lágrima escapou de seus olhos… Gaby reprimiu o choro que veio em sua garganta. Não queria tornar aquele momento mais traumático do que já era, sempre fora uma garota prática e não seria dessa vez que ficaria se lamentando. Engoliu, respirou, soltou o ar e engoliu mais uma vez.

— Gaby, onde é que foste desencantar essa ideia? Olhe para mim!

Sentiu os dedos dele enxugando seu rosto e criou coragem para dizer. Simplesmente porque Gaby não era uma covarde, já tinha enfrentado tanto... Abriu os olhos.

– Lembra, eu tive um ex... – Parou com os olhos presos nos dele. – Quer mesmo saber a verdade? – Ele assentiu, e ela continuou: – Lá vai... Ele me traiu porque sou frígida! Uma geladei...

– Shhhhhh – ele a interrompeu, colando a boca nos lábios dela... Beijou-a com profundidade e ela se deixou levar, suas línguas entrelaçadas confirmavam a paixão que os assolava. Era um beijo de dor, muita dor... De quem reprimiu até não suportar mais.

Rodrigo afastou-se alguns centímetros e fixou-se nela, olho no olho.

– Gaby, garanto-te que ele não sabia o que estava a fazer e prometo-te que, de hoje em diante, nunca mais vais lembrar-te de que um dia tiveste um ex. Juntos, nós vamos enterrar cada marca que ele te deixou e vamos criar novas lembranças no teu corpo, até que a tua pele só reconheça o meu toque, assim como o teu toque já é único para mim.

Ele beijou mais uma vez sua boca e desceu para sua barriga enquanto arrastava a parte de baixo do pijama para fora de seu corpo. Levantou a parte de cima e a arrancou por sua cabeça... Juntou seus seios com as mãos grandes e acariciou com a língua um e depois o outro. Ele mal tinha começado, e Gaby teve certeza de que ele cumpriria todas as promessas.

Rodrigo não tinha pressa, queria certificar-se de que nenhum centímetro de pele seria ignorado, a cobriu de beijos dos pés à cabeça. Ela teve cócegas no joelho, e a gargalhada dela invadiu o quarto – aquele já era um de seus sons preferidos. Virou-a de costas e procurou por outros lugares especiais e descobriu um pedacinho de pele abaixo da costela que a fazia se encolher, mas o problema mesmo era o pescoço, quase alcançando a nuca, ela nem lhe permitiu chegar perto...

– Tem uma cicatriz aqui, no seu pescoço, perto do cabelo, quase imperceptível... O que houve?

Ela hesitou, não queria perder o clima, explicaria melhor outra hora quando desse para contar tudo.

– Caí de bicicleta...

Rodrigo beijou. Ela se encolheu, e ele decidiu que se dedicaria a entender cada resposta de cada centímetro de Gaby.

Virou-a de frente, espalhou beijos por seu rosto, demorou-se em sua boca, desceu por seu pescoço, seios, ventre... deslocou-se mais para baixo e sentiu o corpo dela paralisar e depois contrair de desejo quando a fez gemer com sua língua. Rodrigo colocou a camisinha, fez o caminho de volta e, com os lábios colados nos dela, mergulhou em seu centro num único movimento... Ela era apertada, não parecia ter tido uma primeira vez. Gaby arqueou as costas e suspirou em sua boca... Ele queria para si cada gemido, cada expressão de prazer... Movimentou-se repetidamente até ela tremer os lábios e emitir um som que jamais seria esquecido por ele... Uma última vez e ele juntou-se a ela.

Gaby descansou a cabeça no peito de Rodrigo, tentando controlar a respiração que ainda se mantinha descompassada. Quando seu cérebro voltou à razão, ela percebeu que...

– Rodrigo, eu não imaginava que era tão bom... O que eu senti... nem sei descrever.

– Eu espero e quero que daqui para a frente te sintas sempre assim comigo.

– Eu achei que não conseguiria. Não foi assim... Perto disso, o que tive foram míseras tentativas frustradas...

– Shhhhhh... Só posso dizer-te que estou muito feliz por ele não ter aproveitado devidamente a sua chance. Há males que vêm por bem, ainda bem que te perdeu! Agora, esquece o passado... porque a nossa vida começa daqui em diante, meu amor!

– Eu sei... – Ainda apoiada no peito dele, virou a cabeça para o olhar nos olhos. – Não quero estragar o momento, mas quero que você saiba que estou me sentindo inteira, parecia que me faltava um pedaço... E não é como se eu não possuísse esse pedaço, mas é como se hoje eu descobrisse que sempre fui inteira. Faz algum sentido?

– Sentes-te assim porque finalmente descobriste que nunca houve nada de errado contigo... És linda, perfeita! E foste feita sob medida para mim... Alguém lá em cima me ama! – Sorriu.

– Sabe, quando a minha mãe... – Gaby bocejou e sentiu o corpo todo relaxar, as pálpebras pesaram e nem se lembrava mais o que estava falando.

– Vamos dormir, miúda, estás muito cansada... – Ele também bocejou e beijou a testa dela.

Despertaram tarde com o barulho das panelas. Rodrigo escutava longe as tampas batendo.

– Não iriam chegar só à noite? – Gaby abriu um olho.

– Foi o que me disseram. – Rodrigo franziu o cenho.

– Mas pelo barulho, acho que a dona Fátima já está em casa... – Gaby abriu a boca e espreguiçou. – Meu Deus, Rodrigo! Como vou olhar para ela?

– Por quê? Aconteceu alguma coisa?

– E não aconteceu?

– Não foi isso o que eu quis dizer... Para a minha mãe, é ponto assente que nós fazemos amor há muito tempo. – Ele sorriu. – Ela sempre soube que o seu filho não é paneleiro, percebes? – Piscou.

– Uma coisa é ela pensar que já tinha acontecido, outra é acontecer de verdade.

– Se quiseres, podemos simplesmente ficar no quarto. Que tal? Queres que te faça esquecer o barulho das panelas na cozinha?

– Você está louco se pensa que vou conseguir fazer o que fizemos essa noite, com sua mãe... – Ela interrompeu a fala porque sentiu o toque dos dedos dele, seu próprio corpo já a traía e se tornava cúmplice daquele portuguesinho de araque. Ele tomou sua boca e, dessa vez sem muitas preliminares, Gaby já o recebia, as pernas trançando nas costas dele o puxando ainda mais para si.

Ela viajou pelo paraíso... Não precisou contemplar o céu para ver estrelas; enxergava toda a constelação nos olhos dele – eram cor de mel fixos nos negros jabuticaba. A sincronia de seus corpos permitia, um encaixe tão pleno que, a cada mergulho, a sensação de esperar "não sabia o quê" aumentava. Cravou os dedos nas costas dele e pendeu a cabeça para trás quando chegou não sabia aonde. No entanto, tinha absoluta certeza de que queria ir para lá todos os dias, para o resto da vida e com ele.

– Gaby, és o meu forno em brasa! – Ele separou-se dela e deitou-se, desmoronando ao seu lado, na cama.

– Meu lindo – tomou fôlego, sorriu e fez um carinho no rosto dele –, você está falando de cozinha ou de sexo?

– No meu forninho – ele botou a mão no sexo dela –, só eu posso cuidar da temperatura! Quero esse fogo todo só para mim.

– Mas agora que me ensinou como funciona a regulagem... – Ela montou nele e acarinhou-lhe o tórax. – Talvez eu queira cuidar da temperatura eu mesma.

– Malandreca, aprendes rápido, não é? Espera que te vou ensinar já uma lição. – Ele sentou-se e puxou-a para mais perto.

– Shhhhhh! – Gaby botou o dedo nos lábios dele. – Agora é minha vez! – Rebolou no colo dele...

Rodrigo não esperava que ela tomasse iniciativa, mas com Gaby sempre seria assim, sabia que seria constantemente surpreendido... Ela sempre seria ousada, como era desde criança quando a conheceu e como também fora no reencontro dos dois. Fizeram amor devagarinho, um de frente para o outro... Eram mais uma vez mel e jabuticaba, foi capaz de se ver refletido naquela pupila negra, então cravou os dedos nas coxas dela que rodeavam o seu quadril e aprofundou o beijo. Gaby era coragem e medo, força e fragilidade, razão e loucura, transparência e segredo... Não existia uma palavra que a definisse, ela não era uma coisa só, e ele estava bem com isso. Mais que bem! Nunca quis tanto, nunca desejou tanto... Nunca acreditou tanto!

Acreditou até mesmo que haviam sido predestinados, que nas linhas do destino alguém já sabia que ele nunca se encaixaria com ninguém que não fosse ela. Não porque ela fosse perfeita, ao contrário, eram justamente as imperfeições dela que se amoldavam bem às suas. Emaranhou os dedos em meio aos cabelos da nuca dela... Ela se encolheu e teve a pele tomada pelo arrepio. Rodrigo fechou os olhos e com um beijo lesivo implorou para que aquele sonho não se desfizesse. Levou os braços às costas dela e a apertou, a trouxe para mais perto ainda, se é que era possível... Gaby sentiu os lábios arderem, quase sangrando num beijo sôfrego e faminto e, tomada de prazer com os dedos dele encravados em sua pele, quis mais...

A cada vibração de seus corpos ele tremia e suplicava para que todas as suas teorias de desastre para casais felizes estivessem erradas. Ela enterrou dedos e unhas em seus ombros e acelerou o ritmo até que ele, em seu limite, comprimiu os olhos, desceu as mãos para os quadris dela, a puxou para si e, nesse último impacto, perdeu o raciocínio...

Rodrigo recostou-se na cama, enquanto ela se acomodava metade sobre o colchão e a outra metade entrelaçada a ele, apoiando a cabeça sobre o seu peito, que subia e descia em harmonia com a respiração dela. Ambos num esgotamento silencioso, assim como a casa...

Dona Fátima já devia estar com a refeição pronta ou no forno, já que não se ouviam mais os barulhos das tampas. Gaby pensou em se levantar para oferecer ajuda, mas estava tão cansada... Só um cochilo não faria mal. Rodrigo já parecia adormecido e suas pálpebras pesavam... Ouviu passos no corredor e a maçaneta começou a girar. Rodrigo sobressaltou-se e puxou rápido o lençol sobre eles, cobrindo o rosto de Gaby.

– Mãe, como é? Já não se usa bater à porta nesta casa?

– Não, não é a mamãe! – A voz brincalhona continuou: – E se os pombinhos já terminam, está na hora de saberem que isso é um assalto! Sou ou não sou um cara legal?

– Pai? – Gaby tirou a cabeça de debaixo do lençol e encarou o mascarado.

– Gabriela?

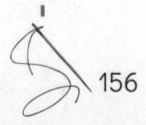

Capítulo 18

— Pai, é você?

— Gaby, este bandido é o teu pai? — Rodrigo franziu a testa.

— *Estais* a enganadinhos... Sois sós um ladrão, que já pegaste tudo que querias e estais de saídas! Tchauzinho.

— Para que tá feio, pai! É ridículo você ficar tentando imitar um português! E mais ridículo ainda é estar aqui... — Fez uma careta. — Roubando, pai? Jura?

— *Estais* a me confundir, miudinhas...

— Grrrrr! Então como é que você sabia meu nome? — Gaby se levantou da cama, segurando o lençol ao redor do corpo. Rodrigo arregalou os olhos quando se viu nu e cobriu as partes com as mãos.

O ladrão comprimiu os olhos, deu um passo atrás e cobriu o rosto.

— *Vestirdes* roupas, é *nojentos*!

Gabriela bufou, chegou perto do ladrão e arrancou-lhe a máscara.

— Bonito, senhor Julius!

Ele juntou as sobrancelhas e fingiu que chorava.

— Gaby, minha filha, que bom que te encontrei! Deus, obrigado, minha jornada de buscas acabou.

— Pai, para! — Fechou a carranca... Vergonha alheia era pouco! — Nem você acredita nesse discurso...

— Sério, filha, eu estava te procurando!

— Chega, Julius! Se estivesse me procurando, estaria no Brasil; você nem sabia que eu vinha para Portugal... — Comprimiu a face, os lábios, e soltou um urro. — Agora, vai pra sala e espera a gente lá... E se você não estiver lá quando eu sair desse quarto, nunca mais... — apontou o dedo no nariz dele –, nunca mais dê sequer sinal de vida, porque vou te considerar um homem morto.

Ele assentiu várias vezes e se retirou em silêncio.

Gaby o fez devolver cada objeto que já estava no carro velho parado nos fundos do quintal. Depois foram para a sala, e Rodrigo permaneceu sentado ao lado dela em silêncio porque nem sabia o que mais poderia dizer... Então, só assistiu ao sermão ministrado pela pastora Gaby.

– É por esse caminho mesmo que quer ir? Se importa com o que Deus pensa disso? Acha certo entrar na casa das pessoas, aterrorizar, levar o que não é seu?

– Ei, não é bem assim... Eu nunca aterrorizei ninguém, dou sempre preferência por lugares vazios.

– E isso te faz ser um ladrão bonzinho? Ai, pai! Pelo amor de Deus, olha para você, que pessoa é essa que você se tornou? Você acha que a mamãe iria estar feliz com isso? Em ver você desse jeito?

– E você? No que se tornou? Porque se me lembro bem, você estava na cama com um homem? Acha certo isso? Feito uma qualquer?

– Pai dela ou não, meça bem as suas palavras, amigo... – Rodrigo quis se levantar, mas Gaby o conteve. – Ela é minha noiva e vou casar-me com ela.

– Eu ainda sou o pai dela.

– Ainda não percebeu que o seu papel de pai ficou para trás quando a abandonou? – Rodrigo irritou-se.

– Você não sabe de nada, garoto!

– Calma! – Gaby pôs a mão esquerda na perna de Rodrigo e estendeu a direita em sinal de pare para o pai. – Vamos conversar como pessoas civilizadas!

– Eu sou muito civilizado, esse seu namorado que não é.

Rodrigo bufou.

– Pai, um homem civilizado não entra na casa das pessoas para roubar.

– Filha, você acha que minha vida foi fácil desde que sua mãe se foi? Eu acordo todos os dias lembrando que ela morreu, que não está mais aqui.

– Ah, e achou que isso era uma ótima desculpa para me deixar para trás? Pai, eu só tinha 18 anos...

– Só 18 anos e a ideia fixa de reencontrar o filho da puta de um garçom. E foi isso que tirou a vida da sua mãe.

– Alto aí! O que é que está a dizer? – Rodrigo não entendia o que estava acontecendo.

Gaby fechou os olhos e sentiu a pele do rosto e o corpo todo queimar.

– É isso mesmo, meu rapaz, antes de você existiu outro... Essa mulher que posa de adulta, passou dez anos da vida... Dez anos! Dos 8 aos 18... com a ideia irredutível de que um garçom em Lisboa era seu príncipe encantado, e sonhava tanto que fez sua mãe embarcar nessa fantasia idiota. Era uma época de crise, a confecção estava quase falindo e não havia uma conta sendo paga em dia, mesmo assim minha esposa fez um financiamento para realizar o sonho encantado da minha filha. Rá! – Julius riu... Seus ombros começaram a chacoalhar e o riso se transformou em choro.

– Pai, isso foi há muito tempo... – Gaby sentiu a garganta se fechando. – Esquece isso...

Ele limpou os olhos e continuou:

– Mas o sonho virou pesadelo... Contra minha vontade compraram as malditas passagens para Portugal. Eu me recusei a levá-las no aeroporto, então a Fernanda foi levá-las no meu lugar. Eu é que tinha que ter ido... Era para eu ter morrido naquele acidente. Eu que tinha que estar com sua mãe agora, não sua tia... – Ele começou a chacoalhar os ombros de novo e chorou copiosamente sobre os joelhos.

Rodrigo não estava acreditando em tudo que ouvia, suas teorias de desastres começavam a fazer mais sentido do que qualquer outra coisa... Por que Gaby escondera toda essa merda dele?

Gaby estava paralisada, não conseguia olhar para Rodrigo e nem se levantar para consolar o pai, sentia-se presa em suas próprias lembranças... Sua tia Fernanda, triste porque não iria poder acompanhá-las dessa vez na viagem, e sua mãe, que antes demonstrava euforia com tudo, não conseguia sorrir depois da briga com o pai antes de deixar a casa. Tia Fernanda tentava animá-la: "Vai ficar tudo bem, boba! Quando chegarem lá, você vai ligar e eu tenho certeza de que o Julius já vai estar morrendo de saudades! Quem manda ele ter medo de viajar de avião?"

Julius foi se acalmando, parou de chorar e continuou:

– Filha, eu não conseguia olhar para você sem sentir raiva por você ter criado aquela fantasia idiota. Que pessoa normal acredita que outra pessoa vai estar do outro lado do mundo esperando por dez anos?

– Não fala isso... – Gaby abraçou-se, olhou para o nada e deixou as lágrimas silenciosas escorrerem.

– Como não falar? Sua mãe morreu, sua tia morreu e você quase ficou paralítica. Carrega até uma cicatriz na nuca...

Rodrigo fechou os olhos. Ela mentira até nisso.

– Foi por um milímetro – Julius levantou um dedo –, um milímetro e você teria virado um quiabo.

– Só que eu não virei um vegetal e continuei precisando de um pai, mas ele desapareceu. – Gaby limpou as lágrimas e ergueu a cabeça.

– Seu pai morreu naquele dia, junto com sua mãe... Foi melhor para você eu ter ido embora, você se tornou independente, forte, corajosa... Eu só iria trazer amargura e peso para você.

– Então – Gaby tentava se manter firme –, do nada decidiu "refazer sua vida" em Portugal?

– Cá estou eu! Sabe por quê? Eu odeio tanto este país que roubou a sua mãe de mim, que até criei coragem para entrar num avião...

– E roubar as pessoas daqui vai te ajudar a eliminar esse ódio todo?

– No começo achei que sim, mas agora me sinto bem assim... Tiraram algo de mim, e agora eu vou passar o resto da minha vida tirando algo das pessoas.

– Se ouve, pai! Isso é ridículo!

– Ridículo é ver você aqui... Que eu me lembre, você tinha tanto ódio deste país quanto eu. Veio fazer o quê aqui? Se vingar do filho da puta do garçom, e acabou conhecendo esse aí?

Gaby olhou para Rodrigo. Sentiu o rosto queimar e o coração acelerado engolir suas palavras. Ela queria explicar... Precisava que ele entendesse que não havia raiva, que a culpa que ela imputara insanamente a ele não durou semanas. E que culpa teria o pobre coitado? Ela era a sonhadora da história! Queria que ele soubesse que das várias teorias que criara na época para culpabilizar alguém, a mais estúpida foi a de que alguém que nem lembrava de sua existência pudesse de alguma forma ser responsabilizado por um acidente com outra pessoa ao volante, do outro lado do planeta. Que ela mesma figurava do topo ao último lugar na lista de culpados... Ansiava por dizer que ela refizera aquele dia fatídico milhares de vezes na cabeça e, de todas as maneiras possíveis, se colocara no banco de ré. Ele estava ali, olhando para ela, tentando entender, precisando que ela falasse, mas ela não conseguia desatar sua voz.

– Parece-me que finalmente as coisas começam a fazer algum sentido para mim... – Rodrigo travou a mandíbula e levantou-se, sentindo o estômago revirar.

– Rodrigo, não foi bem assim...

– Ai, meu Deus! – Julius arregalou os olhos. – É ele? – Olhou para a filha, esperando uma resposta que não veio. – Isso facilita tudo... – pensou alto. –Você é o garçom? – dirigiu-se a um Rodrigo transtornado.

– Prazer! E sim, sou o tal filho da puta do "garçom", empregado de mesa, com muito orgulho... E agora vou dar uma volta, pois acho que devem ter muito o que conversar, os dois. – Ele pegou o capacete e saiu.

Julius tocou a arma escondida em suas costas e movimentou-se para a saída.

– Pai – Gaby chegou junto com ele à porta e cravou-lhe o indicador em seu peito. – Se ele não me perdoar, eu não sei o que eu vou fazer da minha vida, e você terá mais esse peso com você. Eu amo o Rodrigo, e você – cravou ainda mais o dedo e semicerrou os olhos – acabou de destruir a primeira gota de felicidade que senti desde a morte da minha mãe, quando achei que tinha morrido com ela. Se você tem um pingo que seja de sentimento por mim, me deixa em paz! Me deixa ser feliz... É pedir demais para um pai, por pior que ele seja? Eu nunca te pedi nada!

Gaby deixou o pai para trás, desceu os degraus correndo e alcançou Rodrigo no quintal.

– Rodrigo, espera! Eu posso explicar... Meu pai ficou muito traumatizado com a morte de minha mãe, ele está delirando... Ele não sabe do que está falando.

– Pois a história que ele contou pareceu-me bem real. Fez-se luz, e vejo agora como tudo se encaixa perfeitamente. – Ele montou na moto e colocou o capacete.

– Sim, é real... Mas depois de tudo que passamos, você acha mesmo que estou aqui para me vingar de você? Jura que é isso que pensa de mim?

– Já não sei mais o que pensar.

– Eu juro que ia te contar tudo.

– Agora já não precisas de dar-te a esse trabalho. – Ele deu partida e acelerou. – Por favor, eu preciso mesmo de dar uma volta, preciso de respirar outro ar.

– Eu vou com você, Rodrigo!

– Não, eu vou sozinho... Tenta apenas não o deixar levar nada de casa, porque a minha mãe gosta muito das coisinhas dela. – Ele fez uma curva e saiu, deixando poeira para trás.

Gaby fechou os olhos por alguns instantes, depois olhou para a casa. Ainda tinha que terminar aquele assunto indigesto com o pai. Olhou para cima por um tempo, buscando alguma orientação... Não viu nada de diferente naquele céu azul. *Alguém aí em cima me odeia? Que foi que eu fiz, meu Deus, para merecer isso?* Soltou todo o ar dos pulmões. *Vamos lá falar com o papai... Aff! O que é um peido para quem já está cagado?*

Pior do que está, não dá para ficar!

Não, não, não! Balançou a cabeça para os próprios pensamentos. Aquela frase atraía... Sempre dava para piorar!

Algo atingiu seu couro cabeludo. Seria chuva? Impossível, com o céu tão limpo!

Levou as mãos ao cabelo e sentiu a meleca nos dedos. Junto com o cheiro forte, constatou que um passarinho lhe cagara na cabeça. Fechou os olhos e respirou fundo. Tossiu até quase vomitar. Nem respirar para se acalmar era permitido. *Grrrrr!* Juntou as pontas dos polegares e indicadores na posição de meditação. Os dedos grudaram com a merda. *Isso não vai tirar sua paz, Gaby... Seja zen! Seja uma pessoa equilibrada! Do tipo que enxerga um lado bom em tudo...* Nesse instante só conseguiu pensar em um: *Que bom que cavalo não voa!*

Arrastou-se pelos degraus da entrada, entrou na sala e nem sinal de seu pai. Procurou pelos quartos, banheiros e nada... Ouviu um barulho de carro, voltou pelo corredor, passou reto pela porta da sala, foi até a cozinha e sobre a mesa encontrou o bilhete.

"Nunca na vida imaginei te encontrar aqui. Desculpa fazer você passar tanta vergonha hoje e desculpa também não conseguir ser o pai de que você precisa. Segue sua vida, eu vou te deixar em paz... Eu vou mudar de rumo por você! Vou te proteger, eu juro!" Por que ela não conseguia acreditar? Dobrou o papel e guardou no bolso, a porta da cozinha bateu com o vento... Gaby a trancou.

No automático caminhou até o quarto, tomou um banho e colocou uma roupa confortável. Na cozinha pegou uma maçã na fruteira e foi para a sala comendo. Deitou-se no sofá, puxou a manta sobre as pernas e adormeceu, assistindo a *Outlander*. Sobressaltou-se com o barulho, mas dessa vez não era ladrão. Dona Maria de Fátima, Duda e Malu entraram comentando sobre a festa de aniversário.

– Nossa, gente – Gaby bocejou –, que horas são?

– Cinco horas. – Dona Fátima franziu o cenho. – Vocês não vão abrir o restaurante hoje?

– Minha Nossa Senhora! – Gaby se levantou num pulo do sofá e correu para o quarto. Talvez Rodrigo já tivesse voltado e pegado também no sono, mas ele não estava lá.

Ligou no celular dele, mas só caía na caixa postal. Rodrigo jamais esqueceria de abrir o restaurante, a não ser que o problema fosse só ela. Ligou no celular de Nico, que atendeu ao primeiro toque.

– Olá, Nico! É a Gaby, onde você está?

– Estamos aqui na frente do restaurante, do lado de fora. Gaby, eu estava mesmo para te ligar, porque não tenho as chaves e já liguei várias vezes para o telefone do Rodrigo, mas tocou até se desligar. Agora cai sempre no *voice mail*. Aconteceu alguma coisa?

– Ainda não sei, o Rodrigo saiu e não voltou, mas deve estar tudo bem. Assim que tiver notícias eu te aviso.

Ligou para Sammy.

– Oi, gatinha!

– Oi.

– Ih, que voz é essa?

– É uma longa história... Não posso contar tudo agora. O resumo é que meu pai apareceu, o Rodrigo já sabe de tudo sobre a morte de minha mãe e entendeu tudo errado...

– Seu pai? Jesus me *defenderay!*

– Amanhã te conto tudo em detalhes... Sammy, só ore por mim! Estou tendo um dia muito ruim.

– Estou vendo você cabisbaixa daqui. Levanta essa cabeça! Gaby, você é forte, é corajosa, você é minha heroína... Não importa o que aconteça, há sempre um jeito de resolver tudo. – A voz de Sammy acalmava qualquer tempestade.

– Obrigada, por estar sempre aí! – Puxou o ar e soltou devagar. – Que péssima amiga eu sou, nem perguntei de você. Está tudo bem com sua mãe?

– Ela disse que vai voltar para o Brasil, mas eu entendo, não é fácil para ela. – Ele bufou. – Vai ser melhor assim...

– Agora sou eu quem diz: levanta a cabeça!

Alguém bateu à porta.

– Meu lindo, eu tenho mesmo que desligar... Beijo, te amo!

– Eu também.

Mais uma batida na porta.

– Gaby, posso entrar? – Era a voz de dona Fátima.

– Entre. – Gaby sentou-se na cama, e a mãe de Rodrigo sentou-se ao seu lado.

– Aconteceu alguma coisa? Conseguiste falar com o Rodrigo? Eu já liguei para o telefone dele várias vezes, mas cai sempre no *voice mail*.

– Ainda não consegui falar com ele. O Nico está com os outros funcionários em frente ao restaurante, e o Rodrigo não apareceu para abrir... Não vou mentir para a senhora... Nós tivemos um desentendimento, e ele saiu de moto.

– Ele disse para onde ia?

– Não. – O choro veio à garganta e Gaby sentiu suas estruturas ruírem, sua carcaça de mulher forte estava trincada.

– Então, não fiques assim, filha! Daqui a pouco ele aparece.

– Eu sei... ele vai aparecer, mas não sei se ele ainda vai me querer por perto.

– Ora, ora! Desentendimentos entre casal acontecem sempre. Mas o segredo é o diálogo. Se ambos conversarem assertiva e honestamente sobre o que os está a incomodar, é um bom incentivo para melhorar a relação. Quanto mais se guarda para si mesmo, pior é. Se eu tivesse tido a cabeça que tenho hoje, minha filha... – Fátima colocou a mão sobre o ombro de Gaby, a puxou para mais perto e alisou sua cabeça. – Não fiques triste, querida. Eu sei que o meu filho gosta muito de ti... Não te preocupes, vocês vão entender-se!

Gaby encheu os pulmões de ar e ergueu a cabeça.

– Dona Fátima...

– Ah...Quantas mais mil vezes vou ter que repetir-te que basta chamares-me Fátima?

– Fátima, acho que vou até Lisboa abrir o restaurante, hoje é o segundo dia, não podemos ficar com ele fechado, logo agora que reformamos. Só não sei se Nico com a esposa vai conseguir fazer tudo na cozinha...

– Então eu também vou contigo e fico na cozinha a ajudar. O Nico conhece bem os pratos?

– Acredito que sim.

Por azar ou sorte, o movimento do domingo não estava tão intenso como fora no sábado... Alguns pratos saíram trocados, o empratamento não saiu com a perfeição habitual, mas o tempero de Dona Fátima denunciava as raízes de Rodrigo. As duas fecharam o restaurante e se dirigiam ao carro.

— Estou preocupada! O meu filho foi sempre tão responsável... O que terá acontecido para faltar ao trabalho? Onde será que se meteu?

— Será que... Tem um lugar que ele me levou, talvez ele esteja lá...

— Toma as chaves do carro, podes conduzir tu, se fazes favor.

Entraram no carro, Gaby deu partida e o som do celular a impediu de acelerar. Olhou para Dona Fátima e para as bolsas no banco de trás.

— Pode ser ele. — Gaby alcançou a bolsa e pegou o celular... mas estava com a tela preta. — Deve ser o seu. — Pegou a bolsa ao lado e entregou à sogra, que enfiou a mão e tirou o celular que parou de tocar.

— Era Áurea... — Franziu o cenho. — A uma hora destas? O que será? Vou ligar-lhe!

Enquanto a sogra telefonava, Gaby acelerou e trocou a marcha. Guiava com os olhos na rua e os ouvidos na conversa ao lado. O que no início era ciúme mudou rapidamente para outras sensações, porém nada na vida a tinha preparado para àqueles instantes em que, com seriedade, a sogra respondia sim, outro sim e outro... A impossibilidade de decifrar o que estava acontecendo começou a comprimir o seu peito... O coração saindo pela garganta lhe dava todas as desculpas para tomar aquele telefone da mão da mulher, e Gaby estava prestes a fazer isso, quando ela desligou.

— Meu Deus, o meu filho sofreu um acidente de moto!

Rodrigo saíra transtornado da Quinta, acelerou a moto e pilotou sem rumo. O vento no rosto poderia ajudar a organizar as ideias... Que história mais sem pé nem cabeça. Como o pai desaparecido apareceu depois de tanto tempo, justo na sua casa? Aquilo era obra do acaso ou um complô? Não podia ser... Não teria se enganado tanto. Gaby passara o mês todo costurando e organizando aquele maldito restaurante. Não era possível que ela fingisse assim tão bem... E aquela conversa de que era frígida, mas de repente se revelar um furacão na cama? Será que ele tinha feito papel de idiota o tempo todo? Era nisso que dava quebrar as regras... Tinha uma vida feliz e tranquila antes daquela rapariga chegar... *Mentira!* Tranquila talvez, feliz jamais!

Gaby era a pura felicidade, um pedacinho do céu... Ele experimentara com ela uma degustação da eternidade e agora se descobria no inferno! Seria esse sempre o destino de todo homem que confiasse numa mulher? Adão passou por isso e perdeu tudo! Dante também sabia o que era passar uma temporada no inferno. Rodrigo acreditou que vivia sua própria história de amor dantesca...

Era muito pequeno quando descobriu que a vida em família poderia ser um inferno... Eram tantas brigas, tantas discussões, que cada um para o seu lado parecia ser a escolha mais acertada, mas quando tudo acabou até das brigas sentia falta. Sentiu-se tão desamparado com a separação que por muito tempo culpou sua mãe... Afastou-se dela e foi tentar ser um pai para os seus irmãos, ocupou um lugar que não era dele quando tudo o que mais queria era ser só um filho de pai e mãe...

A responsabilidade e o excesso de trabalho colaboraram para o distanciamento que queria ter de sua genitora, mas dona Fátima nunca desistia... Tinha sempre um bom abraço para receber o filho, reaproximaram-se pela persistência dela. Culpou o pai também, quis odiá-lo com todas as forças, e um buraco abriu-se em seu peito... Por fim, percebeu-se culpando a si mesmo: e se tivesse sido um filho melhor? Talvez fosse ele mesmo o grande vilão... Culpado! Bateu o martelo. No entanto, para ter culpados precisaria de um julgamento; e para ter um julgamento justo, todas as perguntas teriam de serem feitas e todas as respostas, avaliadas. Mas ele não tinha respostas para todas as perguntas... Ora, se um julgamento não era possível, então também não haveria condenações.

A absolvição total chegou com Gaby... O sorriso dela amoleceria o coração do pior dos juízes... Ela soava tão verdadeira que ele acreditou, mas então... Ela mentira. Por que escondera parte de sua história? Quais eram suas reais intenções?

Não houve tempo para terminar o raciocínio. Um carro que saiu para ultrapassagem entrou de frente em seu campo de visão... Uma pancada...

Apagou!

Capítulo 19

Acidente é uma palavra que causa um eco interno devastador. Só quem já ouviu essa palavra, seguida da pior das hipóteses que a acompanha, sabe mensurar como fica o emocional de uma pessoa ao ouvi-la de novo. Quando se está à espera de notícias de alguém que se ama e uma pessoa aparece com a palavra acidente, seu mundo simplesmente é aniquilado: você não ouve, não fala, não vê, não pensa com clareza, sequer existe.

Assim estava Gaby... Com o coração batendo esmagado pelo medo, estrangulando sua respiração. Mesmo arrastada por dona Fátima, sua entrada no hospital se passava em câmera lenta e seu cérebro não acompanhava a movimentação externa.

Áurea abriu a porta e as convidou para entrar. A escuridão do quarto deixava o ambiente com ar fúnebre... Fios por todos os lados presos ao corpo de Rodrigo que, adormecido, parecia alheio às visitas. Gaby deixou a mochila sobre a poltrona, aproximou-se de um lado da cama e a mãe dele do outro. A luz do banheiro acendeu-se, chamando a atenção de Gaby que olhou, viu que Áurea deixou a porta entreaberta e vinha em sua direção.

— Não se preocupem, está só a dormir, mas estável. — A loura tinha a voz calma, combinando com o uniforme de enfermeira que vestia. — O médico estará aqui dentro de poucos minutos.

Rodrigo tinha o rosto corado, com o aspecto de alguém em repouso, não fossem as leves escoriações no ombro direito. Gaby olhou o braço onde se prendia a agulha e acompanhou a mangueira até frasco pelo meio de soro, pendurado... Uma gota, outra gota e outra... Respirou fundo, levou a mão ao peito, clamou a Deus para que ele ficasse bem.

– A que horas é que ele deu entrada no hospital? – Dona Fátima deixou a bolsa sobre a poltrona, com a mochila de Gaby, e acariciou o rosto do filho.

– Às três da tarde.

Virou-se para Áurea e cruzou os braços.

– E por que razão é que só agora fomos informadas sobre o estado do meu filho, Áurea?

– Eu comecei a trabalhar às seis da tarde, mas só há uma hora é que soube que o Rodrigo estava aqui... E, logo que me inteirei de tudo, liguei de imediato para si, dona Fátima.

– Faz-me um favor. Vê se consegues antecipar a vinda do médico aqui. Eu quero saber exatamente qual é o estado do meu filho.

– Eu já falei com o médico antes de vocês chegarem. Ele ia só acabar de lanchar e depois vinha diretamente aqui para vê-lo. Eu pedi-lhe como um favor pessoal, ele sabe que sou amiga da família. E como já lhes disse, ele está bem.

Rodrigo balbuciou alguma coisa, chamando atenção das três.

– Ele está acordando, Fátima! – Gaby segurou a mão dele, e ele apertou de volta.

– Mas era... – Áurea segurou a língua para não se comprometer.

Uma batida na porta e o médico entrou antes de responderem. Acendeu a luz.

– Boa noite! Ora então, pelo que vejo, o nosso paciente está a acordar.

– Doutor Afonso, essas duas senhoras são a mãe e a noiva dele. – Para azar de Áurea, o neurologista chegou antes de seu amigo enfermeiro, que se passaria por ortopedista. Ela queria manter Rodrigo por alguns dias no hospital, passaria mais tempo com ele e talvez conseguisse conquistá-lo. Não saíra como planejado, mas contornaria. – Ainda bem que chegou, doutor, elas estavam aflitas para saber o estado do paciente!

– O médico-chefe pediu-me para dar uma olhada nos exames dele antes de lhe dar alta. – O doutor lia o prontuário em suas mãos, depois levantou as imagens do cérebro contra a luz. – Bom, no resultado da tomografia está tudo normal e aqui na ficha, diz que não partiu nada. Como se deu o acidente?

– Não sabemos exatamente, doutor. – Áurea esfregava uma mão na outra. – Foi encontrado inconsciente num local a cerca de três metros da berma da estrada. Ao que parece, foi arremessado pelo impacto da moto contra um carro. No meio de tudo isto, ainda teve muita sorte porque um senhor que ali passava socorreu-o.

– Sim, de fato, teve mesmo muita sorte. Mas estou a estranhar essa sonolência. Está aqui prescrito apenas um analgésico, e ele parece estar sob o efeito de uma medicação pesada.

– Ele estava um pouco agitado, o ortopedista achou melhor que ele ficasse aqui em observação. Deve ter solicitado que lhe administrassem algum calmante, e algum incompetente esqueceu-se de o registar...

A porta abriu-se e Áurea arregalou os olhos, tentou fazer um sinal, mas não houve tempo.

– Boa noite, sou o orto... Olá, doutor Afonso!

– Você não é enfermeiro? – O neuro franziu o cenho. – O que está a fazer aqui, com essa bata de médico?

– É que um paciente vomitou para cima de mim, e tive que pedir esta bata emprestada... Mas ia já a caminho para a devolver.

– Ainda não respondeu ao que lhe perguntei. O que que está a fazer aqui?

– Ah, só passei aqui para avisar a minha colega Áurea que estão a chamá-la no... é... no... nas urgências!

– Obrigada por me avisar, vou já de seguida. – O amigo farsante saiu apressado. Era melhor assim, Áurea percebeu um pouco tarde que não era um bom plano manter o Rodrigo ali. Onde estava com a cabeça? Fora muito burra ao colocar o emprego em risco. Aquela foi por pouco, mas já tinha outras ideias... E se o que ouvira estivesse correto? – Tenho que ir, dona Fátima, tchauzinho! Tchau, Gaby! – Acenou. – Com licença, doutor, preciso de ir imediatamente para lá! – Áurea saiu.

Gaby intuiu uma situação estranha ali... Tinha certeza de que a outra aprontara alguma, contudo estava mais preocupada com a saúde do Rodrigo. Acariciou a mão dele enroscada na sua, e um resmungo dele chamou a atenção de todos... Ele tentava acordar de novo.

O doutor pediu licença à dona Fátima, aproximou-se e com o polegar abaixou a pálpebra do olho direito de Rodrigo e depois do esquerdo.

– Diga-me, consegue ouvir-me?

– Sim. – A voz saiu fraca, mas deu para compreender.

– Sente alguma dor?

– Não.

Gaby abaixou a cabeça e, aliviada, soltou o ar.

– Sabe onde está?

– Sim, no hospital.

O doutor virou-se para dona Fátima:

– Bom, ele parece-me estar bem, apenas um pouco sonolento, mas acredito que seja devido à medicação. – Voltou-se para o Rodrigo. – Lembra-se do que se passou e como é que aconteceu?

– Sim, lembro-me que vinha um carro de frente, puxei rapidamente o guiador para a direita, mas já não consegui evitar o impacto e fui projetado para fora da estrada... Quando abri os olhos, um senhor falava comigo e chamava uma ambulância... Mãe, onde é que está a Áurea?

Ele mal acordou e já perguntava de Áurea? Gaby manteve a mão na dele, mas corroeu-se por dentro.

– Ela foi chamada às urgências, filho!

O doutor fazia algumas anotações no prontuário.

– Não se preocupe que vai ficar bem, meu rapaz. Pela minha parte está dispensado. Quando passar o efeito desses remédios, sentirá um pouco de dor por causa desse hematoma no ombro. Vou prescrever-lhe um relaxante muscular com analgésico potente e vou deixar a receita e a alta com a enfermagem. E mais logo, virá um enfermeiro para os ajudar.

– Que horas são, mãe?

Dona Fátima pegou a bolsa na poltrona.

Gaby olhou para Rodrigo, mas ele não olhava para ela, sequer dirigiu-lhe a palavra. Ela engoliu, notou um gosto amargo na garganta, afrouxou o aperto na mão dele e manteve-se calada, porque se abrisse a boca para uma única palavra, não iria conseguir sem liberar as lágrimas... Mas ela era valente, então engoliu de novo, puxou o ar e concentrou-se.

Dona Fátima tirava o celular da bolsa.

– Céus! Já é uma e meia da manhã!

– E o restaurante? Ah, meu Deus, não acredito...

– Tranquiliza-te, filho. Nós abrimos o restaurante e, sem dúvida alguma, Gaby hoje foi uma autêntica guerreira.

Ele continuava como se ela não estivesse ali, como se fosse um ser invisível segurando a mão dele. Gaby sentia o amargo da garganta descendo para o peito. Quis puxar a mão e sair correndo, mas não iria fazer uma cena na frente da mãe dele.

– E quem é que cozinhou?

– Eu, claro! Bolas, então quem mais o faria?

– E deu tudo certo com os pratos e os temperos?

– Hummm... certo... pois, quem foi que te ensinou a cozinhar, meu menino?

– Ah... mãe, desculpinha, sim? Tu és maravilhosa na cozinha e não só! Eu só estava preocupado...

– Nós também... Morri muitas vezes esta noite, meu filho – ela levou a mão ao peito –, afastei todos os pensamentos ruins e acreditei com todas as minhas forças que estavas bem, ou não teria saído nada daquela cozinha. Mas, graças a Deus, está tudo bem agora! – Ela aproximou-se e acariciou o cabelo dele.

Alguém bateu na porta e entrou. Era o enfermeiro.

– Ora bem, rapaz, vamos lá! Vira-te para levares uma pica no cu.

– O quê? – Gaby franziu o cenho.

Dona Fátima soltou uma gargalhada e explicou.

– És uma injeção na bunda, Gaby.

– É brasileira? – Gaby assentiu, e o enfermeiro sorriu. – Gosto de ver a cara dos grandalhões com medo de uma pica. Mas estou a brincar...

o nosso paciente já tem alta. – Entregou os papéis a dona Fátima e veio para o lado de Gaby. – Vou tirar-lhe agora o soro.

Gaby fez um movimento para soltar a mão de Rodrigo, mas ele apertou a tempo e manteve a mão dela presa. Só então olhou para ela.

– Só preciso de espaço para poder retirar a agulha. – O enfermeiro aproximou-se, Gaby virou-se para ele, consternada, e voltou os olhos para Rodrigo que não soltava sua mão. – Vamos lá, cachopo, um minutinho só e a sua namorada já volta para si.

– Noiva, ela é minha noiva!

Rodrigo soltou a mão de Gaby, que deu a volta, liberando a passagem. O enfermeiro retirou a agulha, comprimiu seu braço e recolheu os objetos.

– Vamos à casa de banho para trocar de roupa? Acho que vai precisar de ajuda.

– Não se incomode, enfermeiro, a minha noiva faz isso.

Gaby sentiu o rosto corar, mas ainda não tinha condições de emitir nenhum comentário. Aproximou-se da cama, estendeu os braços e ajudou-o a se sentar. Rodrigo ficou em pé e apoiou-se nela.

O enfermeiro abriu o armário.

– Aqui estão as roupas dele. – Entregou-as à Gaby.

– A camiseta parece que está rasgada. – Dona Fátima aproximou-se e pegou a malha na mão.

– Eu tenho uma em minha mochila. – A voz de Gaby saiu com dificuldade. – Pode pegar aí dentro para mim? – Gaby apontou. Dona Fátima abriu a mochila na poltrona ao lado, retirou uma camiseta branca e entregou a ela. – Não é grande, mas deve servir. – Comprimiu os lábios para a sogra.

Gaby acompanhou Rodrigo até o banheiro e fechou a porta, isolando o enfermeiro e a sogra.

Sem dizer uma palavra, pendurou a calça jeans, a cueca e a camiseta no gancho e o ajudou a tirar a roupa do hospital.

Gaby abaixou-se com a cueca na mão para vestir aquele corpo que se entrelaçara ao seu na noite anterior e boa parte da manhã do domingo. Checou cada parte dele e, com exceção do ombro, parecia tudo intacto. Ele colocou os pés e Gaby subiu a cueca, ajustando ao quadril dele, e repetiu o movimento com a calça. Pegou a camiseta e aproximou-se com ela nas mãos. Ele segurou seu pulso.

– Não vais dizer-me nada, Gaby? – Era quase um sussurro.

– Eu tenho muita coisa para te dizer, só que acho que não consigo resumir e a sua mãe está esperando.

– Pois então, vou eu dizer-te... Tu quebraste-me ao meio, Gaby! Este acidente não me fez nada, comparado com o pior que me fizeste... – Travou o maxilar, respirou e continuou: – É verdade tudo aquilo que o teu pai disse? Afinal, o que queres de mim? Porque morto, já eu estou!

Gaby apertou a malha, puxou o ar e soltou.

– Meu pai disse a verdade até certo ponto. Eu te idealizei minha vida toda, desde o dia em que te vi pela primeira vez... É verdade, sim, que eu contei cada dia daqueles malditos dez anos. Fui idiota o bastante para acreditar que você estava predestinado para mim... – Riu debochado e sentiu os olhos arderem. – Que estava aqui me esperando e que a gente iria se reencontrar e que viveríamos felizes para sempre. Minha mãe me viu crescer divagando sobre você: no que você estaria fazendo naquele instante, em como estava seu cabelo, se você tinha deixado crescer a barba... eu ficava com ciúmes imaginando que talvez você tivesse conhecido alguém... Isso é louco, mas eu chorei de saudade de você no colo dela, e ela fazia carinho na minha cabeça. – Deixou as lágrimas escaparem, porque já era impossível segurar. O amargo do peito já tinha se espalhado por sua corrente sanguínea, precisava pôr tudo para fora. – Muitas vezes eu desejei vir antes... implorei para vir aos 15, aos 16, aos 17 anos... Eu não me abria para conhecer ninguém... Meu pai achava meu comportamento doentio, e talvez o jeito que minha mãe encontrou de não me ver fazendo alguma bobagem foi de me prometer que me traria aqui quando completasse 18, dez anos depois, como o combinado. E ela cumpriu. – As lágrimas escorriam por todo o rosto. – Ela pagou caro, mas cumpriu com a promessa dela, porque me amava e queria me ver feliz... Rodrigo, eu juro – soltou o ar –, eu jamais iria transformar um sonho tão lindo, que eu desejei tanto, numa vingança. Não falei antes sobre a morte da minha mãe porque, para mim, é muito difícil falar... É como se eu revivesse tudo o que aconteceu naquele dia, é como se meu sonho estivesse a matando outra vez. Agora, se você não consegue acreditar em mim, não sei mais o que posso fazer... Porque tudo que eu tenho é minha palavra.

Ele passou a mão por seu rosto, enxugou suas lágrimas e a abraçou.

– Gaby, eu acredito em ti, sim... Entendo também que te seja difícil falares sobre tudo o que te aconteceu, mas eu preferia ter ouvido de ti e não por outra pessoa. Eu sei que é egoísta da minha parte, porque já sofreste demais e talvez soe até infantil, porém senti-me excluído e tive medo. Medo, porque sempre fui muito fechado e baixei a guarda contigo... Eu abri o meu coração, a minha vida, a minha família... Eu quero ser alguém para ti, mesmo quando tudo for demasiado pesado. Se nós formos capazes de nos apoiar um ao outro, quando tudo estiver a desabar, acho que temos alguma chance de dar certo. Perdoa-me, Gaby, eu fui um cobarde, os meus medos impediram-me de ficar quando me senti excluído. Perdoas-me, meu amor?

– Claro! – Riu em meio às lágrimas. – E você, me perdoa?

– E como é que eu não vou perdoar a mulher que eu também passei tantos anos à espera?

– Ah, para, Rodrigo! Não precisa falar isso, eu sei que não foi assim para você e sei que parece doentio de minha parte...

Alguém bateu na porta.

– Vamos já sair! – Baixou de novo o tom de voz. – Este assunto não acaba aqui. Dá-me cá essa tua camiseta ou vão começar a imaginar coisas ali fora.

Gaby entregou a camiseta a ele. Rodrigo enfiou um braço e gemeu baixinho.

– Está doendo?

– Sim, só um pouquinho no ombro, nada de mais. Mas ainda não consegui perceber por que me seguraram tanto tempo no hospital... A última coisa de que lembro foi da Áurea dizer que ia dar-me um analgésico que o médico tinha prescrito... Eu disse-lhe que precisava de avisar-te ou a minha mãe, mas apaguei e só acordei agora há pouco.

– Áurea só nos avisou há um pouco mais de uma hora. Mas espera, você disse que ela te deu uma medicação?

– Sim.

– Mas você chegou no hospital às três da tarde e só foi receber uma medicação para dor às sete da noite? O atendimento está igual ao Brasil?

– Não, eu fui medicado mais ou menos uma meia hora depois de ter chegado.

– Mas então não foi Áurea que te deu, foi outro enfermeiro. Ela só te viu as sete da noite.

– Não, eu lembro-me bem do que se passou. Ela estava nas urgências e foi ela que atendeu a ambulância que me trouxe.

– Então ela mentiu.

– Não é possível, por que é que ela faria uma coisa dessas?

– Talvez porque ela goste de você, e queria você só para ela? – Gaby levantou uma sobrancelha. – Ah, esquece isso, não vou fazer a noiva ciumenta. – Segurou a barra da camiseta. – Você está lindo. – Comprimiu os lábios, levou a mão à boca, mas não conseguiu segurar a gargalhada.

– Qual é a graça?

– Ficou quase uma *baby look* para você.

– *Baby* o quê?

– Blusinha justa de mulher.

Ele olhou no espelho e sorriu.

– Então vamos, gata! – Ele afinou a voz.

– Nossa, você falou igualzinho ao Sammy.

– Estás a ver porque não confio nele, contigo? Olhando para ele ninguém diz, não é?

– Esse é o maior problema, ninguém diz e ninguém imagina o que ele passa...

Alguém bateu na porta novamente.

– Está tudo bem aí dentro, meninos? – Era a voz da sogra.

– Está sim, Fátima. – Gaby abriu a porta e dona Fátima levou a mão à boca, segurando o riso. Gaby estendeu a mão ao Rodrigo – Vamos, meu querido!

Pisaram em casa passava das duas da manhã. Não tocaram no assunto dos motivos do desentendimento entre os dois na frente de dona Fátima, mas como Gaby tinha falado vagamente sobre isso com ela, com certeza ela imaginou como gastaram aquele tempo todo no banheiro. O que fez Gaby gostar ainda mais da sogra, que era discreta e não dava palpite na vida deles. Até isso começava a ser um problema... Se um dia acontecesse algo irreconciliável, não perderia só o Rodrigo, perderia uma família inteira. Nem era de rezar, mas dormiu naquela noite pedindo a Deus que esse dia nunca chegasse.

– Bom dia, meu amor!

Rodrigo despertou com a voz de Gaby. Como viveria sem ouvir isso todas as manhãs? Virou-se na cama sobre ela, encaixou-se no corpo miúdo debaixo do seu e a beijou... A mistura de hálito matinal perdeu-se em poucos segundos, vencida pelo desejo. Ela gemeu e subiu as mãos, apalpando seus braços. Rodrigo enfiou a mão por dentro de seu pijama e a tocou, sentindo-a pronta para ele, desceu a boca pelo pescoço dela e chupou. Gaby arrepiou-se e o apertou.

– Aí! – Ele sentiu o ombro, contorceu-se e voltou para o seu lado na cama.

– Você está bem, meu lindo?

– Sim, estou! Foi só uma dorzinha, nada de especial!

– Vou pegar seu comprimido.

Ela levantou-se e alguém bateu na porta. Sua sogra devia querer saber como estava o filho. Gaby abriu uma fresta.

– Áurea?

– Peço desculpas... Dona Fátima saiu com a Malu, o Dado precisou sair para ir ver as videiras com um senhor que chegou, e eu acabei por ficar sozinha na sala de espera. – Ela esfregava as mãos. – Entretanto, ouvi um grito de dor e... Enfim, vim só ver se o Rodrigo precisa de alguma coisa.

Gaby olhou-se no pijama minúsculo, mas não se acanhou, abriu mais a porta, possibilitando que ela visse seus trajes e também Rodrigo de cueca na cama.

– Bom dia, Áurea! – Ele sorriu e puxou o lençol, Áurea corou, e Gaby não a culpou por cobiçar aquele homem. – Não te preocupes, estou ótimo.

– Que bom! – Ela forçou um sorriso. – Vou esperar na sala... Eu vim porque preciso da ajuda de vocês. – Levou a mão ao cabelo e enfiou os fios soltos atrás da orelha.

– Nossa ajuda? – Gaby franziu o cenho.

– Como vocês sabem... Esta semana começa a Festa das Vindimas aqui em Palmela. Eu faço parte da equipa de organização e estamos com alguns problemas. Tenho a certeza de que vocês seriam muito bem-vindos para nos ajudar.

– Nós? – Rodrigo levantou as sobrancelhas.

– Sim, vocês! Por que não? – Áurea pensava que, se Gaby era uma inimiga, precisava mantê-la mais perto ainda, então sorriu. – Pois, espero por vocês na sala. Vou explicar-lhes com calma tudo que tenho em mente.

Capítulo 20

Áurea ficou mais de meia hora convencendo os dois a colaborar com a festa local da colheita da uva. Rodrigo acabou aceitando fazer parte do júri do concurso de Rainha da Festa das Vindimas, enquanto Gaby iria ajudar as candidatas com os vestidos: alguns precisavam de uns pequenos ajustes, e as costureiras locais não conseguiriam finalizar de todas em tempo.

– Gaby, vou pedir à Margarida e à Paolla que te procurem hoje à noite aqui. Assim, podemos aproveitar a tua folga de segunda-feira. – Sorriu. – Mas sem grande estresse, basta apenas fazer uma barra nos vestidos delas. E… Rodrigo, vai ser incrível ter-te a substituir o meu pai no júri. Como já expliquei… e dado que faço parte da Direção da Associação das Festas de Palmela, sendo ele meu pai, não poderá fazer parte do júri porque vai contra o regulamento. Obrigada! Salvaste-me de boa e fico em dívida contigo. – Áurea comprimiu os lábios, e os pensamentos divagavam a toda velocidade. Precisava saber tudo, absolutamente tudo sobre Gaby, iria começar investigando pelas redes sociais.

Ela abraçou Gaby e apertou a mão de Rodrigo, que a acompanhou até a porta.

– Ter-te no júri vai ser mesmo magnífico, Rodrigo! E vamos fazer uma boa divulgação do teu restaurante. Poderias premiar as vencedoras com um jantar no Dom Manel, o que será ótimo para os teus negócios. – Olhou para Gaby. – Daqui para a frente vamos comunicar-nos por mensagem, está bem? Bom, até mais logo, meus amigos! – Áurea beijou a bochecha de Rodrigo e acenou para Gaby sentada no sofá.

Áurea saiu e Rodrigo fechou a porta.

– Tem alguma coisa de errado com ela.

– Não penses assim tão mal dela, Gaby! Ela é uma ótima pessoa e deve estar arrependida por ter-me segurado tempo demais no hospital. Eu conheço-a há anos…

– Tá certo, deve ser coisa da minha cabeça, mesmo.

– Hummm… Estás com ciuminho, não é?

Gaby pegou a almofada do sofá e acertou nele. Ele a catou no ar e jogou de volta.

– Ahá! Agora tenho a certeza de que estás mesmo! – Sorriu. – Vamos comer alguma coisa. Precisamos de sair daqui a pouco. O serviço de estrangeiros e fronteiras espera-nos.

– Já não estava tudo certo no SEF? – Gaby franziu o cenho.

– Também achei que estivesse, sim! Mas recebemos uma notificação para comparecermos hoje e pessoalmente, na Delegação Regional de Setúbal.

– E só agora você me fala? – Gaby esfregou o peito, onde sentiu uma pontada.

– Desculpa, minha linda, com toda aquela azáfama da reinauguração do restaurante e tanta coisa a acontecer ao mesmo tempo, acabei por me esquecer de te dizer…

– Ai, meu Deus! Eu vou ser deportada. Ainda mais que é em Setúbal; se fosse algo simples, dava para resolver aqui mesmo em Palmela. É a mesma coisa que se eu tivesse que ir para a capital do meu estado, no Brasil, para resolver um probleminha… Eu já ia ficar pensando no tamanho da encrenca. A única diferença é que Setúbal é pertinho, mas mesmo assim…

– Ei, calma, miúda! Não adianta morrer por antecipação! – Ele colocou as mãos em seus ombros. – Não tarda, estaremos lá e ficaremos a saber o que pretendem desta vez. Mas antes, é melhor comermos alguma coisa. É quase meio-dia.

– Rodrigo, pelo amor de Deus, não desce nada agora. Precisamos ir logo e já resolver isso lá.

— Está bem! Comemos depois alguma coisa em Setúbal. — Rodrigo olhou para o chaveiro. — Bonito! A minha mãe saiu com o carro!

— Ah, acho que ela falou alguma coisa ontem que iria buscar a sua moto hoje cedo e deixá-la em algum lugar para fazer os reparos. — Gaby achou melhor deixar que a própria mãe falasse com ele sobre a intenção dela de vendê-la.

— Bem, só nos resta então levarmos o Jeep do Dado. Penso que ele não se deve importar.

— Nossa, que sorte ele ter voltado semana passada do conserto.

— Sim, e rezemos para que ele não enguice na nossa mão, ou meu irmão vai ter um enfarte. Vamos lá, traz a pasta dos documentos.

Foram atendidos pelo inspetor João Maria da Costa, que explicou que pelas condições em que tudo aconteceu e por toda investigação envolvida na operação tráfico humano, ele fora designado para acompanhar o caso deles em especial.

A cada palavra aumentava a sensação de sufocamento em Gaby.

— Mas o que isso significa exatamente? — Esfregou o peito. — Vão me deportar?

— Não! Pelo menos por enquanto — sorriu —, mas preciso de me inteirar melhor da vossa história conjunta. Por exemplo, aqui no seu passaporte refere que você chegou a Portugal no dia 17 de Junho de 2017. Hoje é dia 28 de Agosto. Então, fim de julho, cerca de um mês atrás, vocês já tinham decidido casar-se? Devo dizer-vos que achei um tanto ou quanto suspeito um casamento assim tão repentino.

Gaby mordeu os lábios e travou.

— Doutor, não é tão repentino como parece e posso provar-lho. — Rodrigo puxou a carteira do bolso, de dentro tirou um papel dobrado e o entregou ao inspetor.

João Maria abriu o papel até visualizar o desenho. Era uma garotinha de mãos dadas com um rapaz dentro de um coração que pegava quase a página inteira. Embaixo a frase "Daqui dez anos eu volto para me casar com você, não esquece! Assinado: Gabriela Castro 09/10/2002."

– Rodrigo, eu não acredito! – Gabriela arregalou os olhos e levou a mão à boca. – Você guardou? Não consigo acreditar...

– Como o senhor pode ver, nós conhecemo-nos há muito tempo. Não é um casamento repentino, porque ela está comprometida comigo há quinze anos.

– Mas ela era só uma criança.

– Pode até ser! Porém, isto pelo menos prova-lhe que nos conhecemos desde essa época.

– Vou ficar com esse papel e mandar para uma perícia.

– Doutor, diante das atuais circunstâncias, eu compreendo todo esse vosso cuidado. Mas acredite que o meu desejo de casar-me com ela o mais rápido possível é genuíno. Quando é que os nossos papéis ficarão disponíveis?

– Bem, por enquanto, vocês ainda estão sob investigação... No entanto, e como os documentos que recebemos estão todos em ordem, e agora vamos ainda juntar mais esta prova de que se conhecem há praticamente quinze anos, talvez dentro de um mês tudo esteja resolvido, rapaz.

– Ainda mais um mês?

– Vou ser sincero convosco! Recebemos uma denúncia de que você quer casar-se com ela apenas para que ela possa adquirir a cidadania portuguesa. Mas constato que não é bem isso. Não é preciso ser um gênio, nem esse desenho, para saber que estão realmente apaixonados.

– Muito obrigado pela compreensão, doutor! – Rodrigo estendeu a mão e Gaby também o cumprimentou em seguida.

– Não há de quê! Logo que os documentos estejam disponíveis, vou mandar-vos uma mensagem por SMS com o agendamento aqui, para que possam vir buscá-los e darem entrada no cartório.

Saíram de lá, e Gaby não conseguia parar de pensar em quem poderia ser a pessoa que fez a tal denúncia, e só um nome martelava sua cabeça: Áurea.

– Vamos almoçar agora? Já te sentes mais aliviada? Eu estou bastante aliviado. Até parece que tirei um peso de cem quilos das costas. Passei o bendito fim de semana inteiro a pensar no pior cenário. Gaby, por que estás tão calada? O que se passa nessa linda cabecinha? – Ele abriu a porta do Jeep para ela e deu a volta para se sentar ao volante.

– Só estava pensando que... – Gaby não queria falar de Áurea de novo, ia parecer perseguição... E tinha outra coisa que também gostaria de falar. – Então o senhorito tinha o meu desenho guardado esse tempo todo e não me falou?

– Desculpa não te ter dito nada, querida! É que... parecia-me uma coisa tão infantil...

– Ah, infantil? Sério, meu princeso? – Gaby sorriu, mas Rodrigo continuou com o semblante sério.

– Sim, muito sério! Sabes por que é que comprei o restaurante do meu tio?

– Hummm... porque queria ser chef?

– Não! Porque já se haviam passado oito anos, e tu tinhas prometido que voltarias dentro de dez. Ainda faltavam mais dois, para... E se acaso voltasses e eu já não estivesse lá? Não conseguia sequer cogitar que isso pudesse vir a acontecer, entendes?

– Então eu não era sozinha uma psicopata sonhadora? – Fez cócegas na barriga dele. – Tinha outro psicopata do outro lado do mundo?

– Se queres que te diga... Sim, diria que é uma leitura bastante doentia, mas parecida a isso. – Riu.

– Mas... – Gaby juntou as sobrancelhas – e quando eu não voltei? O que você imaginou?

– Imaginei-me um completo idiota... e então, transformei-me no pior canalha, um conquistador barato. Fugia de todo e qualquer compromisso como o diabo foge da cruz. – Naquele instante, ao responder à pergunta dela com toda a verdade que se permitiu, percebeu que aquela resposta era tanto para ela quanto para ele mesmo. Nunca tinha parado para pensar, mas agora algumas coisas faziam sentido.

– E agora vai se casar comigo... – Gaby forçou um sorriso e comprimiu os lábios. – Eu sei que está fazendo isso só pela minha cidadania, que não é um casamento de verdade. Mas é que eu estou...

– Shiiiiiu. – Ele passou a mão em seu cabelo. – Por favor, não pensemos nisso agora! Vamos, apenas e só, viver um dia de cada vez. Por isso, aproveitemos o nosso dia de folga o melhor possível...

– Rodrigo, acho melhor só almoçar e voltar logo para casa, você precisa descansar depois do acidente de ontem.

– Sinto-me ótimo, sério! E não vai ser nada cansativo, prometo! – Deu partida e acelerou. – Vamos almoçar aqui! Um amigo meu tem um restaurante nesta mesma avenida, Luísa Todi. Sabes que foi uma cantora de ópera?

– Seu amigo foi uma cantora de ópera?

– Não é isso. – Rodrigo riu. – Refiro-me ao nome da avenida. – Apontou a placa. – Esta é a Avenida Luísa Todi, a principal e mais importante avenida de Setúbal. Deram-lhe o nome dessa cantora, a mezzo soprano mais famosa de Portugal e a maior cantora lírica de todos os tempos. Cantou para reis e rainhas, entretanto morreu pobre e cega.

– E como você sabe de tudo isso?

– A minha mãe adora ópera.

– Hum, dona Fátima tem gosto refinado, não imaginava. O que você gosta de ouvir?

– Gosto de boa música, não importa o gênero. Quando miúdo, era fã da Alanis Morissette. E tu, o que ouvias?

– A rádio Paiquerê era a preferida das costureiras, tocava muita música sertaneja, música popular em geral, eu até gostava, mas nem todo o tempo tocava o que eu queria ouvir, então comecei a ouvir no meu celular com fones.

– Qual era a música que você mais colocava para repetir?

– Várias... Todas do Guns N' Roses... E muitas, mas muitas vezes "Medo bobo", de Maiara e Maraísa.

– E ainda continuas a ter medo?

– Mais do que nunca.

Rodrigo olhou para Gaby e viu refletidos nos olhos dela todo o medo que ele mesmo carregava dentro de si. Eram mesmo dois traumatizados pela vida. Estacionou o Jeep.

– Ouve esta música – puxou os lábios num sorriso de canto de boca – para acabares com esse medo bobo. – Tocou na tela do celular, e a voz portuguesa invadiu o Jeep. – O título da canção é "Haja o que houver", do grupo Madredeus. – Aumentou o volume. – E então, o que achas?

– Muito linda, já tinha ouvido na voz da Zizi Possi e da filha dela.

– Fez diminuir o teu medo?

– Não – balançou a cabeça e fez uma careta –, piorou!

Rodrigo sorriu, e a cada minuto aumentava em Gaby a certeza do quanto tinha a perder. Ela só não sabia que ele olhava para ela com a mesma sensação.

– Vamos então? O chef Mário vai adorar conhecer-te.

Passaram pelas portas de vidro do restaurante Capitão Mário. Isolado o barulho dos carros, do lado de dentro era agradável o burburinho típico de pessoas felizes conversando e degustando seus pratos. Foram conduzidos pela recepcionista até uma mesa vazia, ao lado direito, e acomodaram-se. A decoração náutica remetia ao fundo do mar e peixinhos se deslocavam dentro dos aquários instalados nas duas paredes laterais, alegrando o ambiente com seu colorido. Atrás de um balcão, bem ao estilo navio pirata com redes de pesca penduradas, um barman preparava os drinques. O garçom veio trazer o menu, reconheceu Rodrigo e os cumprimentou calorosamente. Ele levou os pedidos para dentro e logo voltou com um homem que tinha quase o dobro de seu tamanho.

– Bem... mas que surpresa agradável! Se não visse com os meus próprios olhos, não acreditaria. O grande chef Rodrigo Ritscher, em carne e osso, no meu humilde restaurante? Que bons ventos te trazem, meu amigo?

Rodrigo levantou-se para abraçá-lo.

– Olá, meu amigo! Trouxe uma pessoa para te conhecer.

– Seja muito bem-vinda a bordo, cara senhorita! Capitão Mário, ao seu inteiro dispor!

Gaby levantou-se e estendeu a mão.

– Muito prazer, Gabriela.

Um garoto veio correndo dos fundos.

– Papai, posso pôr sal nas batatas?

– Chega-te aqui, marujo. – O garoto parou ao lado do pai. – Rodrigo, apresento-lhe *mon sous chef,* Rafael.

– Como tu cresceste, pá! O teu pai põe-te adubo debaixo dos pés?

Ambos armaram um soco e cumprimentaram-se batendo de leve os punhos.

– Olá, tio Digo!

– Quer dizer então que agora já és um *sous chef?*

– Estou a aprender! Quero ser um chef igual ao meu pai quando crescer.

– Serás ainda melhor que o teu pai e terás todas as estrelas Michelin que quiseres... Não igual a ele que ainda não tem nenhuma. – Piscou.

– Olha quem fala! Que eu me recorde tu também ainda não tens nenhuma. Ainda não tiraste esse sonho da cabeça?

– Pelo contrário! Mantenho-o e está mais vivo do que nunca.

– Então aconselho-te a que te apresses, amigo! – Falou mais baixo: – Eles estarão aqui a visitar os restaurantes portugueses ao longo de todo mês de setembro. A informação é quente.

– Ah, meu bruxo! Obrigado pelo alerta, eu vou estar preparadíssimo para os receber! – Piscou.

– Sério? Duvido! Com aquela decoração e aquelas toalhas horrorosas, nem sequer lá vão chegar perto, quanto mais entrar, pá!

– Bem, fiz uma pequena reforma lá, sabes? E desta vez estou com um bom pressentimento que as coisas vão melhorar bastante. – No coração batia uma ansiedade e uma vontade grande de chegar lá.

– É, pá, não acredito que reformaste aquela pocilga! – Franziu o cenho. – Quem te convenceu?

– Ela! – Rodrigo apontou com a cabeça, e chef Mário sorriu.

– Bem... Já não era sem tempo, caramba! – Gaby não entendeu se ele falava da obra ou dela. – Agora vão parar de dar atenção à decoração e vão apenas degustar o teu tempero.

– Estou a contar com isso, meu amigo!

– E quais são as novidades?

— Bom, vou-me casar em breve.

— Ah! Eu sabia que um dia... algures no tempo, alguém ia conseguir pôr-te a coleira no pescoço e uma anilha no dedo. Parabéns, meu amigo!

— Falas em coleira no pescoço e anilha no dedo, e ainda tens a coragem de me dares os parabéns?

— Acredita em mim! Se a mulher que segura a coleira for interessante, te fizer sorrir e te der um presente destes assim – bagunçou o cabelo do filho –, juro-te que vais adorar estar acorrentado a ela.

— Então, enquanto isso não acontece, eu trouxe-a aqui para provar o melhor risoto de frutos do mar do planeta. – Sorriu.

Não demorou para o chef Mário voltar com os pratos. Mesmo com o restaurante lotado, ele fez questão de servir pessoalmente aos dois. Rodrigo não havia exagerado em nada, Gaby não se lembrava de algum dia ter comido algo parecido em sabor, textura e apresentação. Sem dúvida, merecia uma estrela Michelin... Imaginou quantos cozinheiros excelentes, em uma vida inteira, sequer passariam pelo radar dos agentes julgadores.

Gaby franziu o cenho.

— Quem inventou esse negócio de estrelas?

— Foi André Michelin! Se por alguma razão pensaste na marca dos pneus, a resposta é sim, é ele mesmo! Ele criou um guia para promover o turismo de automóveis, e ao criar o roteiro com hotéis e restaurantes, acabou por construir um vínculo afetivo com a marca dos pneus.

— Isso é muito interessante. E o qual é o fator determinante para que seja uma, duas ou três estrelas?

— Uma estrela significa que se deve visitar, caso estiver por perto. Duas estrelas vale a pena desviar a rota para visitar o restaurante.

— E três estrelas?

— Três estrelas indicam que vale mesmo a pena fazer uma viagem só para degustar os pratos.

O garçom os interrompeu ao acomodar à sua frente a sobremesa que iria dividir com Rodrigo e saiu.

— E quem dá as estrelas aparece do nada?

– Reza a lenda que geralmente fazem reserva, vêm a dois, pedem pratos diferentes, usam a casa de banho, testam a atenção do empregado e, principalmente, provam o sabor dos pratos. Desde que entram e até que saiam, nada escapa aos seus olhos avaliadores.

Gaby admirou a taça de "natas do céu".

– Hum, vamos descobrir quantas estrelas é essa sobremesa? – Gaby viu um vulto na calçada e franziu o cenho.

– O que foi? – Rodrigo olhou na direção que prendeu a atenção dela.

– Nada, achei que estávamos sendo observados.

– Tens a certeza?

– Não, acho que foi só impressão.

Depois de terminarem a sobremesa que merecia todas as estrelas, despediram-se do chef e do menino Rafael com abraços acalorados. Saíram do restaurante, subiram no Jeep, e Rodrigo a levou para caminhar no Jardim do Bonfim a dois minutos dali, onde um chafariz harmonizava com a beleza do lugar. Alguns faziam piquenique e outros grupos apenas conversavam. Gaby, mais uma vez, teve a sensação de serem vigiados, mas olhou por todo lado e não viu ninguém suspeito.

– Gaby, tens a certeza de que está tudo bem, minha princesa?

– Está sim, é só que… Bobagem! Acho que é porque recebi a visita – fez as aspas com o indicador – do meu pai ontem… e tanta coisa.

– Ele não te faria nenhum mal. Ou pelo menos eu espero e quero acreditar que não.

– Não é isso, é que foi muito pesado ver como ele está conduzindo a vida dele…

– Já sei, vou levar-te a um lugar que vai fazer-te sentir muito melhor.

– Mal acabamos de chegar…

– Há demasiada gente aqui! Confia em mim, vais gostar!

Voltaram para o Jeep e Rodrigo pegou uma estrada com muito verde, Gaby parecia absorta na paisagem. Ele estava tão acostumado em vê-la forte, confiante e com um sorriso no rosto que quando se mostrava frágil, como minutos antes, tudo o que ele queria era poder apagar todo o mal que um dia lhe causaram, fazer algo que pudesse afastar toda dor, toda dúvida, toda mágoa. Ele olhava para ela e se via com as mesmas fragilidades, mas com a vantagem de ter uma Maria de Fátima para o acolher. No entanto, agora Gaby tinha ele e Rodrigo estava determinado a ser o porto seguro dela.

Passou pelos portões pretos sob uma larga coluna de pedra formando o muro da fortaleza e estacionou. Gaby arregalou os olhos e subiu as sobrancelhas.

– Uau! É um castelo?

– Sim, é o Castelo de São Filipe ou Forte de São Filipe.

Rodrigo deu a volta, abriu a porta do Jeep e estendeu a mão.

– Vamos entrar! O melhor desta fortaleza é a vista panorâmica que se desfruta lá de cima.

Gaby se encantou com os azulejos e com a decoração do interior do castelo. Continuaram a visitação e a cada cômodo era um novo deleite; arrepiou-se dentro da capela onde havia mais azulejos revestindo da parede ao teto: uma obra de arte singular – cada quadrado era parte do quebra-cabeça que formava uma grande pintura –, passou a mão, acompanhando o desenho de um dos querubins. Na curta viagem que fizera com a mãe, não tivera a oportunidade de visitar o quanto gostaria de Portugal. E a cada lugar diferente que Rodrigo a levava, fervilhava dentro de Gaby o desejo de conhecer mais dos lugares e da cultura daquele povo que a acolhia.

Quando chegaram ao ponto mais alto, Rodrigo viu Gaby arregalar os olhos e abrir a boca, a reação dela aqueceu o seu coração e fez o passeio valer a pena. Não era difícil agradar aquela garota, ela escancarava um sorriso por qualquer coisa, por mais simples que fosse. Em vez de apreciar a vista, ele passou aqueles instantes, enquanto caminhavam por toda a extensão do forte, entretido com a admiração que ela demonstrava a cada canto que olhava.

– É uma ilha? – Ela apontou uma faixa de terra no meio do mar.

– Não, é uma península lindíssima. Ali fica a belíssima Praia de Troia que vemos daqui, para além de outras igualmente maravilhosas, e que se juntam à província alentejana. Por todo esse litoral existem praias exóticas a que deram o nome de Costa Vicentina. Um dia vamos percorrer e conhecer todas elas, prometo-te!

– Não são lindos todos aqueles barquinhos minúsculos no mar?

– Sim, muito! Mas, para mim, é mais lindo ainda ver-te a olhar para eles. Vamos ali ao café? – Apontou para os toldos brancos no patamar de baixo. – Um sumo ou um vinho?

– Eu não tomava tanto vinho assim antes de te conhecer. – Sorriu.

– Está escolhido então! Hoje vais degustar o melhor moscatel do mundo. É de Setúbal, mais precisamente de Azeitão, junto à nossa Palmela.

Ele segurou sua mão e desceram as escadas.

– É sério isso de melhor moscatel do mundo?

– Claro que sim! Foi medalha de ouro no passado mês, ficamos à frente dos franceses.

– Mas, Rodrigo, você não está podendo gastar tanto dinheiro.

– Ah, não te preocupes que não é isso que nos vai deixar falidos.

Sentaram-se à mesa e em poucos minutos o garçom trouxe o vinho que Rodrigo escolhera, vertendo nas taças o líquido roxo.

– A nós! – Rodrigo propôs o brinde.

– A nós!

Acabavam com a garrafa quando Gaby ouviu um berro. Uma senhora gritou "Peguem o ladrão". Gaby podia jurar que era seu pai de costas subindo as escadas. Sentiu o sangue ferver e correu, não queria estar na pele dele se o pegasse.

Capítulo 21

Gaby sentiu um impacto e o corpo dar um solavanco para trás.

– Não olha por onde... – Julius arregalou os olhos. – Gaby? O que você...

– Ah, pai, jura que também não sabia que eu estava aqui?

– Eu, eu...

– Que vergonha, senhor Julius! Roubando de novo?

– Eu não estava roubando, eu estava...

– Estava o quê? Passeando com a carteira da senhora? Agora, além de ladrão, é mentiroso?

– Olá, senhor Julius! – Era Rodrigo ao seu lado. – Gaby, está tudo bem, meu amor?

– Vai ficar melhor quando meu pai... quer dizer, este senhor explicar o que está fazendo nos seguindo.

– Eu não estou seguindo vocês.

– Ah, está... A tarde inteira tive a sensação de alguém nos observando. Agora desembucha.

– Eu preciso de dinheiro para voltar pro Brasil.

– E achou que seria bacana juntar esse dinheiro roubando as pessoas?

– Graças a Deus! – berrou a senhora, dona da carteira. – Ainda bem que o senhor conseguiu apanhar aquele pirralho! Muito obrigada!

– Não foi o senhor quem roubou essa senhora?

– Não, cachopa! Pelo contrário, este senhor ajudou-me! Logo que o miúdo meteu a mão no meu saco e me roubou a carteira, ele foi o primeiro a correr atrás dele. Se não fosse ele, eu estaria agora sem um tostão. O dinheiro da minha pensão que recebi hoje está todo aqui.

– Então, você só estava tentando...

– Ajudar – o pai completou. – É o que eu estava tentando te dizer, minha filha! A sua carteira, senhora.

– Mais uma vez, obrigada. Que Deus lhe pague! – A idosa segurou a carteira estendida, deu um abraço no pai de Gaby e foi em direção às escadas que a levariam de volta ao café.

– Julius, eu me enganei e peço desculpas – cruzou os braços e comprimiu os lábios –, mas é que as condições em que nos encontramos da última vez me levaram a pensar que... E você ainda disse que estava precisando de dinheiro. Agora me explica o que está fazendo aqui. E não vem me falar que foi por acaso que não caio nessa de novo, não, porque se quer saber, até agora não engoli aquela história de que você apareceu do nada lá na Quinta do Rodrigo. – Gaby sentiu a mão de Rodrigo em seu ombro.

Seu pai olhou para o horizonte e depois olhou de volta para a filha.

– Preferia ter um particular com você.

– Vai desculpar-me, senhor Julius, mas desta vez vou ficar ao lado dela. – Rodrigo enlaçou o ombro de Gaby e a puxou para mais perto.

– Pode falar na frente do Rodrigo, eu confio nele.

– Tudo bem, então... – Colocou a mão na cintura e soltou o ar. – Sabe a mãe daquele seu amigo crente? Ela comentou com uma irmã da igreja dela, que comentou com meu amigo, Zico Padeiro... Eu liguei lá para ter notícias suas... Ele falou que você estava até noiva do Samuel...
– Riu. – Claro que não acreditei, porque ele dá uma pinta... você sabe. Mas daí o Zico Padeiro disse que você estava nessa região. Por coincidência, eu tinha acabado de sair de Setúbal e ir para o Porto, então resolvi voltar a perambular por esses lados para ver se você poderia me ajudar com algum dinheiro... Mas juro que foi mesmo uma surpresa quando te vi naquela Quinta.

– E fez o que com todo o dinheiro que – Gaby fez aspas com os dedos – arrecadou? Que agora não tem nem para voltar para o Brasil.

– É caro viver na Europa, minha filha! – Ele olhou para os lados e abaixou o tom de voz: – E pensa que é fácil viver de roubo quando não se é um profissional? A gente acaba levando cada coisa que não tem valor nenhum para revenda...

– Pai, não consigo nem acreditar aonde você foi capaz de chegar e nem imaginar aonde vai parar... – Gaby levou a mão no rosto.

– Eu só quero voltar para o Brasil e recomeçar... Já deu para mim aqui, minha filha. Estou vendo que seu noivo tem posses – Gaby sentiu o rosto queimar –, vocês poderiam... sabe?

– Pai, chega! Nem continua... Para que tá feio! – Bufou. – Em primeiro lugar, o Rodrigo não tem obrigação nenhuma com você. Em segundo, ele não está em condições de ajudar agora. Em terceiro, nem que ele estivesse, eu jamais pediria isso a ele.

Rodrigo segurava-se para não interferir e deixar a situação pior do que já estava.

– Como que uma mulher bonita como você foi se envolver com um zé-ninguém... – Balançou a cabeça e Gaby fechou os olhos. O pai continuou: – Mas e você? Sempre foi tão trabalhadeira, tem algum dinheiro guardado para me arrumar?

Gaby soltou o ar e abriu os olhos, encarando o pai.

– Olha, minha situação é ainda bem pior do que a do Rodrigo. Mas eu tenho uma ideia ótima: que tal o senhor procurar um emprego?

– É complicado conseguir um serviço na minha idade, mas se nem minha própria filha pode me ajudar... Não tem problema não, já estou acostumado ser deixado para escanteio.

Gaby travou os dentes e respirou fundo para não agredir o próprio pai.

– Não vou responder, em consideração à memória da minha mãe... Só me faz um favor: some e não aparece mais.

– É assim que você vai tratar o seu pai?

– Pai? Que pai? Há cinco anos eu não sei o que é ter um pai, aliás... Se eu for parar para pensar, minha mãe sempre foi pai e mãe, porque era ela quem botava comida na nossa mesa. Você gosta de dizer que sente a falta dela, que a amava... Mas não me lembro de você ter sido o parceiro de que ela precisava quando ainda era viva. Sabe o que isso me leva a concluir? Você sente falta da mamãe ou da vida boa que ela te dava?

— Se é essa a imagem errada que faz de mim, pode ficar tranquila que não vai me ver nunca mais. Não quero magoar ninguém!

— Olha, desculpa! Não te desejo mal, é só que nem me magoar você consegue mais, eu só consigo sentir vergonha.

— Adeus, Gaby! — Ele estendeu a mão e ela cruzou os braços. — Adeus, rapaz! Cuida bem da minha filha.

Rodrigo apertou a mão estendida por pena. O pai de Gaby saiu andando cabisbaixo.

— Você deve estar me achando uma bruxa? — Virou-se de frente para Rodrigo. — Pode me julgar.

— Não! Por que deveria julgar-te, Gaby? E para início de conversa, também não tenho por que interferir! Isso é um assunto entre vocês. Eu sei que és uma mulher muito forte. No meu caso, sinceramente, não sei como seria se acaso encontrasse o meu pai, nem se teria "estômago" para o enfrentar.

— Não é fácil, está doendo muito, eu queria que fosse diferente... Eu queria não gostar dele, dói ainda mais porque eu ainda tenho sentimentos por ele, não consigo ser totalmente indiferente.

— É natural que sintas, ele é seu pai. — Rodrigo a abraçou.

Rodrigo estacionou o Jeep e desceram. Ele estendeu a mão e Gaby encaixou a sua esquerda na dele e com a direita protegeu os olhos dos raios de sol que se punham, só quando se acostumou com a sombra da varanda foi que avistou a loura alta de cabelos longos, de mãos dadas com um garotinho, e a morena de cachos ao lado, ambas com uma sacola na mão.

— Olá, Rodrigo! — A morena sorriu, estendendo a mão, e Gaby notou que ela era ainda mais alta do que a loura.

— Paolla, há quanto tempo! — Ele apertou a mão da morena. — E tu, Margarida, como cresceste, miúda!

As bochechas da loura se tingiram de vermelho enquanto apertava a mão dele, e o garotinho encolheu-se atrás dela.

— Miguel — ela tentou puxar o irmão —, cumprimenta o Rodrigo. — O garoto resmungou e ela sorriu constrangida. — Ele está cansado, desculpem.

— Raparigas, esta é a Gabriela, a minha noiva! — Gaby apertou a mão das duas. — Bom, acho que estou a mais aqui e vocês precisam de resolver coisas de mulheres com ela. Vou entrar, fiquem à vontade. — Rodrigo beijou a bochecha de Gaby e entrou.

— Bem, estamos aqui porque a Áurea pediu-nos que te procurássemos. — Paolla era mais desinibida.

— Vamos ver o que vocês têm aí e eu vejo o que posso fazer para ajudar. Vou precisar que provem os vestidos. Vamos entrando, a máquina de costura está na sala, vou pedir para a Malu emprestar o quarto para vocês se trocarem.

— Podem usar o meu quarto! — Dado apareceu na janela. — Oi, Paolla! Olá, Margarida! — Ele quase derreteu para falar o nome da loura.

— Se não se importarem, meninas!

Elas sorriram timidamente e, quando saíam da sala com o irmão de Rodrigo, o garotinho grudou na irmã e foi junto. Assim que voltaram com os vestidos longos de gala, não demorou para Gaby identificar o que precisava ser feito. Passou-lhe pela cabeça que Áurea não gostava das duas — e por isso elas estavam com vestidos tão fora do padrão para o corpo delas —, ou Áurea acreditava no potencial dela como costureira para consertar. No entanto, recordou-se de que Áurea havia dito que bastava fazer a barra do vestido das duas, além do mais, ela nunca tinha visto Gaby pilotando uma máquina. Ali tinha...

— Preciso fazer uma pergunta para vocês duas. Vocês estão se sentindo bem com esses vestidos? Gostam do que estão vendo quando olham no espelho?

— Para mim, elas estão lindas! Se melhorar, estraga... — Dado não tirava os olhos de Margarida.

— Você não conta, Dado! — Gaby franziu o cenho para ele. — Vai para cozinha, elas precisam ficar mais à vontade. Com você aí babando, não vai ajudar.

– Certo, já que estou a atrapalhar as ladies... – Ele levantou as mãos. – Faz o teu melhor por elas, cunhadinha. – Enviou beijos no ar para as meninas e saiu.

– E então? O que me dizem?

– Quanto a mim, este vestido faz-me parecer muito mais gorda. – Paolla virou-se de lado, olhando no espelho que Gaby improvisou na sala.

– Na verdade, Paolla, acho que precisa de um ajuste na cintura. Vamos deixar suas curvas em destaque para te favorecer. – Gaby marcou com os alfinetes e voltou a dar uma volta ao redor da morena. – Eu tiraria essa echarpe que prenderam nos ombros, o tomara que caia vai te rejuvenescer sem esses tecidos tapando seu colo.

– Tens a certeza de que não fico demasiado exposta?

– Não fica não, confia em mim. – Piscou. – E o seu, Margarida, precisa apertar no busto e soltar no quadril. – Gaby espremeu os olhos e com o polegar apertou os lábios. – Hum, talvez você fique mais confortável se fizermos um xis nas costas, vou conseguir ajustar melhor nos seus seios. Me dá uma licencinha, senhor Miguel? – Passou a mão no cabelo do loirinho.

O garoto continuou de cabeça baixa e deu um passo para trás.

– Uma coisa é certa, esse tom de azul ficou perfeito em você, Margarida.

– Obrigada. – Ela sorriu e abaixou a cabeça com as maçãs do rosto avermelhadas.

– Você também acertou na cor, Paolla, esse rosa-choque exalta o seu bronzeado.

– Eu fiquei em dúvida entre este e um amarelo, mas senti-me melhor neste.

– Amarelo também ficaria bom, mas gostei desse.

Gaby estendeu a fita métrica nas costas de Margarida e anotou as medidas. Paolla prestava atenção.

– Como é que vais fazer um xis nas costas do vestido dela se não tens mais tecido? – Paolla juntou as sobrancelhas.

– Olha para baixo – apontou –, com tudo isso que vou tirar da barra.

— O espaço de tempo é tão curto! Achas que consegues mesmo acabar tudo a tempo e horas? — A loura arregalou os olhos azuis.

— Com os pés na cabeça. — Gaby sorriu. — Amanhã antes do almoço venham aqui para uma última prova, e na quarta estarei lá para vesti-las antes de começar o desfile. — Piscou.

Gaby arrumou a gravata de Rodrigo, pousou os lábios nos dele e fechou os olhos. Foi um beijo rápido, mas trouxe com ele o desejo de repetir aquele gesto para o resto da vida.

— Adoro ver-te de saia, ficas tão... hummm... apetitosa! — Rodrigo olhou para os lados, apertou seu bumbum e a puxou para si.

— Aqui não, Rodrigo. — Sorriu, tirando as mãos dele de seu traseiro. — Você está muito lindo! E eu estou de olho em você. — Pousou a mão nos ombros dele e alisou o tecido, ajeitando o terno.

— Não há azar com isso. Pelo contrário, sinto-me um sortudo por ter os teus olhos postos em mim, só em mim... — Ele piscou. — Entendeste?

— Nem que eu quisesse, conseguiria olhar para outro lugar. Agora vai, eu tenho que ajudar as garotas e você tem que ocupar seu lugar no júri.

— É muito cedo ainda, mas vou aproveitar para fazer contatos com alguns dos vitivinicultores... Estarão nessa festa os maiores produtores de vinhos de Portugal.

— Boa sorte. — Ela sorriu.

— Agora entra... senão vou continuar a beijar-te outra e outra vez.

Rodrigo cogitou abrir o restaurante e pedir que sua mãe o substituísse mais uma vez, mas o pouco movimento no meio de semana não justificaria tanto sacrifício. Gaby e Rodrigo concordaram que aquele evento iria ser uma ótima maneira de divulgar o restaurante, então ela avisou em todas as redes sociais que havia criado para o restaurante que Dom Manel não abriria naquela quarta e informava sobre a presença de Rodrigo como jurado no concurso.

Gaby entrou na sala onde as candidatas já faziam os cabelos e a maquiagem, e onde também Áurea andava de um lado para o outro.

— Olá! Algum problema, posso ajudar?

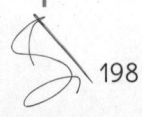

– Acho que não – Áurea sorriu –, a não ser que tenhas um músico para tirar da cartola.

– Do que exatamente você precisa?

– Desculpa, mas não tenho tempo a perder... – comprimiu os lábios. – Preciso...

– Na verdade – interrompeu Gaby –, eu tenho um músico na cartola. Se me falar exatamente do que precisa, talvez eu possa ajudar.

Áurea explicou que o músico que iria tocar naquela noite acabara de ligar avisando que tivera um imprevisto... Gaby ligou para Sammy, mas chamou até cair a ligação. A loura soltou o ar e deixou caírem os ombros, mas em seguida uma música bem conhecida por Gaby soou no celular: "What doesn't kill you makes you stronger". Sorrindo, atendeu o telefone e conseguiu convencer Sammy a estar ali em meia hora.

Quando Margarida e Paolla fizeram a última prova, notou que outras garotas também careciam de alguns ajustes nos vestidos. Não havia tempo para grandes mudanças, mas com uma agulha e linha poderia fazer pequenas intervenções. No início sentiu-se um peixe fora d'água, mas assim que ajudou a primeira, outras vieram mostrando algum detalhe que as incomodava. Enquanto Paolla acalmava as candidatas, algumas mães intrometidas mais atrapalhavam do que ajudavam, e toda vez que Áurea aparecia para conferir o andamento, ela revirava os olhos para uma das mães que parecia tomada por mais ansiedade do que a própria filha.

– Essa cor de sombra não combina com os olhos da minha filha. – A mãe ansiosa olhou para o maquiador e colocou a mão na cintura.

– Atenção, pessoal! – Áurea bateu palmas. – Atenção! A partir de agora, nesta sala devem ficar apenas os dois maquilhadores e as cabeleireiras. Aos demais, aconselho a que vão sentar-se nos vossos lugares. A primeira parte do desfile vai começar dentro de alguns minutos e não temos mais tempo para ajustes nos vestidos de gala. A todas as candidatas, façam o favor de vestir-se com os trajes típicos e aguardem.

– Desculpe-me – ela falava baixo –, mas o meu filho não consegue ficar longe da irmã.

Gaby notou que era a mãe de Margarida e Miguel.

– Lamento imenso, mas a regra é igual para todos. – Áurea não esperou por resposta, virou-se para o outro lado.

– Não tem importância! Vamos, filho! – O garoto fechou a cara, abaixou a cabeça e saiu.

A mãe ansiosa aproximou-se de Áurea.

– Eu não saio daqui até que essa maquilhagem fique como eu quero.

– Por favor, Ofélia! – Áurea fechou a carranca.

– Está bem! Sairei só porque não quero que a minha filha fique nervosa. Num muxoxo e vários resmungos, saíram uma a uma.

Áurea fechou a porta.

– Muito bem, meninas! Precisamos de começar o desfile, no máximo dentro de vinte minutos! Aqui estão os números e os alfinetes para cada uma das candidatas. Por favor, foquem-se nas que vão entrar primeiro! Volto aqui em dez minutos para conduzir as cinco primeiras à coxia do teatro.

Dali em diante foi uma correria sem fim... Pior ainda foi na segunda etapa com o traje de gala, teve até um momento que Gaby achou que não fosse dar tempo, mas quando a última candidata ficou pronta... Áurea abriu a porta.

– Anda daí, cachopa, estás giríssima! Vamos depressa, senão vais atrasar-te. Pessoal, se quiserem podem descer para esperar a contagem dos votos e o anúncio das vencedoras.

Gaby respirou aliviada, despediu-se dos maquiadores, pegou sua bolsa e dirigiu-se ao Cine Teatro. Sammy brilhava no palco com apenas voz e violão, ela sentou-se nos últimos assentos e não foi surpresa quando chamaram as finalistas, menos surpresa ainda quando anunciaram Margarida a Rainha da Festa das Vindimas 2017. Poucas pessoas discordando, talvez porque a candidata que apoiavam não chegara tão longe quanto gostariam. Rapidamente esfriada a frustração de alguns,

Gaby viu um povo português mostrando que sabiam fazer uma boa festa, e o som das palmas tomava conta de todo o recinto.

Rodrigo acenou e Gaby desceu ao encontro dele, no trajeto foi interpelada por várias mães agradecendo a pequena ajuda de última hora. Gaby sentiu o rosto queimar, não esperava por tanto carinho.

— Ah... No próximo ano, quero que me ajudes com o vestido da minha filha! Repara que... estiveste muito mais tempo com a Margarida e com a Paolla. Uma venceu como rainha da festa e a outra, como miss simpatia. Da próxima vez tem que ser a minha filha a rainha da festa!

— Nem pensar! Eu é que quero a brasileira a ajudar-me! — disse outra mãe.

A atenção de Gaby foi desviada para o canto esquerdo, onde viu seu pai passando. Era só o que faltava, o que ele estaria fazendo ali?

— Eh, meu amor, passa-se alguma coisa? — Rodrigo a segurou pelo ombro e pousou os lábios nos seus.

— Sim, acho que vi meu pai. — Apontou para o lugar em que o tinha visto. — Ele estava ali agora mesmo.

— Pode ter sido só impressão tua!

— É, pode ser.

Sammy vinha com o violão pendurado no ombro.

— Ei, onde pensa que vai? — Gaby pôs a mão na cintura.

— Parabéns, Sammy! Estiveste fabuloso no palco. A Gaby havia-me falado do teu talento e de fato não exagerou em nada.

— Obrigado, Rodrigo.

— Não vai ainda, Arroba... — Gaby juntou as sobrancelhas.

— Gostaria de ficar mais, mas tenho um amigo me cobrindo no pub e ele não pode ficar até tarde, preciso mesmo ir, Gata.

— Então tudo bem, estou te achando meio triste, aconteceu alguma coisa?

— Minha mãe voltou hoje para o Brasil, só estou um pouco cansado... Mas não quero falar disso agora, tenho mesmo que ir.

— E pelo jeito não fizeram as pazes.

— Não.

Gaby o abraçou.

– Qualquer coisa me liga, promete?

– Prometo. – Estendeu a mão ao Rodrigo. – Tchau!

Rodrigo apertou a mão dele e acenou com a cabeça.

Sammy partiu e Gaby sentiu um aperto no coração.

– Eh, minha miúda! Ele só está a sentir-se sozinho! Vamos convidá-lo para almoçar no domingo. O que achas?

– É uma boa ideia.

– Ao que parece, está a ser muito difícil eles fazerem as pazes.

– É. – Gaby abaixou a cabeça.

– Gaby, se ficares assim, triste dessa maneira, não terás nada para oferecer ao teu amigo. Vá lá, miúda, ânimo! – Gaby levantou a cabeça e sorriu, mas Rodrigo sabia que aquele sorriso estava longe de ser real. – Vamos lá para fora! A comemoração vai continuar nas ruas de Palmela. As vencedoras vão acenar da sacada, e a banda marcial da cidade vai tocar.

– Banda marcial?

– Sim, é uma espécie de fanfarra.

– Ah tá, tipo o 7 de setembro no Brasil?

– Exatamente.

– Legal, mas vamos por ali... – Gaby queria ter certeza de que não era seu pai há alguns minutos.

Nem sinal dele pelo caminho. Lá fora, enquanto Rodrigo divertia-se com a banda e cumprimentava as pessoas pela rua sem soltar de sua mão, ela consumia-se olhando por todos os lados. Áurea saiu do teatro, levou a mão ao cabelo e os avistou.

A loura veio feito um foguete na direção do casal e mal conseguiu falar.

– Ai, meu Deus! O dinheiro! Deus do Céu... O dinheiro arrecadado na festa... Rodrigo, roubaram todo o dinheiro! – Pendurou no pescoço dele.

Gaby sentiu a mão dele apertando a sua.

Capítulo 22

Rodrigo desvencilhou-se dos braços da loura, que fingiu não perceber que Gaby a fulminava com os olhos.

– Aquele dinheiro ia ser todo doado para as instituições de caridade da zona! – Áurea balançou a cabeça. – Vou comunicar imediatamente o roubo à polícia.

– Sim, faz isso. – Rodrigo olhava para os lados para ver se via o pai de Gaby.

Áurea foi em direção aos policiais, desviando-se da população que tomava a rua, enquanto a banda tocava e as misses acenavam. Se tivessem sorte, o senhor Julius ainda estaria por perto e recuperariam todo o dinheiro, só não sabia como Gaby suportaria esse golpe.

– Queres que te leve para casa? Deves estar muito cansada.

– Acho que seria bom… – Deu a mão a ele e caminharam em direção ao carro. Gaby brecou. – Na verdade, estou preocupada com meu pai. Rodrigo, meu pai vai ser preso.

– Estava exatamente a pensar a mesma coisa, mas não quis dizer-te para não te ferir.

– O que eu faço?

– Anda, vamos ver se o encontramos e pedir-lhe que devolva o dinheiro antes que seja tarde demais…

– Ah, Rodrigo… Obrigada! – Gaby juntou as sobrancelhas e comprimiu os lábios. – Eu sei que ele está fazendo tudo errado, mas ainda é meu pai.

— Penso que ele ainda deve estar algures por aqui escondido. – Rodrigo olhou ao redor. – Tive uma ideia! Vamos ver se da sacada conseguimos um ângulo de visão melhor.

— Ei, aonde vão com tanta pressa? – Dado pôs a mão no ombro de Rodrigo.

— A Gaby esqueceu-se das coisas dela lá dentro. Onde é que estão a mãe e a Malu?

— Foram comprar alguma coisa para comer. Não vos vi lá dentro! – Ele passou a mão no cabelo. – Sabes, mano, eu queria... Bem... Como a Gaby agora está próxima da Margarida, poderia ajudar-me... e dar um empurrãozinho! É que, se antes era difícil conquistá-la, agora que é a rainha, será quase uma missão impossível.

— Conversaremos sobre isso depois, Dado! – Rodrigo continuava observando as movimentações.

— Se eu fosse uma garota como Margarida – Gaby curvou os lábios –, daria uma chance a você. Não se preocupe, tudo acontecerá na hora certa...

— Vá lá, paneleiro... nós precisamos mesmo ir agora. – Rodrigo arrastou Gaby, deixando o irmão para trás. Ele a conduziu desviando das pessoas até a porta do Cine Teatro.

— Como vamos subir lá? Não somos da coordenação.

— Acontece que eu sou um jurado, esqueceste-te? – Ele piscou. – Cola-te a mim, Gabizinha, que vais longe!

Puxou-a para dentro, subiram as escadas e deram de cara com o segurança que protegia a passagem para a sacada. Rodrigo abriu seu melhor sorriso.

— Olá, eu fiz parte do júri e vou só despedir-me da equipa da coordenação.

— Lamento, mas vai ter que esperar que a banda acabe de tocar. Não posso permitir que entre mais gente.

— Mas são apenas alguns segundos!

— Vai-me desculpar, mas são as ordens e tenho que cumpri-las e fazê-las cumprir. Realmente não posso!

– Olha, eu sou a costureira que ajudou as... as raparigas trocarem-se para o concurso, e o vestido de Margarida está soltando a alça. Se eu não entrar ali agora para dar um pontinho, ela corre o risco de ficar nua na frente de toda a população.

– Bem, se é esse caso, podem entrar!

– Cola em mim, Diguinho! – Gaby sussurrou e piscou.

Entraram no canto esquerdo, passaram por Miguel agachado no canto, de olho na irmã, Gaby perguntou-se o que o garoto teria feito para entrar ali. Rodrigo a puxou, aproximaram-se do parapeito e minuciosamente passaram os olhos por toda a multidão nas ruas, mas não havia nenhuma movimentação estranha lá embaixo, a não ser Áurea que voltava para dentro acompanhada de dois policiais. Um falava no rádio e, em seguida, outros posicionados mais distantes começaram a se deslocar para lá.

– Rodrigo, os policiais estão vindo todos para cá. Será que o pegaram? Ele pode estar aqui dentro. – Levou a mão à boca.

– Vem – segurou sua mão –, vamos descer.

Rodrigo teve a ideia de o procurar na coxia. Atravessaram por trás das cortinas e cruzavam o palco quando uma luz os cegou.

– Mãos ao alto!

O policial abaixou a lanterna. Áurea estava acompanhada de um batalhão de policiais.

– O que que é que estão aqui a fazer? – O policial tinha a voz grave.

– Eles fazem parte da equipa. – Áurea gesticulou.

– Isso não interessa! Todos têm de ser revistados.

– Tudo bem, podem... – Rodrigo deu um passo à frente, mas foi interrompido.

– Encontrei. – Um policial trazia na mão uma sacola que Gaby reconheceu imediatamente. – Estava ali no espaço reservado às raparigas para se vestirem para o concurso.

– Mas... Esta não é a tua, Gaby? – Áurea cerrou os olhos. – A mesma na qual trouxeste os vestidos das meninas.

– Eu não roubei nada, sequer fiquei um minuto sozinha, muita gente pode confirmar.

– Então como vais explicar o que faz o dinheiro dentro dela? – Áurea levantou a sobrancelha.

Gaby franziu o cenho com uma vontade absurda de pular no pescoço dela.

– É possível que ela possa ter tido a ajuda de alguém? – O policial no comando parecia decidido a acreditar que Gaby era culpada.

– Claro, mas é claro! Agora tudo se encaixa na perfeição! – Áurea passou a mão na cabeça. – Por isso insististe tanto para que esse teu amigo tocasse aqui hoje... E ele deve ter feito isso enquanto estavam todos entretidos com a comemoração.

– Você não me conhece – Gaby engrossou a voz –, você não o conhece! Qualquer pessoa poderia ter colocado o dinheiro dentro dessa sacola. Eu sequer a levaria comigo, porque o vestido que aí estava não me pertence.

– Não te reconheço, Áurea! Recuso-me a acreditar que possas ser assim tão baixa! – Rodrigo balançou a cabeça.

– Então o que é que estão a fazer aqui, agora, a não ser para levar o fruto do roubo? – Áurea sentia-se mal por Rodrigo, mas não poderia acusar Gaby e isentá-lo, ou levantaria suspeitas. Calculou mal, não era para ele estar ali.

Os berros do garoto desviaram a atenção de todos. A mãe de Margarida descia arrastando Miguel e o agarrou quando viu os policiais.

– Tragam também essa senhora e o miúdo. Serão todos revistados, um por um... Houve um roubo de dinheiro aqui, e até prova em contrário, são todos suspeitos.

Áurea arregalou os olhos e sentiu que aquilo poderia tomar proporções indesejadas.

– Bom, o mais importante é que recuperamos o dinheiro. Talvez seja melhor darmos o dito pelo não dito e, a partir de agora, fazermos um esforço para ser mais cuidadosos com quem selecionamos para estar aqui dentro. Se houver um escândalo, pode ser bastante prejudicial à nossa festa. Penso que as pessoas não prestigiam festas em que correm o risco de serem assaltadas.

– Tens mesmo a certeza de que não queres apresentar queixa?

– Sim! Esta é uma festa familiar e todos colaboraram. Eu mesma precisei pedir uma folga no hospital para estar aqui hoje... Estão todos a fazer algum tipo de sacrifício. Não vamos estragar a nossa festa!

O rádio do policial tocou e ele se colocou na escuta. Gaby observou a expressão dele mudar, a coisa parecia séria.

– Agora sim é que o estrago foi grande! Acabaram de arrombar a Caixa Geral de Depósitos aqui em Palmela, a apenas duas quadras daqui do Cine Teatro, e fugiram com o dinheiro todo. Começo a pensar que isto tudo foi um engodo para nos distrair do assalto principal. Não podemos provar nada ainda – o dedo indicador dele passeou apontando um por um –, mas aqui todos são suspeitos. Inclusive tu, menina Áurea.

– Mas eu...

– Vou querer os nomes – ele a interrompeu e continuou falando ainda mais grosso – de todas as pessoas que estiveram neste recinto hoje, inclusive desse músico substituto. Numa coisa a Áurea tem razão: é melhor não divulgar o que aconteceu... não queremos gerar o pânico na população, nem que alguma coisa atrapalhe as investigações. Apesar disso, vamos reforçar o policiamento. Se esse ladrão for ambicioso como penso, ele vai querer voltar no final da festa, quando poderá encontrar muito mais dinheiro nos cofres.

Depois de deixar seus nomes, telefones e endereços e também de Sammy, Rodrigo conduziu Gaby para fora. Logo se espalharia a notícia do assalto – duvidava que conseguissem esconder algo tão grande – e, com certeza, o assalto geraria muitas especulações. Tudo que poderia fazer era tirar Gaby dali. Se o pai dela estivesse mesmo envolvido, como Rodrigo imaginava que estava, poderia respingar a sujeira toda nela.

Gaby passou o caminho todo de volta à Quinta Santo Antônio buscando razões para acreditar que seu pai não estaria envolvido com aquele assalto, porém quanto mais raciocinava, mais certeza tinha.

Onde ocorria um assalto, lá estava seu pai; agora tinha até dúvidas se o assalto à senhora na Fortaleza São Filipe não havia sido orquestrado.

– Gaby, queres parar de te consumir dessa maneira? Não tens culpa alguma pelas escolhas do teu pai! Julius é maior de idade, e ele não é responsabilidade tua.

– Eu sei, mas não é muito fácil.

Desceu do carro da mãe dele, deu a volta e Gaby ainda olhava para o nada. Bateu no vidro, ela destravou e ele abriu a porta.

– Vem cá! Já sei o que pode pôr um sorriso alegre neste rostinho.

Ele a levou para a cozinha, abriu um vinho e os serviu. Enquanto cozinhava a massa, pediu que ela fechasse os olhos e tentasse recordar de todos os sabores que sentiu quando comeu o Macarrão à Carbonara com a mãe. Colocou na frigideira cebola, alho e bacon picadinhos e deixou fritando... e acrescentou alguns temperos. Numa vasilha à parte bateu os ovos e reservou, escorreu o espaguete que fervia na panela ao lado e o colocou sobre a frigideira, regou com um fio de azeite, desligou o fogo, acrescentou os ovos e mexeu bem. Dividiu a porção em dois pratos e acrescentou parmesão e salsa.

– Talvez não esteja à altura do prato que comeste em Roma, mas... – Rodrigo enrolou os fios de massa no garfo e levou à boca, enquanto Gaby fazia o mesmo.

Gaby degustou uma explosão de sabores na boca. Junto com o gosto dos temperos, sentiu todo o carinho que envolvia o gesto. De olhos fechados e com o coração aquecido, transportou-se para o passado, onde há quinze anos recebia um afago na cabeça e o olhar de quem iria até o fim do mundo para vê-la feliz. *Com um sorriso estampado no rosto, Ângela almoçava de frente para a filha. "Um dia você vai crescer e vai ser o que você quiser ser, nunca deixe nada e nem ninguém roubar os seus sonhos, vença o mundo, minha filha, e ainda que nada dê certo, você sempre terá para onde voltar... Eu sou sua mãe, e sempre haverá um lugar para você. Distância nenhuma tem o poder de nos separar, porque meu amor por você vai te alcançar em qualquer lugar". Sua tia balançou a cabeça. "Tire o vinho da Ângela. Veja se isso é coisa para falar para uma criança de oito anos?"* O sorriso de sua mãe sumiu do rosto assim que a cunhada a repreendeu. Mas Ângela não desistiu, segurou a mãozinha da filha e continuou baixinho: *"As pessoas vão tentar fazer isso com você, vão tentar te diminuir, te ridicularizar, não escute, seja forte e corajosa!"*.

Gaby puxou o ar e sentiu o cheiro da sua mãe.

– Digo, esse é o melhor Carbonara do mundo, porque por alguns segundos ele trouxe a minha mãe de volta para mim. – Gaby sorriu, mas sentiu uma lágrima escorrer. Rodrigo acariciou seu rosto e passou o polegar para enxugá-la.

– Fá-lo-ei para ti sempre que quiseres, minha querida! – Inclinou o corpo e beijou a testa de Gaby. – Acho que vou também incluir este Carbonara no nosso menu. Vai ser o Espaguete Carbonara Gabriela.

– Jura? Não vai destoar dos outros pratos?

– Tudo que se refere a ti combina com o Dom Manel.

– Estou começando a me sentir importante, são dois pratos por minha causa.

– Já melhorei a apresentação do camarão com mostarda. – Rodrigo tomou um gole de vinho e Gaby o seguiu.

– Mas ontem estava igual.

– Eu apenas mudei mentalmente, não executei ainda. Vou diminuir a porção, serão dois camarões grandes, vou selar com um toque suave de mostarda. Bato queijo de cabra com ervas aromáticas, faço uma cama para cada camarão e em volta um fio de redução de laranja emulsionado com umas gotas de azeite. Ponho um pouco de salada verde com vinagrete de mostarda e faço um acabamento no prato com uma pitada de farofinha de linguiça apimentada. Já tenho tudo na cabeça, vai ficar *oh-la-la* – beijou a ponta dos dedos – *magnifique!* O que estás a olhar? – Ele enfiou mais macarrão na boca.

– Você fala de um jeito como se fosse simples.

– E não é? – respondeu mastigando.

– Deixa os inspetores do Guia Michelin ver você falando com a boca cheia. – Sorriu.

– E se eles me vissem a pegar no macarrão com as mãos?

– Você não faria isso!

Rodrigo pegou um filete de espaguete, levantou, encaixou a ponta na boca e chupou, depois pegou outro filete e estendeu para Gaby chupar. Agachou-se na frente dela e pegou outro, deu uma ponta para ela e enfiou a outra ponta em sua boca. E reproduzindo a cena do desenho animado "A dama e o Vagabundo", sugaram o macarrão até terminarem num beijo, que começou suave mas ganhou força. Rodrigo esfregou os lábios nos dela enquanto sua língua a possuía. Ele encaixou as pernas dela ao redor de si e a sentou sobre a mesa. Empurrou os pratos para o lado e a deitou. Sentia o sangue fervendo por todo seu corpo, causando dor, necessidade... Precisava de tudo, precisava dela, precisava esgotar toda aquela energia que o tomava. Desceu a boca pelo pescoço de Gaby, inspirou o cheiro de rosas, levantou a blusa e empurrou o sutiã para cima, apalpou-lhe os seios, e provou cada um com a fome de um animal. Não poderia suportar mais... Abriu o zíper da calça, levantou a saia dela, empurrou a lingerie de lado e mergulhou de uma só vez. E de novo, e de novo... até desabar em cima de Gaby. Ela ainda tinha os lábios trêmulos quando ouviram a porta... Rodrigo, num reflexo, abaixou-lhe a blusa e protegeu as partes íntimas com seu próprio corpo.

– Meu Deus, nunca mais vou conseguir fazer uma refeição nessa mesa sem me lembrar dos seios da minha cunhada.

– Saia daqui, Dado! – Rodrigo olhou para trás, furioso.

– Sim, claro... Preciso de evitar que a mãe e a Malu entrem aqui. – Ele saiu e fechou a porta, mas dava para ouvir a voz dele. – Acho melhor não entrarem, o Digo está a matar uma aranha.

– E eu alguma vez tive medo de aranhas, meu filho?

– Errei, não é uma aranha, é um rato.

– Um rato? – Malu gritou.

Rodrigo terminou de vestir as calças e ajudou Gaby ficar em pé. Com as pernas bambas, ela não conseguiu dar um passo.

– É melhor sentares-te. – Ele a levaria no colo para o quarto se não tivesse com hematomas no ombro desde o acidente de moto no domingo. Instantes atrás, nem se lembrara que tinha ombro... Riu por dentro.

Assim que Gaby sentou-se, dona Fátima abriu a porta. Rodrigo permaneceu em pé ao lado da noiva.

– Ora, onde está o rato?

Gaby corou, abaixou a cabeça... Mas não podia dar bandeira, puxou o ar... Voltou a olhar para cima e forçou um sorriso.

– Meu Deus! – Dona Fátima franziu o cenho. – Devia ser mesmo dos grandes, a avaliar pelo estrago que fez na mesa! Há macarrão por todos os lados.

– Sim, era mesmo muito grande, dona Fátima. – Gaby olhou para o Rodrigo e comprimiu os lábios.

– Nem era tão grande assim, eu consegui vê-lo. – Dado estava de volta com uma sacola. – Na verdade, era até bem pequenininho.

Rodrigo cerrou os olhos para o irmão, sua mãe parou em sua frente e pôs a mão na cintura.

– Afinal, vocês fizeram esta javardice toda e não o mataram?

Rodrigo olhou para o lado e viu a parte de trás da blusa branca de Gaby toda suja de molho. Arregalou os olhos e posicionou-se atrás dela.

– O Dado amanhã põe um bocado de veneno. – Rodrigo levou a mão ao ombro machucado e fingiu mais dor do que realmente sentia. – Agora se nos dão licença estamos cansados. – Gaby levantou-se, Rodrigo a abraçou por trás e cochichou em seu ouvido. – A tua blusa tem um pouco de molho.

– Ficas a dever-me uma, irmão! – Dado ergueu as sobrancelhas. – Pelo veneno, é claro! Ah... aceito de bom grado aquela ajudinha que pedi hoje. – Piscou. – Relativa ao adubo...

– Conta comigo, irmão! Eu ajudo-te a adubar. – Rodrigo abriu um sorriso que logo se desfez, porque recebeu uma cotovelada de Gaby, fazendo Dado gargalhar. – Mãe – quase gemeu para falar –, não te preocupes que nós limpamos essa confusão toda amanhã cedo. A Gaby não está bem agora e precisa descansar. – Saíram grudados da cozinha.

Entraram no quarto e Rodrigo fechou a porta.

– Gaby, perdi a cabeça! Deixas-me louco...

– Louca estou eu... quer dizer que vai ajudar seu irmãozinho a adubar?

— Eu estava a brincar! E tu ficas linda assim bravinha, sabes?

— Sei. — Cruzou os braços.

Rodrigo aproximou-se e fez cócegas, a jogou na cama e continuou. Gaby caiu na gargalhada. Deu para ouvir Dado resmungando no corredor. Ambos tentaram segurar a boca, mas acabaram explodindo numa gargalhada ainda mais alta. Esticaram-se na cama lado a lado até acalmar o ataque de riso.

Rodrigo tinha os olhos marejados de tanto rir. Ele virou-se para ela e apoiou o cotovelo na cama.

— Miúda, nós vamo-nos casar, mas ainda temos que continuar a morar aqui durante algum tempo. Penso que assim que o restaurante melhorar e pagarmos todas as dívidas, precisamos com urgência de ter o nosso cantinho.

Gaby passou a mão no rosto dele. Tudo tinha mudado naturalmente, eram de fato um casal.

— Com você eu topo tudo! Todas as loucuras... Fazer amor na mesa, na cama, no chão... Minha resposta para você sempre será sim, quer dizer... Depende, para algumas coisas será não. — Sorriu. — Rodrigo, estou descobrindo tanta coisa ao seu lado. O que me deixa mais feliz é que você sabe tudo, todos os meus defeitos... Não me sinto nua com você, porque estou nua o tempo todo aos seus olhos, porque você me vê além. E o que aconteceu na cozinha? — Tapou os olhos e abriu uma fresta entre os dedos para espiá-lo. — Meu Deus, que vergonha da sua mãe, mas não estou nem um pouco arrependida... — Acariciou o cabelo dele, pousou-lhe um beijo casto nos lábios e o olhou nos olhos. — Nos seus braços eu sou a mulher que nunca acreditei que poderia ser.

— Minha mulher! — Ele embrenhou os dedos pela nuca dela, enroscou-os nos cachos e aproximou o rosto até ficarem a milímetros um do outro. — Entraste na minha vida e fizeste-me querer ser o homem que nunca me julguei ser capaz de assumir. Não! Pior do que isso! Aquele que eu nunca quis ser!

E, mais uma vez, a noite foi curta para todo o amor que queriam vivenciar...

Eram carne e paixão... Arderam em desejo... Gemeram, queimaram! Insanos e surdos ao mundo, se amaram... E mais...

Definitivamente precisariam de um lugar só deles para morar.

Rodrigo alcançou o lençol e os cobriu. Beijou a testa de Gaby e a puxou para si... Ela sentiu-se tão amparada nos braços dele que adormeceu. Já a cabeça de Rodrigo ainda trabalhava a mil por hora... Será que o pai dela estaria envolvido com o roubo ao banco? Será que a investigação poderia atrapalhar a liberação dos documentos? Ele não conseguiu pegar no sono.

Capítulo 23

A barra do vestido de camponesa que emprestaram à Gaby já estava toda manchada. Ela segurava como podia para não encostar na uva e continuava pisando, marchando sobre o fruto da vindima. O som da fanfarra misturou-se ao sino da igreja, que começou a ressoar e convidava a população para a bênção do primeiro mosto. Aquele vinho que Gaby e Rodrigo pisoteavam seria usado nas missas. Malu acenou de longe e tirou uma foto dos dois, estava toda orgulhosa como a fotógrafa do evento. Gaby podia jurar que Áurea tinha dado aquela função para a irmã do Rodrigo só para conquistar a garota... O hálito de Rodrigo em seu ouvido a tirou de suas deduções.

– Ah... minha camponesinha! Como estás linda! Mas essa roupa está um pouco justa nos seios... e as saias... – Rodrigo fez careta e continuou pisando sem tirar a atenção de Gaby, virou para o lado e fechou a carranca para mais um cabrão que passava com os olhos grudados nas pernas dela. – Nem sei por que aceitei fazer isto!

– Porque tua mãe pediu, talvez? – Gaby levantou as sobrancelhas e sorriu. Aproximou-se e sussurrou no ouvido dele: – Você fica delicioso com esse cheiro de uva. – Passou a língua nos lábios. – Dá vontade de morder.

– Façam uma pose para a foto! – Malu aproximou-se e posicionou a câmera.

Rodrigo abraçou Gaby e aproximou a boca do ouvido dela.

– Vontade do quê?

– Esquece... – Gargalhou.

– Estão tão ridículos com essas roupas – Malu olhou para a tela –, mas mesmo assim, conseguiram ficar giros na foto. – Ela balançou a cabeça e saiu tirando fotos das decorações da festa.

– Vamos sair, meu amor?

– Não estás a gostar?

– Estou adorando, mas acho que o Sammy está um pouco deslocado.

Rodrigo olhou para trás, onde do outro lado da rua Sammy conversava com dona Fátima.

– Sim, tens razão, além disso estou com muita fome.

– Sua mãe deixou uma costela no forno à lenha, mas ainda há muito o que fazer para o almoço. Será que ela vai querer ficar para a missa de ação de graças?

– Não, ela já lá foi hoje bastante cedo.

– Então vamos! Quero ter uma conversa com o Sammy, não gosto de ver meu amigo desse jeito... Ele parece estar me escondendo alguma coisa.

Voltaram todos para a Quinta e, enquanto Dado mostrava a propriedade para Sammy, os demais colaboravam na cozinha. Gaby não esperava que dona Fátima e Dado acolhessem tão bem o seu amigo, mesmo assim o notava com um semblante muito distante. Ele comeu pouco, mesmo tendo sobre a mesa uma comida caseira como gostava e que com certeza não comia há tempos. Gaby estava tão concentrada em Sammy que nem deu bola para as brincadeiras de Dado e Rodrigo. Após a sobremesa convidou o amigo para dar uma volta no meio da vinha.

– Sammy, o que é que está fervilhando na sua cabeça? Fala para mim o que está acontecendo, estou te achando muito para baixo.

Ele engachou o braço no seu e deram mais dois passos.

– Promete que não vai me julgar? – Ele puxou uma folha seca da videira, esfregou entre os dedos, jogou na terra e continuaram caminhando. – De você eu não aguentaria um julgamento.

– Prometo! Mas fala logo porque está me deixando agoniada.

– Eu tive... na verdade, eu tenho vontade de morrer.

– Não morrer, morrer? – Gaby deteve o passo.

— Sim, vontade de me matar. — Sammy soltou do braço dela, levou a mão ao peito e esfregou. — Acabar com tudo, com todo sofrimento, com a vergonha que minha mãe sente de mim, acabar com todo conflito que tenho do que é certo e errado. — Sammy soltou o ar e abaixou a cabeça. — Eu oro toda noite para morrer dormindo ou para Deus me dar uma doença letal. — A voz dele soava presa na garganta. — Qualquer coisa que me mate de uma vez... Mas eu... eu sempre acordo vivo.

— Creio em Deus pai! Vira essa boca para lá.

— Eu prefiro morrer do que ser gay, não quero ser diferente... Eu só quero ser normal!

Gaby segurou a mão dele e a acariciou.

— Olha isso! — Desvencilhou-se e levantou a mão à frente. — Oh, os dedos da minha mão são todos diferentes e todos são meus. Qual deles não é normal?

— Você é a melhor! — Sammy forçou um sorriso, sentiu uma compressão na garganta e os olhos arderam... Levou a mão para secar as lágrimas. — Eu sei que quer me agradar, mas a única solução que vem na minha cabeça a todo momento é dar um jeito eu mesmo. Já me imaginei pulando da ponte, dando um tiro na cabeça...

— Sammy! Não, pelo amor de Deus! Olha pra mim! — Parou de frente para ele. — Você me disse uma vez que uma pessoa que se mata vai para o inferno. Tem certeza de que é para lá que você quer ir?

— De acordo com o que eu aprendi... é para lá que eu vou de qualquer jeito. E inferno por inferno, minha vida já está sendo um aqui na terra. — Respirou fundo, os olhos verdes avermelharam-se e dessa vez as lágrimas tomaram o rosto dele. — Eu não suporto mais.

Gaby o abraçou, alisou as costas dele e chorou junto. Após alguns minutos, afastou-se um pouco, segurou o rosto do amigo e o olhou dentro dos olhos.

— Eu não sou uma especialista, mas não me lembro de nenhuma vez ter ouvido, da boca de Jesus, que pessoas como você seriam mandadas direto para o inferno. E se você for para lá, você não vai sozinho, porque eu não vou deixar... Eu vou com você! – As últimas palavras já saíram engasgadas no choro.

Sammy a abraçou de novo, chorou e soluçou até molhar os ombros da amiga.

Gaby enxugou as lágrimas dele e o alisou no rosto.

– Presta atenção! Se você for parar no inferno, eu vou até lá te buscar... Se precisar, eu rodo a baiana, mas você sairá de lá comigo! Olha bem pra mim! – Apontou para os próprios olhos. – Você está proibido de sequer pensar em tirar a própria vida... Sammy, o que eu vou fazer da minha vida sem você?

– Você conheceu um cara legal e, de quebra, uma família maravilhosa... Sua vida está linda! Olha, se um dia eu fizer isso... saiba que não tem nada a ver com você. Se teve uma coisa que aliviou o peso da minha existência foi ter você e sua amizade, mais do que isso, irmandade. Você é a irmã que eu não tive.

– Sammy, olha só, não estou gostando dessa conversa. Meu lindo, por favor, não faça isso...

– Ai, tá bom, tá bom! Vamos mudar de assunto. – Ele encaixou o braço no dela de novo e continuaram caminhando. – Arroba, acredita que minha mãe chegou no Brasil e nem me avisou? Ela age como se não tivesse mais filho, para ela eu já estou morto. Para minha mãe eu sou uma aberração, e ela nunca vai me perdoar!

Gaby percebeu que Sammy tentava mudar de assunto, mas acabava voltando para o mesmo lugar. Ele estava visivelmente consumido pelo sofrimento. Dona Marta também deveria estar sofrendo... "Marta, Marta, eh, dona Marta!" Gaby não conseguiu evitar de pensar que ainda dava para piorar... Chacoalhou a cabeça para se livrar daquele pensamento.

– Vai te perdoar, sim, ela é sua mãe; uma hora vai cair em si e perceber a grande bobagem que é ficar sem falar com um filho. – Implorou por dentro que esse dia chegasse logo.

Gaby olhou para a casa e percebeu que Rodrigo estava na varanda, passava a mão no cabelo e andava de um lado para o outro.

– Sammy, ai, meu Deus, aconteceu alguma coisa... – Gaby saiu correndo, seguida por seu amigo.

Teve certeza de que coisa boa não era pelo jeito de olhar com que Rodrigo a recebeu.

– Gaby, dona Leonor acabou de ligar aqui para casa.

– O que houve?

– Bem... Ela disse que a Áurea acabou de chegar lá e contou que já identificaram um ladrão pelas imagens das câmeras do banco.

Ligaram a televisão e a foto de Julius e mais dois indivíduos estavam nos noticiários, um quarto envolvido não fora possível ser reconhecido pelas imagens. Convidavam as vítimas da quadrilha para ligar, fazer um reconhecimento e dar mais detalhes, colaborando com a investigação. Mas já sabiam o nome de dois dos bandidos, e um deles era o pai de Gaby. Julius era oficialmente um foragido da polícia. Rodrigo a abraçou, ajudou-a a se sentar e a trouxe para mais perto.

– Meu filho – dona Fátima franziu o cenho –, afinal o que é que se está a passar? Conheces esse homem?

– Mãe... – Rodrigo remexeu-se no sofá.

– É meu pai, dona Fátima! – Gaby levantou-se, não ia mentir para aquela mulher que a recebera como uma filha. – Me desculpe ser causa de vergonha para a senhora.

– Gaby – a mãe de Rodrigo aproximou-se e segurou as suas mãos entre as dela –, o que o teu pai faz não é da tua responsabilidade. Ele é responsável pelas suas próprias escolhas. Não te culpes por isso, porque o preço que ele tem a pagar já é muito alto, portanto, não queiras também tu pagar uma conta que não é tua, minha filha.

– Mãe – ouviu-se a voz áspera de Malu em pé perto da porta –, o que é que eu vou dizer às minhas amigas quando descobrirem que o pai da minha cunhada é um bandido? – Apontou para a televisão que voltava a mostrar as imagens do banco.

– Cala essa boca, Malu! – Rodrigo levantou-se e foi em direção à irmã.

– Calma, filho! – Fátima estendeu a mão. – Malu, não vais dizer nada, porque isto sequer é um problema teu. Por favor, filha, não julgues... as pessoas cometem erros e, no fim das contas, ninguém é melhor do que ninguém.

– Quer saber uma coisa, mãe? Sinto que estou a mais nesta família. Desde o instante em que a Gaby chegou aqui, tudo é Gaby. Ninguém percebe que eu existo, só se lembram de mim quando é para pedir para eu fazer alguma coisa.

– Para de ser imbecil, Malu! – Dado franziu o cenho.

– Ah... até tu, Dado? Bem... eu nem devia estar surpreendida com isso, não é, maninho? Porque agora, até para pedires ajuda com as miúdas, preferes a Gaby.

– Malu, vê se entendes isto! – Rodrigo controlou a voz. – A Gaby está a passar por um momento muito difícil.

– Eu nunca convido as minhas amigas para vir à minha casa – Malu fechou a carranca –, mas a Gaby até tem direito a um almoço especial para o amiguinho dela.

– Mãe, faça o favor de dar um jeito nessa menina ou serei obrigado a fazê-lo eu mesmo! – O rosto de Rodrigo tingiu-se de vermelho.

Malu saiu da sala pisando forte e todos assustaram-se quando ouviram a pancada da porta do quarto.

– Eu preciso ter uma conversa séria com minha filha. – Dona Fátima comprimiu os lábios. – Por favor, Gaby e Samuel, desculpem-me!

A postura de Malu surpreendeu Gaby. Esteve tão preocupada com o restaurante e com seus próprios problemas que não tinha parado para prestar atenção na garota.

– Pessoal – Sammy levantou do sofá –, eu vou indo!

– Não, fica mais um pouco. – Gaby aproximou-se dele.

– Desculpa, minha amiga, mas eu tenho mesmo que ir... Ainda tenho que passar num lugar antes de ir para o pub. – Sammy abraçou Gaby e depois estendeu a mão ao Rodrigo. – O almoço foi maravilhoso! Agradece sua mãe por mim.

– Certo, não te preocupes... – Rodrigo apertou a mão dele. – Na quarta-feira vamos fazer um jantar para as vencedoras do concurso, e gostaria de convidar-te para estares conosco.

— Na quarta eu vou tocar na inauguração de um bar brasileiro, o *Lounge Brasil!* Mas agradeço muito o convite. Preciso mesmo ir... Vocês sabem me dizer se o Uber vem até aqui na Quinta?

— Se quiseres, posso dar-te boleia. — Dado levantou-se.

— Ah! Uma carona seria ótimo, mas não quero dar trabalho.

— Não há problema, vou mesmo para Lisboa encontrar-me com alguns amigos e assim fazes-me companhia até lá.

— Se é assim agradeço, quero passar nesse lugar novo que vou tocar na quarta para acertar alguns detalhes...

— Arroba, não some, viu! Me dê notícias... — Gaby passou a mão no ombro dele.

— Você também, gatinha! Qualquer novidade sobre o seu pai, me fala.

— Promete que não vai fazer uma besteira? — Gaby levantou as sobrancelhas, e ele assentiu. — Qualquer coisa e em qualquer hora, me liga, hein! — Abraçaram-se.

Dado e Sammy saíram e Gaby ficou alguns instantes olhando para Rodrigo.

— E meu pai? Onde será que está o meu pai? — Inflou a bochecha e soltou o ar com força. — Em que fria você foi se meter, não é mesmo?

— Ouviste o que minha mãe disse. — Ele a puxou para si, alisou o cabelo dela, beijou-a na testa e fechou os olhos. — Tira isso da cabeça, não penses assim. — O conselho que dava a ela não servia para si, porque Rodrigo tinha os pensamentos fervilhando. Queria encontrar uma maneira de ajudar, mas não conseguia imaginar como.

— Eu não sei nem o que pensar... Desde que minha mãe morreu, é um leão por dia, tudo para mim tem que ser suado e sofrido. Será que não vai ter nada na minha vida que vai dar certo sem ter que passar por tanta coisa?

— Minha querida, para se fazer o vinho, as uvas têm que ser muito bem pisadas, e é um processo complexo. E é sempre assim, mesmo para a melhor e mais valiosa das reservas. Isto... — inspirou — é a natureza e a vida a ensinar-nos como sobreviver às adversidades.

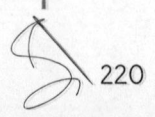

– Nem me fale em sobreviver... Acredita que o Sammy falou em tirar a própria vida? Eu vou ter que dar mais atenção a ele.

– Ele não deve estar falar a sério... É apenas para chamar a atenção. Porque quem quer matar-se não avisa antes, mata-se e pronto. E ele não me parece alguém que queira mesmo matar-se.

– Você está enganado. – Gaby desvencilhou-se de Rodrigo e ficou de frente para ele. – Eu nunca o vi desse jeito. Eu estou com vontade de ligar para a mãe dele.

– Acho que estás a exagerar... Ele só deve estar a sentir-se um pouco carente.

Rodrigo ficou observando o rosto sério de Gaby. Passou a mão no cabelo e continuou:

– Penso que não devias ligar, deixa que eles resolvam as suas próprias diferenças... São adultos e não são uma responsabilidade tua. – Ergueu as sobrancelhas. – Mas como sei que queres ligar assim mesmo, então o melhor é ligares já – ele pegou o telefone de Gaby sobre a mesa e estendeu para ela –, porque não vale a pena ficares para aí a remoer.

Gaby apanhou o telefone e foi para a varanda. Chamou cinco vezes... Olhou para a tela, foi com o dedo para encerrar a chamada, mas antes disso notou os segundos começarem a contar o início da ligação.

– Dona Marta, é Gaby.

– Eu sei... e se é para falar do Samuel, perdeu o seu tempo. Porque se você vai apoiar as sem-vergonhices dele, é melhor nem falar comigo.

– Espera, não desliga! Eu só... quero que a senhora saiba que ele não está bem, está muito deprimido e precisa muito da senhora.

– Ele precisa de Deus na vida dele, isso sim.

– A senhora pode ajudar a colocar Deus na vida dele. Ele está perdendo tudo, inclusive a fé... Dona Marta, ame o seu filho antes que seja tarde.

– Já é tarde, ele fez a escolha dele.

– Não é tarde, ele ainda está vivo!

– Pra mim já está morto.

– Como a senhora pode falar isso? – Gaby sentiu o sangue ferver no rosto. – Ele está muito mal... e se ele realmente se matar?

– Pois saiba que prefiro meu filho no caixão do que gay.

– Dona Marta, Dona Marta... – Gaby olhou incrédula para o celular com a chamada interrompida, respirou fundo e sentiu os olhos arderem. Rodrigo chegou na varanda, apanhou o telefone de sua mão, a conduziu para o quarto e a deitou na cama.

– Queres conversar?

– Não, só me abraça. E, por favor, não fala "eu avisei".

– Vem – ele abriu os braços e a acolheu –, amanhã é outro dia!

– É... outro dia e novos problemas. – Aconchegou-se nos braços dele, mas não conseguiu dormir... não antes de repassar mil vezes todos os últimos acontecimentos: pai, Sammy, Áurea, dona Marta, Malu... *Por que tem que ser sempre tudo tão complicado? Ao menos tenho estes braços ao meu redor que fazem toda a diferença. Mas por que não estou tranquila?* Comprimiu os olhos, puxou o ar e a resposta veio. *Porque não sei até quando estes braços permanecerão aqui. Em algum momento o Rodrigo vai perceber que sou um ímã para problemas... Talvez ele fique, talvez não.*

Capítulo 24

Dado se pôs à disposição para servir mesas. Gaby percebeu que ele faria qualquer coisa para estar no jantar que ofereceriam às ganhadoras do concurso, só para ficar perto de Margarida. De gel no cabelo e dentro de um uniforme emprestado, parecia até um homem sério.

– Que tal estou, cunhada? – Dado estufou o peito e arrumou a postura.

– Lindo! – Gaby sorriu. – Agora vai ajudar o Márcio a acomodar os primeiros convidados de Palmela; se precisar encaixa mais uma mesa nos fundos, para não atrapalhar o fluxo na hora de servir os pratos.

– Certo, confia em mim! – Dado piscou.

Gaby desceu as escadas e voltou para o seu lugar na recepção. A caneta escorregou de sua mão e ela se agachou para apanhar.

– Boa noite, tenho uma reserva para duas pessoas em nome de Gonzales.

Gaby se lembrou da reserva feita mais cedo, era o mesmo sotaque no telefone.

– Eu guardei uma mesa no andar de cima – levantou-se –, mas se preferirem, podem ficar no térreo.

Senhor Gonzales virou-se para o acompanhante e trocaram algumas palavras em espanhol.

– Obrigado, preferimos então a mesa no andar de cima. A vista deve ser mais agradável.

– Boa escolha, por favor, queiram me acompanhar. – Gaby os conduziu à mesa e entregou-lhes o menu. – Vocês são da Espanha?

– Sim. – Senhor Gonzales sorriu e voltou-se para o cardápio.

Um pediu a posta de bacalhau com castanha e o outro pediu o camarão na mostarda que Rodrigo havia reformulado mentalmente... Gaby rezou uma ave-maria em pensamento para que a receita nova funcionasse.

Por causa do jantar para as ganhadoras do concurso, esperavam muita gente naquela noite, mas não o que acabou tornando-se uma lotação máxima em plena quarta-feira. Serviu as bebidas na mesa palmelense, anotou alguns pedidos e passou os olhos pelo salão para verificar se alguém precisava de algo. Na mesa do canto percebeu que um senhor desviou os olhos assim que ela olhou na direção dele.

Sentiu a velocidade dos batimentos cardíacos ir de zero a cem em cinco segundos... Aquele homem poderia ser um investigador do serviço de estrangeiros e fronteiras e talvez estivesse ali para ter certeza de que ela e Rodrigo eram mesmo um casal. Caminhou na direção dele, mas um tilintar no chão chamou sua atenção... Era um garfo próximo ao pé da mesa dos dois homens espanhóis. Sorriu-lhes e se ajoelhou para alcançá-lo.

"What doesn't kill you makes you stronger." Era a música de Sammy chamando no telefone. Gaby desligou, colocou de volta no bolso do avental e fez uma anotação mental para ligar de volta o quanto antes.

– Eu trago outro para o senhor. – Gaby olhou para cima, encontrou os olhos do espanhol e sorriu.

– Não se preocupe, já terminei... Só preciso usar o banheiro.

– Fica no final do corredor. – Gaby apanhou o garfo e indicou.

– Ah, então o pai dela é que é o ladrão? – Era a voz de Áurea, sentada de costas, na mesa ao lado. – Que vergonha! Imagino pelo que a dona Maria de Fátima deve estar a passar! Mas também, o que é que ela esperava ao receber na própria casa uma brasileira sem classe? Já repararam que nem para servir à mesa ela serve? – Gargalhou.

Gaby se levantou e cravou o garfo na mesa rente à mão da loura.

– Precisa de alguma coisa, senhorita Áurea?

A loura arregalou os olhos e o sangue fugiu de sua face, que branqueou.

– Não, está tudo bem!

– Pois eu acredito ter ouvido você dizer que não sirvo nem para servir a mesa.

– Sim, e ela também disse que você roubou o dinheiro que foi recolhido no concurso. – A mãe de uma das garotas jogou mais lenha na fogueira.

Gaby juntou o pouco cabelo de Áurea pela nuca.

– Vai, repete... Repete, filha da puta!

– Foi isso mesmo que fizeste! Roubaste o dinheiro e meteste-o no saco onde estava o vestido da Margarida, que antes tu tinhas arranjado. A mãe da nossa rainha e o pequeno Miguel viram quando a polícia entrou no teatro. Pergunta-lhes... Agora, tira as mãos de cima de mim, sua ladra!

O irmãozinho de Margarida começou a gritar, e a miss franziu o cenho para ele. O pequeno Miguel puxou o braço da irmã, que lhe pedia para ficar quieto, mas ele não parou até cochichar algo no ouvido da rainha da festa. Margarida arregalou os olhos.

– O Miguel está a dizer-me que quem meteu o dinheiro no meu saco foi a Áurea e não a Gaby. Ele viu quando a Áurea entrou com o dinheiro e meteu no saco.

Gaby levantou o braço e estralou um tapa na cara de Áurea que fez arder sua mão.

– Não voltes a encostar as mãos em mim, sua vadia! Esse miúdo é um doente, está a mentir! – Áurea levou a mão para proteger o rosto.

– O meu irmão não é doente e também nunca mente. O contrário de ti, que és uma falsa e tanto. Palmela inteira sabe que estás apaixonada pelo Rodrigo e que ele não te liga nenhuma. Bem lhe tens lançado a escada, mas ele nem te vê. Fizeste-te de amiga da Gaby, mas o que tinhas em mira era roubar-lhe o noivo. Não conseguiste e agora estás para aí a destilar todo o teu veneno a falar mal dela.

– Alto lá! Ninguém fala assim da minha filha. – Dona Leonor levantou-se da mesa e puxou Margarida pelos cabelos.

A mãe da rainha entrou no meio, e o garoto começou a gritar. As opiniões dividiram-se, as pessoas escolheram seus lados e juntaram-se ao pandemônio. Alimentos arremessados para um lado e para outro, vinho no rosto, cadeiras voando... Pratos e copos quebrados! Alguém atingiu o gesso e estourou um cano de água... A gritaria era tão grande que Gaby sentiu o celular vibrar e mal deu para ouvir a música, mas tinha certeza de que era Sammy mais uma vez. Ia alcançar o aparelho para ligar de volta quando sentiu seu braço sendo torcido às costas.

Gaby desvencilhou-se, pegou Áurea pelos cabelos e a empurrou sobre a mesa. Segurou com as duas mãos o pescoço da loura, mas foi impedida por braços que a arrancaram de cima dela.

O senhor que Gaby suspeitava ser do serviço de estrangeiros deu um berro que fez todos pararem para prestar atenção.

– Polícia! Ou vão todos para casa agora, ou todos para a esquadra.

Rodrigo apareceu no salão e levou as mãos à cabeça.

– Mas que raio é que se passou aqui?

– A tua noiva começou a briga. – Áurea tinha o cabelo bagunçado e o rosto vermelho.

– Nico! Nico! Fecha a torneira de segurança da água. – Berrou para o lado da cozinha e virou-se para Gaby. – Pelo amor de Deus, mas o que foi que tu fizeste?

– Rodrigo, essa vagabunda da Áurea, ela me tirou do sério.

– Faz-me um favor, Gaby, não fales assim com um convidado. Não no lugar que criamos para receber as pessoas, olha ao redor, Gaby... Não posso acreditar que trabalhaste tanto para que este lugar ficasse incrível e depois foste capaz de deitar todo esse trabalho no lixo. Olha para o nosso restaurante.

Gaby sentia o rosto queimar, podia suportar tudo, menos o olhar de decepção de Rodrigo. Não podia acreditar que ele estava defendendo aquela bandida, não depois de todo o esforço que fizera ao lado dele, como ele mesmo acabara de lembrar. Ele levantou a cabeça para o buraco no teto, depois desceu os olhos para a água escorrendo no chão e a louça quebrada... Gaby entendeu que a tristeza dele era principalmente pelo restaurante destruído, foi então que percebeu que até poderia disputá-lo com Áurea e sair vencedora, mas nunca com o restaurante. Aquele lugar era a vida dele, e o sonho dele viria sempre em primeiro lugar. Quem era ela para querer entrar em guerra contra um sonho? Gaby sentiu o estômago borbulhar e a garganta fechar... Ela havia destruído o sonho dele!

O estrago era tão grande que talvez não houvesse dinheiro para o conserto.

– A festa acabou! – berrou o policial. – Vão todos para a casa!

As pessoas começaram a se retirar. A maioria com os penteados desfeitos, as roupas rasgadas e molhadas, foram saindo um a um...

– Tu não, pequena! – O policial segurou Áurea pelo braço. – Tu vais acompanhar-me à esquadra. Eu estava aqui por tua causa, e ouvi o bastante para levar-te comigo, tens algumas coisinhas a esclarecer, rapariga!

– Posso saber o que é que ela fez? – Rodrigo juntou as sobrancelhas.

– Não, meu caro. Por enquanto, esta investigação decorre em segredo.

– Mãe, por favor, pede ao pai que me consiga um advogado?

– Vou telefonar para o teu pai, filha. Ah, Rodrigo, não deixes que levem a minha filhinha. – Dona Leonor levou a mão ao rosto.

– Sente-se aqui, vamos ligar para o senhor João.

Gaby olhou para aquela cena sentindo um amargo que subiu do estômago para a garganta. Queria dizer ao Rodrigo que o que ele não estava entendendo era que Áurea tinha plantado o dinheiro na sacola durante o desfile pra prejudicá-la, e por isso merecia ser mesmo levada para esclarecimentos. Ela não era nenhuma santa.

Rodrigo havia entrado depois no salão e não tinha escutado tudo, mas ele parecia não se importar em perguntar exatamente como começou a briga, e sim mais preocupado em ajudar a amiguinha dele que estava sendo levada por um policial.

Gaby sentiu-se uma intrusa, muito mais do que uma destruidora de sonhos... Intrusa de vidas, de um país, de uma cidade que já tinha sua própria rotina e maneira de viver e interagir... Aquela senhora e a filha que ele estava ajudando o conheciam há anos... Quem era Gaby na fila do pão? Ou que fosse na bicha do cacetinho?

Não riu, não chorou.

Ficou parada sem reação, era dolorido demais ser ignorada por Rodrigo. Se abrisse a boca para dizer uma palavra que fosse... desabaria.

Não conseguiria falar nada sem ser consumida por um choro que sabia estar ali preso na garganta, prestes a romper.

Rodrigo entregou o telefone à dona Leonor e seguiu Dado, que começava a recolher a bagunça. Ele sentiu que se não fizesse alguma coisa, poderia explodir com Gaby, estava ciente da presença dela parada no canto sem dizer uma palavra, mas não queria conversar com ela de cabeça quente. Precisava extravasar toda a decepção de alguma forma antes de jogar tudo em cima dela... Pegou o saco de lixo e passou a juntar os cacos, pensando como encontrar um jeito de também juntar o que sobrou de si mesmo. Não sabia se seria possível recomeçar depois de um prejuízo daqueles. Na semana seguinte haveria um boleto dos grandes para quitar... Ainda não sabia como faria para pagar as dívidas se tivesse que fechar o restaurante por alguns dias a fim de consertar o estrago.

Dona Leonor agradeceu pelo telefone e Rodrigo a acompanhou até as escadas, onde se despediram.

Dado limpava num silêncio que nem combinava com ele, a tensão parecia uma nuvem tóxica no ambiente. Gaby pegou uma vassoura e quando ia começar a limpar, sentiu a mão de Rodrigo em seu braço.

– É melhor que te vás embora... Deixa que eu trato disto com o Dado. – Ele buscou com todas as forças a voz mais mansa que encontrou para não explodir com ela. – Nós conversamos depois, vai ser melhor assim.

Aquele tom de voz causou um estrago gigante dentro de Gaby. Talvez se ele gritasse fosse mais fácil, mas aquela voz controlada e distante acabou com ela. Gaby nem conseguiu responder, apenas balançou a cabeça, concordando, apanhou a bolsa na cozinha sem dizer uma palavra para Nico e a esposa dele e desceu as escadas sem olhar para trás, porque as lágrimas já começavam a tomar o seu rosto. Passou o braço para limpar e quase escorregou no último degrau... Apressou os passos, abriu a porta e correu por todo o calçadão de pedestres. Atravessou a rua sem se importar com a buzina do carro que passou raspando, sentou-se no meio-fio, enfiou o rosto nas pernas e chorou, soluçou até pôr tudo para fora.

Lembrou-se da sua amiga Rapha, porque agora sabia o que era se sentir o mosquito da bosta do cavalo do bandido.

Pior do que está não dá para ficar. Antes que conseguisse repreender os pensamentos, seu celular vibrou no bolso do avental tocando a música conhecida "What doesn't kill you makes you stronger".

Enxugou as lágrimas e limpou a garganta.

– Ai, Sammy! Você sempre me liga quando eu mais preciso de você, meu amigo.

– Por favor, você conhece o senhor Samuel?

– Sim, conheço! Quem está falando? – O corpo de Gaby retesou, enquanto uma corrente gélida a percorria do estômago ao peito.

– Estou a falar do 112.

– De onde?

– INEM.

– INEM?

– Instituto Nacional de Emergência Médica. Estou a ligar para este número porque foi o último que o senhor Samuel ligou. A senhora é familiar dele?

Capítulo 25

Os irmãos fecharam o restaurante depois de algumas horas de limpeza e foram direto para a Quinta Santo Antônio. Dado tentava puxar assunto, mas Rodrigo não via a hora de chegar em casa e falar com Gaby. Ele fora muito duro com ela e precisava se desculpar... Como pôde ser tão insensível? Ela merecia mais, muito mais... Nem deu chance para que Gaby dissesse alguma coisa. E daí que tinham quebrado o restaurante? Já não estava quebrado antes? Eles iriam trabalhar e reconstruir tudo... Certo! Mudaria de trabalho se fosse preciso. O que importava era que estavam juntos nessa.

Parou o carro e saltou depressa. Entrou em casa e correu para o quarto.

– Gaby, descul... Gaby! – A cama estava arrumada. – Gaby? – Esbarrou a perna na cama, abriu a porta do banheiro e nada. Correu até os armários e respirou aliviado quando viu todas as roupas ali. Pegou o celular e telefonou para ela... Chamou até cair na caixa postal. Saiu pelo corredor e foi até o quarto de dona Fátima.

– Mãe, sabe onde está a Gaby?

– Ora, Diguinho, ela não estava com vocês?

– Sim, estava, mas veio embora primeiro que nós. Ela ainda não chegou a casa?

– Não, não a vi chegar. Aconteceu alguma coisa?

– Tem a certeza de que não ouviu nada? Ela não passou por aqui?

– Eu tenho o sono leve, Digo! Tenho a certeza que teria ouvido se ela tivesse entrado em casa, mas pergunta à Malu.

Rodrigo nem respondeu, correu para o quarto ao lado e acendeu a luz. Sua irmã roncava.

– Malu, viste se a Gaby veio para casa?

– Deixe-me dormir, mas que inferno! Eu não vi nada.

Rodrigo apagou a luz e foi para a sala, pegou o celular e tentou mais uma vez sem sucesso. Sentiu uma pancada no estômago e a cabeça a girar em torno de mil e uma possibilidades... Onde ela se meteu? Sequestrada? Tráfico humano? Não, não... Chacoalhou a cabeça. Puxou o ar, deu uma pausa e se concentrou. Talvez tivesse ido à pensão? Mas o Sammy não morava mais lá. Onde ele morava agora? Ainda não sabia onde era... *Meu Deus, Dado! Ufa!*

O barulho do chuveiro o guiou.

– Dado! – Bateu na porta. – Dado, a Gaby ainda não voltou para casa e estou muito preocupado. Tu deixaste o Sammy na casa dele no domingo. Dá-me o novo endereço dele, quero ir ver se ela foi para lá.

– Mas... estás doido ou quê? – A voz saiu abafada do outro lado. – Isto é lá hora de ir à casa de alguém?

– Não me lixes, Dado, preciso apenas que me dês a merda do endereço.

– Não sei onde ele mora. Deixei-o naquele bar brasileiro que estava para inaugurar esta semana... Ele queria lá ir para acertar não sei o quê e pediu-me que o deixasse ali.

Rodrigo concentrou toda a raiva que sentia de si mesmo nas mãos e espancou a porta. Dado saiu enrolado na toalha.

– Para com essa merda! A porta da casa de banho não tem culpa de a teres deixado vir embora sozinha.

– Sou mesmo um idiota!

– Só agora é que percebeste isso? Já tentaste ao menos telefonar-lhe?

– Sim, mas vai parar ao *voice mail*.

– Então manda-lhe uma mensagem e quando ela a vir vai responder-te.

Rodrigo pegou o celular no bolso e mandou uma mensagem, e outra... e continuou, uma atrás da outra... Mostrou a tela sem respostas para o irmão.

— Dado, veste-te depressa e vamos ao bar brasileiro. O Sammy ainda deve lá estar e, se não estiver, alguém deve ter o endereço dele. Ora, se trabalha lá, alguém sabe de certeza onde mora, não?

— Pá, só podes estar maluco, mano, já viste as horas que são? São quase quatro da manhã!

— Achas que por me dizeres isso ajudas alguma coisa? Passa das quatro da manhã sim, e a última vez que a vi foi por volta das dez da noite. Eu preciso de saber onde ela está, pode ter acontecido alguma coisa. Será que não percebes isto, Dado?

Dado olhou para a toalha na cintura, nem tinha terminado o banho. Mesmo quando os pais se separaram não vira o irmão tão transtornado. Era o Rodrigo quem segurava as pontas, quem cuidava de todo mundo... Agora era a sua vez de cuidar dele, mesmo porque não tinha escolha.

Chegaram lá era quase cinco da manhã, não tinha uma alma viva na rua, e o lugar estava fechado.

— E agora?

— Não sei mais o que fazer...

Foram para o restaurante e Rodrigo jogou um colchonete no chão para o irmão dormir, enquanto ele ficou até amanhecer ligando para os hospitais. Mas em nenhum deles havia uma paciente com o nome de Gabriela Castro.

Horas antes...

Gaby entrou na sala, acompanhada pelo policial que conduzia o caso. O mantra que ressoava em sua cabeça desde o momento da ligação ficou mais intenso. *Não é ele, não pode ser ele! Alguém roubou o telefone do Sammy... Não é ele! Por favor, Deus! Não é ele...* O enfermeiro levantou uma parte do lençol e Gaby sentiu as pernas bambas quando viu o rosto de seu amigo sem vida. Levou a mão ao coração e massageou... Sentia-se sufocando. Gaby despencou no chão de joelhos e lágrimas tomaram seu rosto.

— A culpa é minha! O que foi que eu fiz? Deussss! O que eu fiz? Por que não atendi o telefone? Ele precisava falar comigo, por que não atendi... Por quê? Por quê? — Fechou a mão e socou a própria testa...

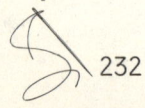

e mais forte, e de novo... e em toda a cabeça até sentir as mãos do policial a impedindo.

– Não, miúda, a culpa não é tua! Ele fez a sua escolha. – O policial tinha uma fala mansa e marcas nos olhos de quem já viveu muito. – Vamos, pequena, eu vou ajudar-te! Estás num estado lastimável e não vais conseguir dar conta de tudo. E precisas de ser forte!

Ele a ajudou a se levantar e a guiou para outra sala, onde preencheram alguns papéis. Gaby respondia tudo no automático, e algumas perguntas ele precisava repetir mais de uma vez.

– Por enquanto basta isto. – O policial comoveu-se com a história de Gaby, tinha uma filha da mesma idade e doía seu coração ao pensar que poderia ser ela naquela situação. Decidiu que faria tudo que estivesse ao seu alcance para ajudá-la. – Dá-me o teu endereço que vou levar-te a casa.

– Eu não tenho para onde ir.

– Então, e o teu namorado e a família dele?

– É como eu disse para o senhor. Acabou hoje!

– Mas...

– Não se preocupe comigo, eu vou dar um jeito.

– Deixo-te o meu número de telefone. – Ele estendeu o cartão e ela o pegou. – Liga-me amanhã de manhã, vou fazer o que estiver ao meu alcance para tentarmos ultrapassar a burocracia de forma mais rápida. Há casos que demoram meses para se conseguir liberar o corpo para o país de origem, e por vezes, alguns acabam mesmo por ser enterrados como indigentes.

– Obrigada. – Gaby comprimiu os lábios e saiu.

Amanheceu, e sem ao menos saber por onde começar, ela não viu outra alternativa a não ser entrar em contato com o policial. Discou o número impresso no cartão, debaixo do nome Benedito dos Santos. Em meia hora encontraram-se no consulado brasileiro para registrar o óbito, de lá foram buscar a liberação no INML e voltaram à tarde para falar com a pessoa responsável por organizar a documentação no consulado.

Sua cabeça não conseguia processar tanta coisa, e responder tantas perguntas sobre Sammy a deixou num estado de apatia, era como se ainda não tivesse permissão para viver o luto. Questionada sobre sua passagem, lembrou-se que tinha sua data de volta ao Brasil marcada para três meses da sua chegada. Era assim que fazia todo mundo que ia para ficar: comprava a passagem de ida e volta para enganar as autoridades e, no final dos três meses permitidos para os turistas, acabavam ficando de forma clandestina.

Gaby, Sammy e Rapha tinham esperança de conseguir a cidadania antes dos três meses, como fora prometido por Amélia. No entanto, nada dera certo... Os três foram confiar na pessoa errada e perderam tudo. Rapha fora deportada, Sammy estava morto e Gaby, desiludida... Agora, tinha que agradecer por não terem passado os três meses, tudo o que tinha era a passagem de volta.

– Foi mesmo uma sorte vocês terem feito o seguro de viagem, a maioria não faz. – A funcionária do consulado conferia a documentação.

– O Sammy quis fazer porque ficou com medo de acontecer alguma coisa com a gente aqui.

– Levante as mãos para o céu por esse policial estar acompanhando você, ou não iria conseguir essa documentação toda tão rápido. E pelo que estou vendo aqui, esse seguro vai cobrir o traslado do corpo de volta e todas as despesas. Olha, sua passagem de volta está marcada para 15 de setembro, talvez eu consiga antecipar para você voltar no mesmo voo que o seu amigo, se quiser acompanhar o corpo.

– Por favor, eu agradeço se conseguir.

– Como sua documentação já está toda certinha... O seguro liberando a parte deles, acredito que dentre um ou dois dias no máximo você já consiga estar voltando para o Brasil.

– Eu sei que é pedir demais depois de tudo que estão fazendo por mim, mas se conseguisse para amanhã, eu agradeceria imensamente. Eu não tenho dinheiro nem para comer.

A mulher olhou para Gaby e comprimiu os lábios.

– Tem uma amiga que trabalha na seguradora, talvez possa ajudar... Vou fazer de tudo para vocês irem no voo de amanhã. Você precisa avisar alguém?

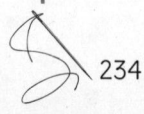

Gaby parou um instante e decidiu.

– Não, eu não tenho mais ninguém. Sou só eu agora.

Já tinha feito estrago demais na vida de Rodrigo, ir embora era a melhor coisa que poderia fazer por ele e pela família dele. Olhou para o celular sem bateria... Será que ele tinha tentado ligar para ela? Fuçou na bolsa e não encontrou o carregador... Talvez fosse mesmo melhor assim, sem despedidas.

Rodrigo e Dado voltaram ao bar brasileiro e permaneceram lá até aparecer alguém próximo ao meio-dia. O encarregado da cozinha ligou para várias pessoas, mas ninguém fazia ideia de onde Samuel morava, a única informação que tinha era de que ele não havia aparecido para trabalhar na inauguração da noite anterior. Rodrigo retornou com o irmão para almoçar na Quinta, com a esperança de Gaby ter aparecido, mas só de avistar sua mãe na varanda já sabia que ela não estava lá. À tarde tentou em mais lugares... Passou por vários bares conhecidos perguntando se alguém sabia do Samuel... Tinha certeza de que se o encontrasse, a encontraria... mas as informações eram vagas e ninguém sabia o endereço dele. No fim do dia pegou-se estacionando em frente à pensão onde ela morava.

Bateu à porta e um rosto conhecido abriu. Não se lembrava do nome, mas tinha certeza de a ter visto antes.

– Onde é que ela está? – A loura tentou fechar a porta, mas Rodrigo travou com o pé. – Eu não vou sair daqui enquanto não falar com ela. Diz-me onde é que ela está!

– Não sei de quem estás a falar.

– Vou refrescar-te a memória... Gaby e Sammy, eles moraram aqui por algum tempo.

– Não me lembro.

– Ah, lembras-te sim! – Rodrigo empurrou a porta, levando a garota junto, e entrou.

Subiu as escadas, abriu a primeira porta e ouviu gritos, mas não se intimidou. Entrou no quarto, abriu as portas dos guarda-roupas, olhou debaixo da cama, repetiu a mesma coisa em todos os cômodos do andar de cima... Desceu e olhou todo o andar debaixo, entrou na cozinha, abriu a porta dos fundos e nada no quintal. Voltou para a sala e ao lado da loura agora havia também uma morena, ambas com a carranca fechada o esperando com a porta aberta.

– Se não saíres daqui já vamos chamar a polícia!

– Olha aqui! – Rodrigo bateu a mão no batente. O barulho fez as duas prenderem a respiração. Ele fechou os olhos... Deu um passo atrás, virou-se e passou a mão no cabelo. Soltou o ar, voltou-se de frente para elas e deixou os ombros caírem. – Desculpem-me, eu não dormi esta noite por andar à procura dela e estou desesperado por não a encontrar. Por favor, se ela aparecer por aqui, digam-lhe... – Respirou fundo. – Nem sei o que dizer... Digam-lhe apenas que eu preciso muito de falar com ela. Ok?

– Não acredito muito que ela apareça por aqui, em todo o caso, se aparecer eu digo-lhe que estiveste aqui à sua procura.

– Obrigado.

Thássia e Tide ficaram observando Rodrigo entrar no carro e partir. Tide comprimiu os lábios, fechou a porta e a encarou.

– Devias ter falado com ele, Gaby.

Gaby puxou o ar.

– Da maneira como ele entrou aqui, tiveste muita sorte de ele não se ter lembrado de espreitar atrás da porta. – Tide botou a mão na cintura. – Sua louca, como podes dar-te ao luxo de desperdiçares um gajo giro como ele?

Thássia não parecia muito satisfeita em recebê-la. Gaby pegou uma careta de Tide para a loura.

– Meninas, obrigada por me deixarem passar mais uma noite aqui.

– Podes ficar o tempo que quiseres. – Thássia sorriu e subiu as escadas.

– Não achas que devias contar-lhe sobre o Sammy? – Tide tocou o ombro de Gaby.

– E dizer o que a ele? – Levantou a sobrancelha e cruzou os braços. – "Lembra, Rodrigo, que você disse que quem fica falando que quer se matar não se mata, porque quem quer se matar de verdade não avisa, se mata e pronto? Então, você estava errado..." – Gaby soltou o ar. – Se querem saber, estou até fazendo um bem pra ele! Vou sair da vida dele na mesma velocidade com que entrei...

Tide olhou para cima e, assim que Thássia sumiu de vista, aproximou-se do ouvido de Gaby.

– Para teu bem, aproveita essa mesma velocidade e sai daqui o quanto antes! – Colocou algumas notas de euro dobradas na mão de Gaby.

Capítulo 26

Chegou ao Brasil no sábado, sua vontade inicialmente era fazer um enterro discreto sem avisar ninguém, mas pensou melhor e resolveu avisar dona Marta... Não era o que ela disse preferir? O filho no caixão? Pois o desejo fora concedido. A notícia se espalhou e não demorou para que o enterro estivesse repleto de curiosos. Gaby permaneceu o tempo todo de óculos escuros ao lado do caixão. Já tinha resolvido que o enterro seria no mesmo dia à tarde.

– Nossa, mas por que não vão passar a noite velando o corpo? – O cochicho fez eco dentro da capela.

– Não é uma falta de respeito?

– Falta de respeito também é essa garota estar aqui... Parece que o povo não liga mais para os mortos. – A senhora fechou a carranca e olhou para Gaby.

Gaby respirou fundo e respondeu o mais educada possível:

– Vai ser hoje porque ele nunca gostou de enterro, muito menos de velório.

Dona Marta chegou apoiada por duas senhoras, uma de cada lado. O corpo desfalecia sobre as irmãs da igreja. Ao vê-la, Gaby arrependeu-se no mesmo instante de todo o veneno que destilara em pensamento.

O tio de Sammy, Pastor Eliel, disse algumas palavras sobre o quanto seu sobrinho era um bom filho e o quão especial ele era. Gaby emocionou-se, levou debaixo dos óculos para limpar as lágrimas, puxou o ar e segurou firme. A prima de Sammy aproximou-se e a abraçou, alisando seu ombro. Ela permaneceu ao seu lado até o sepultamento. Desceram lado a lado, acompanhando o cortejo até o gramado repleto de lápides. A tenda verde protegendo do sol sinalizava o local onde seu amigo seria enterrado.

– Não vi seu irmão. – Gaby achou estranho que o pavão do Elielzinho não estivesse desfilando por ali.

– Nem te conto. Ele bateu o carro de novo, mas dessa vez foi grave, deixou um motoqueiro hospitalizado. Agora o Elielzinho tem que prestar serviço comunitário toda tarde no hospital do câncer. Parece que meus pais estão acordando com ele.

– Até que enfim!

Os coveiros posicionaram os cavaletes de ferro sob a tenda ao lado da cova, tiraram o caixão da traseira do veículo e o repousaram para uma última despedida.

As lágrimas escorriam e Gaby sentia a região dos olhos arder. Seu choro parecia não ter fim... Por Sammy, por Rodrigo, por si mesma. Só queria enterrar o amigo, tomar um banho e cair na cama.

– Sabe, parece que foi ontem estávamos aqui no... Aff! – Soltou o ar e apertou o braço de Hadassa. – Não sai do meu lado, o Zico Padeiro está vindo em minha direção, da última vez que eu o vi... meu Deus, o Sammy teve que me segurar para eu não brigar com ele. Quando esse velho morrer, vai ser um caixão para o corpo e outro para a língua.

Olhou para o céu e respirou fundo. *Deus me free desse satanás!*

– Eu não achei que você iria ter coragem de vir aqui – Sr. Zico parou bem na frente de Gaby –, mas já que está aqui, me responde: como é que um menino tão novo como o Samuel sofre um infarto?

– Infarto? – Gaby franziu o cenho.

– Não foi infarto? – Hadassa arregalou os olhos.

– Não.

– Mas a dona Marta disse... – O padeiro coçou a barbicha.

– Disse o quê, Sr. Zico? – Gaby fechou a carranca para ele.

– Que ele ficou tão desgostoso porque você pulou a cerca, que sofreu um infarto.

– O quê?

– Ué, não é verdade que você já estava noiva de outro?

– Sim, mas...

– Então é mesmo verdade! Ela disse que ele sofreu um infarto porque estava sofrendo... e como dona Marta, ao chegar de Portugal, havia dito para todo mundo que você tinha trocado ele por outro, eu deduzi que...

– Então é por isso que estão todos olhando para mim de cara feia?

– Suponho que sim, mas você mereceu, não é mesmo? – Zico Padeiro bateu em seu ombro e foi em direção à dona Marta.

– Mas isso não vai ficar assim. Eu vou...

– Não, Gaby! – Hadassa apertou seu braço. – Não deixe isso te afetar.

– Não tem mais volta, já me afetou. Eu perdi o meu melhor amigo porque todas essas pessoas não foram capazes de o acolher.

– Você vai ser o assunto do mês...

– Já sou tanta coisa na boca do povo, que uma coisa a mais, uma a menos, não fará diferença. E se quer mesmo saber... O que as pessoas pensam de mim tem muito mais a ver com elas do que comigo, porque a maldade que usam para falar de mim diz muito mais sobre elas mesmas. – Gaby bateu palmas. – Atenção, pessoal! Eu tenho umas palavrinhas a dizer... Essa pessoa que está no caixão aqui é meu amigo Samuel, ele está morto porque tomou uma overdose de remédios, ele se suicidou!

Ouviu-se um murmúrio geral.

– Meu Deus, foi pior do que pensei. – Sr. Zico Padeiro levantou as sobrancelhas. – O menino se matou porque não aguentou a traição.

– Não, Sr. Zico! Ele se matou porque ele era gay, estava em conflito e não se sentiu acolhido em nossa comunidade... e nem mesmo mudando de país.

– É mentira! – O rosto de dona Marta tingiu-se de vermelho. – É mentira! Você é uma mentirosa. Alguém tire essa mentirosa daqui!

Gaby sentiu as mãos do Sr. Zico Padeiro cravando em seus braços. Ela contorceu-se, mas ele apertou mais forte.

– Não, ela não é uma mentirosa! – Era a voz de Rapha. A amiga costureira passou por entre as pessoas e posicionou-se ao lado de Gaby. – Eu morei com eles em Portugal... Samuel era homossexual. Gostava de homem, pronto, falei! – Rapha observou as expressões inalteradas. – E embora não seja da conta de ninguém, todo mundo aqui já sabia, não é mesmo? E o senhor, por favor, pode soltar a minha amiga? Estou pedindo com educação, mas posso partir para a ignorância. Porque podem acreditar, vocês não vão tirar daqui a única pessoa que, mais que amiga, foi uma irmã para o Sammy. – Rapha foi se enfiando entre Gaby e o Sr. Zico, que acabou soltando o braço da amiga.

– Era gay e suicidou-se! Nesse caso ele vai mesmo para o inferno, vai ser o primeiro da fila. – O padeiro passou por elas, deu a volta e parou do outro lado do buraco na grama.

Gaby sentiu o sangue subindo por seu pescoço e o calor tomou todo o seu rosto. Foi na direção do padeiro e colocou o dedo na cara dele.

Os cochichos pararam, e Gaby tinha todos os olhos sobre ela.

– Ele sofria muito e lutou com todas as forças contra o que sentia – enfiou o dedo no peito dele –, e nenhum de nós foi capaz de ajudá-lo. E não, Sr. Zico, não é você quem decide se ele vai ou não para o inferno. Ele estava doente, porque depressão, Sr. Zico Padeiro, é doença! E eu tenho certeza de que Deus é tão bom e tão misericordioso que vai receber uma pessoa boa como o Sammy de braços abertos. Mas será que poderemos dizer o mesmo sobre o senhor, no dia do seu velório?

– Você é uma vadia que não sabe de nada, eu não vou para o inferno, eu sou hétero e não pretendo me matar.

– Acha mesmo que basta ser hétero para ser salvo? Você justifica todos os seus pecados na sua heterossexualidade, não é mesmo? Pois eu te digo, Sr. Zico: você não só vai para o inferno como já está nele, seu idiota! – Gaby espalmou as duas mãos no peito dele, fechou os olhos... Travou a mandíbula e se viu empurrando. Braços puxando-a pela barriga, roubando-a do movimento.

– Amiga, não vale a pena! – Rapha sussurrando em seu ouvido.

Sr. Zico desequilibrando-se. Bambeando para a frente e para trás. Ele sentindo o corpo gelar, puxando uma senhora pelo ombro, que no reflexo segurou-se num dos pilares de ferro da tenda verde.

A mulher caindo de costas no chão, e o Sr. Zico com metade do corpo dentro da cova, agarrando-se como podia às pernas dela. Arrastando-a com ele para dentro da cova. Tudo vindo abaixo, inclusive o caixão estilhaçando no gramado à sua frente.

Gaby abriu os olhos, com as mãos ainda no peito do Sr. Zico. Seu pensamento a tinha levado muito longe, imaginara tudo que poderia acontecer se o empurrasse... Lembrou-se do quanto lhe custara a sua impulsividade a vida inteira, inclusive o sonho do Rodrigo... Não, não queria mais ser aquela pessoa.

– Sr. Zico, eu juro que se o senhor não sumir da minha frente agora, eu não respondo por mim. Ele pode não ter uma mãe para defendê-lo mesmo na morte, mas tem uma amiga. – Emaranhou a mão no colarinho da camisa dele, torceu e levantou o tom de voz. – Que fique aqui somente quem tem respeito e algum sentimento por esse ser humano maravilhoso que tive o privilégio de chamar de irmão, o resto pode ir embora. Vocês não são bem-vindos! O circo acabou!

– Escutem o que ela disse, por favor! Eu só preciso enterrar o meu filho. – Dona Marta aproximou-se.

– Vocês ouviram... – Rapha bateu palmas. – É um momento para a família! Vão embora!

Gaby soltou a camisa do Sr. Zico, que saiu sem abrir a boca, e junto com ele várias pessoas foram se afastando. Olhou para as mãos que tremiam, sentiu as pernas bambas, agachou-se e puxou o ar. Uma queimação no estômago a fez lembrar que não comia há mais de um dia... O nó amargo na garganta que ainda descia até o peito não permitia descer nada.

Dona Marta estendeu a mão.

– Eu errei com você, Gaby, me perdoa?

– Não, dona Marta, você errou com o seu filho. – Ignorou a mão à sua frente e se levantou com a ajuda de Rapha, que já estava ao seu lado. – Talvez um dia eu possa te perdoar, mas hoje não. Eu queria, mas não dá! – Sentiu a garganta fechar mais uma vez. – Eu não consigo! Vamos só enterrar o Sammy em paz, ele já chamou mais atenção do que desejaria.

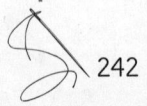

A mãe de Sammy assentiu em silêncio. Meia dúzia de pessoas acompanharam o sepultamento até o final.

Uma mãe enterrou um filho, uma amiga enterrou um irmão... E ambas saíram de lá destruídas, sem saber como iriam recomeçar.

Capítulo 27

Virou-se no beliche, tocou a parede sem reboco, cutucou o cimento no vão de tijolos e levou a mão à testa para secar as gotas de suor que brotavam. Tentaria abrir a janela se ela não estivesse tão enferrujada... Empurrou os lençóis para os pés e virou o travesseiro, teria que repetir o gesto em alguns minutos quando esquentasse aquele lado da fronha. A única prova de que tinha chovido durante a noite, era o balde de água no meio do quarto posicionado embaixo de uma goteira que já não existia.

Tudo ali reivindicava reformas.

Lembrou-se da transformação que fizera no restaurante Dom Manel e também da forma como o destruíra. Comprimiu os olhos e a pontada no peito deu-lhe a certeza de que a dor de amor era tão real quanto o cheiro de feijão cozido da mãe da Rapha que invadia o quarto. A sensação de abusar da hospitalidade, que usufruía há quase um mês, deixava Gaby desesperada por encontrar um trabalho e um lugar que pudesse chamar de seu. Dona Isaura era muito atenciosa, mas era um momento em que queria ficar sozinha, viver o seu luto sem ter que ficar o tempo todo tentando parecer bem para não incomodar ou preocupar.

Vozes conhecidas chamaram a atenção de Gaby. *Ah não, mais essa agora!* Gaby levantou-se e tirou a camisola. Vestiu o jeans pendurado na cadeira.

Dona Isaura bateu na porta quando Gaby acabava de vestir a camiseta.

– Pode entrar!

– Gaby, tem uma jovem e um senhor aqui. Dizem que são da sua família, eu falei que você estava dormindo, mas eles insistem em falar com você.

– Já estou indo... Se eu não for, eles não vão dar paz para a senhora.

Gaby a acompanhou até a sala, onde seu tio Giba estava sentado no sofá e sua prima Sarah permanecia em pé, de braços cruzados, olhando ao redor com o nariz enrugado. Assim que a viu, deu um passo atrás, passou a mão na cabeça e ajeitou o cabelo curto atrás da orelha.

– Meu Deus, Gaby, como você está magra! – O tio levantou-se e a recebeu com um abraço. Gaby não se mexeu. – Eu vim te buscar, não sabia que você tinha voltado para o Brasil, aliás eu só soube que você tinha ido embora para Portugal depois de sua partida. Você não poderia ter ido viajar sem falar comigo, sou seu tio! Sua mãe, além de minha irmã, era minha melhor amiga.

– É mesmo? No entanto, preferiu acreditar na Sarinha e proibiu minha entrada no apartamento... – Gaby sentiu a garganta fechar. – Eu só queria me despedir da vó.

– Eu não fiz isso! Eu jamais faria isso... – O tio olhou para a filha. – Sarah, é bom que você não tenha aprontado mais essa, ou não sei do que serei capaz.

Gaby ainda decidia se acreditava ou não nele.

– O que vocês vieram fazer aqui? E como me encontraram?

– Priminha, foi moleza te encontrar. Se estava se escondendo, precisa tentar melhor. Fomos na empresa em que você trabalhava e foi só falar que você tinha uma heran...

Giba fechou a carranca para a filha, que se calou.

– Gaby, a situação está complicada, muito complicada. – Seu tio levou a mão ao peito, num gesto que lhe soou ensaiado. – O seu ex-noivo roubou a nossa família.

– Meu ex-noivo ou o namorado da sua filha? – Gaby forçou um sorriso e tentou parecer amigável, mas só porque queria saber aonde aquela ladainha iria. – Que eu saiba, quando fui embora vocês estavam apoiando o novo relacionamento da Sarinha, não é, tio?

– Eu não! Jamais faria isso com você, minha filha... Eu notei desde o início que aquele rapaz não prestava.

– Ah, é? Nossa, então como ele conseguiu roubar vocês?

– Fui muito ingênuo quando ele ofereceu sociedade num grande negócio. Iríamos comprar uma colheita de eucaliptos e revender para uma madeireira que ele tinha contato.

– Sério? E daí? – Gaby estava impressionada em como eles ou não entendiam a ironia no seu tom de voz... Ou tinham algum outro interesse?

– Daí refinanciamos nosso apartamento e entregamos todo o dinheiro nas mãos dele.

– Meu Deus! Tio, você confiou o dinheiro do apartamento da vovó a ele?

– Fui um idiota. Ele mostrou a nota fiscal da madeira no meu nome, eu liguei confirmando tudo. A madeira foi entregue no destino, ele recebeu por ela e não pagou o fornecedor. Eu perdi o apartamento e ainda contraí uma dívida. Meu nome foi protestado e eu fui demitido porque a empresa não admite funcionário com o nome sujo trabalhando no financeiro.

– Que coisa! Você precisa ir à delegacia para denunciar esse ladrão. – Fez sua melhor cara de preocupação.

– Pior que eu não tenho como provar que entreguei o dinheiro a ele.

– Então ainda bem que o banco não consegue tirar o imóvel quando a pessoa só tem um, não é mesmo?

– Nesse caso conseguem, porque quando fizemos a transação, o imóvel ficou alienado ao banco. Nós transmitimos a propriedade como garantia e só voltaria para a mamãe no final, quando o imóvel estivesse quitado.

– Que pena! Mas que bom que com a aposentadoria da vovó vocês vão conseguir pagar um aluguel e sobreviver. Poderia ser bem pior...

– É, mas aluguel na Gleba é caro.

– Por aqui tem preços ótimos de aluguel. Tem várias casas para alugar por toda a Vila Fraternidade, aqui mesmo na Rua Santa Marta tem duas. Não é a área mais nobre de Londrina, mas aqui é ótimo e a vizinhança, excelente, e nem tão longe do centro...

– Mas é que... Eu só precisava de um dinheiro emprestado para pagar os meses atrasados do financiamento. Eu vou conseguir me recuperar, vou conseguir um emprego e vou pagar cada prestação.

– Nossa, mas só para continuar morando na Gleba, vale se enterrar ainda mais em dívidas?

– Sua vó está acostumada lá...

– Minha tia, minha prima, pelo visto você também... Vou torcer por vocês!

– Eu agradeço, mas agradeceria ainda mais se você pudesse... Eu quis te visitar antes, é que estava sem tempo... Sei que você está aqui para se recuperar emocionalmente da morte do seu amigo, mas voltou da Europa, deve ter juntado alguns euros nesses meses trabalhando lá e poderia ajudar seu tio.

Primeiro Gaby deu uma risada curta que soou mais como um soluço, mas depois riu de novo e de novo... Levou a mão à boca, um tremor tomou conta de sua barriga e não foi mais capaz de segurar... Gargalhou chacoalhando os ombros até saírem lágrimas do olhos.

– Tio... – Gaby tentou formular uma frase, mas caiu na risada de novo. – Tio... Você e meu pai podem... – Segurou a barriga e riu mais – ...dar as mãos. – O final da frase saiu esganiçado.

– Não me compare com aquele idiota. Seu pai é um perdedor!

– Tem razão! Por isso comparei... – Gaby se sentou no sofá e continuou rindo.

– Credo, Gaby, você está rindo do seu tio? – Ele balançou a cabeça.

– É só que... – Limpou as lágrimas, deu outra gargalhada e continuou quase miando. – É que...

– Você vai ajudar a sua família ou não vai? – Sarah colocou a mão na cintura.

– Vocês dois... – Gaby apontou de um ao outro – devem estar mesmo muito desesperados para me pedir ajuda. – O som do riso ecoou pela casa. Gaby sentiu a barriga contrair-se, levou as mãos ao abdômen e massageou.

– Melhor a gente ir embora, pai. Eu sabia que ela não iria querer ajudar. – Sarah cerrou os olhos. – Você nunca vai entender o que é fazer parte de uma família, Gaby. Por isso que vai ficar sozinha para sempre!

Gaby conseguiu recuperar o fôlego, ficou em pé e enfiou o dedo na cara de Sarah, quase cuspiu as palavras, engrossando a voz.

— Nem que eu fosse bilionária, nem que eu tivesse todo o planeta aos meus pés. Vocês não veriam um real sequer meu! Mas podem ficar tranquilos, porque eu continuo pobre como sempre fui... Eu sou rica sim, mas é em saúde, em amigos, em sonhos... Garanto a vocês que sou muito mais feliz em minha pobreza do que vocês jamais serão na riqueza. Tudo que eu tenho de mais valioso, dinheiro nenhum será capaz de comprar.

Gaby não se sentia em plena saúde, enterrara seu melhor amigo e nem tinha tantos outros assim... E para completar, abandonara seus sonhos quando saíra daquele restaurante, deixando Rodrigo para trás. Mas jamais iria admitir qualquer fraqueza que fosse na frente daqueles dois. Ergueu a cabeça e engoliu o bolo que começava a se formar em sua garganta.

— Está amarga assim porque o viado morreu, não é mesmo, priminha?

Gaby travou a mandíbula, avançou na prima, mas dona Isaura entrou no meio com uma vassoura na mão.

— Não suje suas mãos de esterco, minha filha! Essa gente não merece.

— Vem, Gaby! — Sarah gesticulou. — Rela em mim se o que quer é me matar... Você estraga tudo o que você toca! Destrói os que mais ama... Nada sobrevive perto de você! Eu tenho medo de pedir para você cuidar de uma samambaia... Vem, rela em mim! Rela, que é sua última chance, porque não vai ser como da outra vez não... meus pais me apoiam, Gaby! Não vai conseguir mais me botar medo, eles me apoiam em tudo que eu faço. Se você relar em mim dessa vez, eu chamo a polícia.

Gaby não conseguia responder porque só era capaz de pensar que ela tinha razão... Ela arruinava mesmo tudo ao redor. Foi assim com a mãe e a tia, com Sammy, foi assim no trabalho e também foi assim com o Rodrigo. O melhor que poderia fazer era manter distância de tudo que amasse.

— Ponham-se os dois daqui para fora! — Dona Isaura ergueu a vassoura. — Ou quem irá chamar a polícia serei eu. Estão pensando que podem entrar na minha casa para perturbar e destratar as pessoas? Não, na minha casa não. Xô os dois daqui! Xô, xô, xô! – Ela foi empurrando os dois até o portão. – E não voltem nunca mais! Vocês não são bem-vindos!

– Eu é que não piso os pés de novo numa favela dessas. – Sarah cuspiu no chão antes de entrar no carro... O tio pisou fundo no acelerador e saiu cantando os pneus.

Gaby abriu as comportas de sua represa interna e com os olhos encharcados mal enxergou a cama onde se sentou. Dona Isaura sentou-se ao seu lado e a abraçou. Gaby chorou a vida, chorou tudo...

Do outro lado do mundo, Dona Fátima encontrou a porta do quarto de Rodrigo entreaberta. Enfiou o pescoço primeiro e com cautela deu um passo para dentro. Ele estava dentro do banheiro de frente para o espelho.

– Ah... Estás aí, Diguinho! Como te sentes, filho?

– Melhor é impossível! – Passou a mão na barba cerrada.

– Filho, este foi um mês bastante cansativo e precisas de descansar um pouco. Por que não aproveitas esta tarde de folga e...

– Dona Fátima, que eu saiba o trabalho não mata ninguém!

– Filho, queres conversar um pouco comigo sobre...

– Mãe – ele a interrompeu mais uma vez –, por favor! Não morreu ninguém, ok! O que mais não faltam por aí são namoros que acabam, e na verdade não quero voltar a falar sobre esse assunto, nem contigo, nem com ninguém. Espero que esta seja a última vez que venhas importunar-me a respeito disto.

Fátima comprimiu os lábios, assentiu antes de sair e voltou para o próprio quarto. Ele não se abria, não chorava... A mãe ajoelhou-se, colocou o véu nos cabelos e segurou o terço de pérolas nas mãos. Como gostaria de arrancar todo aquele sofrimento que o filho sequer se permitia demonstrar... Segurou uma conta e lembrou-se de que para uma pedra tão linda ser produzida, uma ostra precisava ser ferida. *Amado Pai Celestial, permite-me suplicar-te que abençoes e ajudes o meu adorado filho a extrair o melhor dessa provação que tão difícil está a ser para ele! Obrigada,*

Pai, por mais esta bênção! Escutou o som da moto caindo aos pedaços que ele recém comprara ... Fechou os olhos, levou a mão ao peito e respirou fundo! Orar era tudo o que poderia fazer.

Rodrigo chegou em vinte minutos à Praia dos Coelhos, guardou a moto e desceu apressado pela trilha. Lá embaixo sentou-se na areia... Condenou-se por ter dividido aquele lugar com Gaby e ter maculado seu pôr do sol favorito.

Seu celular, em complô com todo o resto, vibrou no bolso, e ao conferir percebeu que era uma mensagem de Rapha, amiguinha de Gaby, pelo direct do Instagram. Uma rede social que nunca fizera questão de ter, mas estava lá porque aquela rapariga tinha invadido sua vida por completo. Ignorou e guardou o aparelho de volta no bolso. Não, não ia ler agora, no seu momento sagrado.

Mas era impossível refletir ali... Era impossível respirar ali...

– Vai para o inferno, Gaby! Maldita sejas, filha da puta! – berrou para o oceano diante de si.

Capítulo 28

– Bora, Rapha! Não quero chegar atrasada – Gaby berrou de cima do banquinho, com os braços escorados no muro. – E não esquece meu presente.

– Você ficou muito chata desde que o chefe te deu outra chance. – Rapha saiu no quintal com a xícara de café na mão. – E já disse que não tirei você.

– Para de reclamar, agradece por eu ser sua vizinha e não te deixar chegar atrasada.

– Aff, minha mãe deveria ter arrumado um quartinho para você alugar mais longe.

– Ela me ama! Amiga, confessa... Você também me ama! E traz um café para mim.

O fusca parecia um Frankenstein de tanto remendo, mas fora tudo que conseguira comprar e ainda parcelado. Gaby entrou à direita na Avenida Dez de Dezembro... Canteiros, fachadas de lojas e até os ferros-velhos estavam enfeitados para o Natal.

– Em que você está pensando? – Rapha fez o sinal da cruz em frente à igreja.

– Nada de mais... Acho que vou pedir para o meu tio deixar a minha vó passar o Natal com a gente.

– Ele vai dar graças a Deus! Uma boca a menos... – Rapha riu. – Curica, custo a acreditar que eles estão morando na rua de baixo.

– Nada comparado com ver a Sarah lavando roupa. – Riu.

– Como você sempre diz...

– Sempre dá para piorar! – Falaram juntas e riram.

Rapha abriu o livro e passou o restante do tempo lendo. Ela voltara a estudar assim que pisou os pés no Brasil – tudo pelo que passara a fez se interessar por lei. Ela enfrentava uma jornada dupla e, pela primeira vez na vida, parecia realmente feliz com suas escolhas.

Chegaram à fábrica de calças jeans em quinze minutos. Morar naquela região de Londrina facilitava o acesso à saída para Ibiporã e ainda tinha com quem dividir a gasolina. Desceram do carro e entraram no meio do aglomerado de pessoas.

– Ai, Rapha, fala pra mim quem você tirou no amigo secreto?

– Surpresa! – Rapha mostrou os dentes.

– Você me tirou, senão falava... – Gaby enfiou a mochila no armário.

– Não tirei, sério!

– Para de fazer suspense, Arroba... – Gaby fechou os olhos.

– O que foi?

– Nada, é que... falei Arroba e lembrei do Sammy.

– Curiquinha, fique bem pra ele ficar bem também. Se você não estiver bem aqui, como é que ele fica do lado de lá, hein?

– Tá certa! – Enfiou a tesoura no bolso traseiro.

– Sabe outra coisa que eu penso?

– Lá vem!

– Sério, eu acho que você deveria entrar em contato com o Rodrigo.

– Já conversamos sobre isso, e se gosta mesmo de mim, não deveria tocar mais no nome dele. – Gaby caminhou em direção ao barracão.

– Ele estava apaixonado por você, amiga... Devia lutar por ele! – Rapha acelerou para alcançar a amiga.

Gaby parou e colocou as mãos nos ombros dela.

– Rapha, sério... E se quer mesmo saber, se ele gostasse de mim pra valer, não teria me esquecido tão rápido...

– Você mesma me disse que ele foi atrás de você no puteiro.

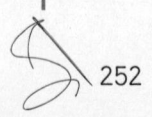

– E depois disso nunca mais nem sinal dele... Mais de três meses e nada! – Gaby continuou andando. – Aceita, Rapha, não tem volta, foi bom enquanto durou, mas acabou. E agora, nem que ele aparecesse pintado de ouro, coberto de diamantes... Tô fora! Amiga, me ajuda a esquecer ele de vez... Para de falar nele! Já te pedi tanto... Estou te implorando.

– Tá certa, melhor focar no trabalho.

– Olha isso! – Dentro do salão as máquinas estavam entupidas de pacotes com partes de calças inacabadas, em alguns postos nem iniciadas... – Será que vai dar tempo de terminar a remessa antes do almoço de amigo secreto?

– A Pâmela me contou que a Luíza falou que ouviu alguém dizendo que o homem da pasta preta falou para o nosso chefe que se não finalizar é pra continuar trabalhando depois da revelação do amigo.

– É sério isso?

– A informação é quente, mas eu ainda não acredito que o homem da pasta preta vai fazer isso com a gente!

– Não sei não, o homem da pasta preta é bonzinho, mas quando as remessas atrasam, ele fica virado no Jiraya... Não pode perder cliente, né!

– Vamos arrepiar, então, para acabar logo!

– Tem outro jeito? Enquanto umas ficam morcegando o dia inteiro, a gente faz o quê? Trabalha, ué...

O apito soou, Rapha foi para o seu posto e, após alguns minutos, o chefe Maurício aproximou-se para delegar um lugar à Gaby.

– Hoje não faltou ninguém, mas aquele setor está atrasado. Você vai pregar zíper até a hora do almoço, depois a gente vê. – Ele apontou para a máquina, Gaby assentiu e foi tomar o seu lugar.

Aquele "depois a gente vê" indicava que nem ele acreditava que terminariam até a hora do almoço. Olhou para o amontoado de peças jeans intocadas na máquina de overloque, na entrada da produção, e teve certeza absoluta de que trabalhariam o dia inteiro.

– Lá vem a protegida do chefe! – A novata destilou o veneno. – Vai mostrar serviço aqui hoje, *bunitinha!*

Gaby lembrou das milhares de promessas que fizera ao chefe, respirou fundo e não respondeu.

– Por que você não volta para Portugal? Me contaram que você saiu daqui se achando a mistura da marmita e teve que voltar com o rabinho entre as pernas.

– Me faz um favor? – Gaby ergueu a mão direita e fez uma conchinha. – Conversa com minha mão.

Haviam diminuído bastante os línguas pretas, era perceptível que o chefe estava fazendo uma limpeza no quadro de funcionários. No entanto, substituir um humano por outro humano algumas vezes era trocar seis por três, pareciam legais nos primeiros dias, mas logo se via que se tratava de mais corações peludos.

Gaby revirou os olhos quando percebeu que o mecânico novo se aproximava.

– Bom trabalho, linda!

Gaby abaixou a cabeça e concentrou-se em costurar, mas sentiu uma compressão no ombro que a fez olhar para o lado.

– Vem aqui! – Gaby sinalizou. – Me faz um favor?

– Qualquer coisa, princesa! – Josney chegou mais perto.

– Devolve! – Ela forçou um sorriso.

– O quê? – Ele juntou as sobrancelhas.

– A intimidade que eu não te dei. – Gaby fechou a carranca.

Josney abriu a boca, mas o chefe entrou no campo de visão e ele pareceu mudar de ideia.

– Agora, some daqui e vai procurar o caminhão de onde você caiu, idiota. Talvez você encontre lá um pouco da vergonha na cara que você perdeu.

Maurício virou-se de costas e Josney sussurrou:

– Tá nervosinha hoje? Não está pensando em tacar uma tesoura nas minhas costas, está?

– Fica tranquilo que só dou tesouradas em homens.

– Eu posso dificultar a sua vida aqui, mocinha...

– Experimenta! – Gaby segurou a tesoura. – Eu posso mudar de ideia.

– Tudo o que você precisa é de um macho como eu para te domar e te fazer abaixar essa crista.

Gaby levantou a tesoura e apertou. Ele sorriu, virou as costas e saiu. Ela respirou fundo e colocou a tesoura de volta na mesa. Não ia mais permitir que o seu temperamento a deixasse em desvantagem contra pessoas imbecis.

– Fica tranquila, ele não volta depois das férias coletivas. – Maurício surgiu ao seu lado. – Mas confesso que fiquei feliz ao ver seu autocontrole.

– Como vocês podem contratar um animal tão repugnante como ele? Desculpa, mas não me conformo.

– Ninguém mostra as garras na hora da contratação.

– Mas por que não o denunciam?

– Porque precisamos de mais do que sua palavra e a minha. Eu vi quando ele apertou o seu ombro, mas ele posicionou o corpo do jeito certo para que bloqueasse a câmera. Esses filhos da puta chegam às fábricas já estudando o local, não farão isso às vistas, são covardes demais para isso.

– Eu odeio esses mecânicos.

– Nem todos são assim, eu comecei como mecânico e nunca desrespeitei uma mulher.

– Desculpa, chefe, você tem razão... Aqui mesmo já passaram alguns honrados.

O sinal bateu e foram todas para o refeitório. Gaby fez sinal e Rapha veio em sua frente na fila... Escutaram algumas pessoas resmungando... Pescoços esticavam e elas ficaram curiosas. Gaby ficou na ponta dos pés e conseguiu ver entre as cabeças... *Uau, olha a mistura!* Aquilo era camarão ou Gaby estava sonhando? O homem da pasta preta resolvera mesmo abrir a mão. O último dia de trabalho do ano seria de luxo... Gaby esfregou a língua nos lábios, pegou o prato e serviu-se de salada no aparador, depois arroz branco e por último camarão...

Sentiu um frio no estômago quando o cheiro invadiu suas narinas e constatou que não apenas era camarão, mas camarão na mostarda... As pernas de Gaby fraquejaram e o seu coração acelerou. Balançou a cabeça, aquilo era loucura! Estava vendo coisa... Via Rodrigo em tudo. Quando não pensava em Sammy, era algo sobre Rodrigo. Três longos meses e alguns dias que não o via... Nem um único contato, nada! A única coisa que soube através de Rapha, que ainda via os noticiários de Portugal, era que a queridinha do Rodrigo, Áurea, fora presa como cúmplice por facilitar o assalto. Que Tide e Thássia sofreram um acidente, no mínimo suspeito, e morreram na hora, e que Lineu fora morto dentro da cadeia. Mas para Gaby ainda faltavam peças a ser encaixadas. Por que Tide a fizera ir embora aquela noite?

— Ainda bem que também tem frango na mostarda, Curica! — Rapha tirou Gaby dos devaneios. — Eu passo mal com camarão. — Franziu o nariz. — Foda-se, vou provar um pouco!

Alguém gritou "Olha a fila!" e outro completou "Além de furar, ficam uma vida para tirar a comida!" Elas sentaram-se, Gaby mexeu com o garfo no prato e levou um bocado de camarão à boca. O sabor a atingiu. Um bolo se formou no peito e ela olhou ao redor... Fixou os olhos em direção à cozinha, mas uma senhora desconhecida atravessou, levando as vasilhas. Deveria mesmo estar louca para imaginar que ele poderia estar ali...

A revelação do amigo secreto começou logo após a refeição, e Gaby, que antes pareceu empolgada em descobrir o amigo secreto de Rapha, nem percebeu quando a amiga chamou seu nome.

— Gaby! Ei, Gaby! Você ouviu alguma parte do meu discurso?

— Ouvi, sim, obrigada! Também te amo, amiga!

— Ai, meu Deus! Em que galáxia você estava, Curica?

Rapha comprimiu os lábios e sentiu dor no coração. Pelo jeito ia demorar para sua amiga se recuperar.

— Gente — o chefe bateu palmas —, vamos acabar logo com isso que temos que terminar a remessa ainda hoje.

Gaby abraçou Rapha, tiraram uma foto e deram sequência ao amigo secreto, que logo chegou ao fim. Só então o chefe se sentou para almoçar, e Rapha não resistiu; ela se serviu de mais um pouco e deu rápidas garfadas antes de deixar o local ainda mastigando, quase correndo atrás das colegas. Voltaram para as máquinas de costura e Gaby, dessa vez, foi pregar zíper. Abaixou a cabeça e concentrou-se em acabar logo sua parte. Ajeitou as duas peças da frente, pousou o pezinho da máquina no jeans, endireitou o zíper e quase passou a agulha em cima do dedo quando ouviu uma voz conhecida. Vinha de alguém em cima da mesa, bem no meio do barracão, a alguns metros. *Agora dei para ouvir coisas também...* Era só um barbudo com o cabelo comprido...

Gaby esticou o pescoço e olhou com atenção. Seu coração fez um *turu* forte e parou, começou a bater novamente, mas em outro ritmo.

As máquinas silenciaram.

Capítulo 29

– Olá! Só um minuto da vossa atenção, por favor... – A voz dele ecoou na segunda vez e ele assustou-se com a emissão de sua própria fala. Respirou fundo para tentar desacelerar o coração... A razão de sua felicidade estava a poucas máquinas de distâncias e não sabia se Gaby seria capaz de perdoá-lo, de o receber de volta em sua vida. Mas precisava tentar com todas as suas forças.

Prosseguiu:

– A minha presença aqui, deve-se a uma única coisa. Estou apaixonado por uma mulher que se encontra entre vós. Ela roubou o meu coração há muitos anos e voltou há alguns meses para a minha vida, só para que eu tivesse a certeza absoluta de que ele – levou a mão ao peito – jamais bateria por outra como bate por ela... – Puxou o ar. – Sou chef de cozinha e um dia sonhei em ganhar uma estrela Michelin. Porém, já não me importo mais com isso... Hoje eu acordo e vou dormir todos os dias pensando em como desejo cozinhar apenas para uma única pessoa o resto da minha vida. Por isso atravessei um oceano para fazer o prato preferido dela. Espero que tenham gostado da refeição de hoje. – Ele tentou sorrir.

"Camarão maravilhoso!" "Se ela não te quiser, eu quero!" "Lindo!" "Dou casa, comida e o que você quiser." As costureiras estavam em polvorosa.

Rodrigo continuou:

– Amo-te, Gaby! – Um murmúrio coletivo e alguns assobios tomaram o ambiente, mas ela não se mexeu, não esboçou nenhum tipo de reação e ele começou a acreditar que estava tudo perdido. – Não vim de imediato atrás de ti, primeiro porque sou covarde... Só passado um mês de te vires

embora é que descobri que Sammy havia escolhido partir, pondo termo à sua vida. E só aí me dei conta do tamanho do erro que cometi para contigo e não tive coragem para encarar-te olhos nos olhos e constatar que...
– Ele puxou o ar e uma lágrima escorreu. – Como é que irias ser capaz de me perdoar por não ter estado lá quando mais precisaste de mim, do meu abraço, do meu apoio?

Ela mantinha-se congelada, mas ele não iria parar... precisava dizer tudo, mesmo que aquela fosse a última vez.

– A minha vida... – Sua visão ficou turva, ele levou as mãos aos olhos para enxugar, sentiu um amargo e a garganta falhou. Respirou fundo. – Ah... Nada mais era o mesmo sem ti... Nada mais fazia sentido, não havia mais para onde olhar... nem sabores para provar, aromas para sentir, sons para ouvir, muito menos onde tocar... Porque... – comprimiu os ombros – em todos os lugares só via e percebia a tua presença com todos os meus sentidos! – Puxou o ar. – Sem ti, o meu mundo acabou por ruir... Converti toda minha autocomiseração em trabalho... Durante a minha entrega descobri que, além de covarde, sou muito egoísta. Precisava de pensar como conseguir que voltasses, mas não queria vir como um fracassado, e sim como um homem que tem algo a oferecer-te, que te pode proporcionar a vida que mereces. Eu reconstruí o nosso restaurante, Gaby. Consegui pagar todas as dívidas! Agora sinto-me livre para deixar tudo... Quero fazer parte da tua vida, aqui ou em Portugal, ou onde quer que seja. Prometo que vou fazer-te feliz, e se já não me quiseres, prometo ir-me embora e passar o resto da minha vida a implorar a Deus pela tua felicidade. Mas não posso sair daqui sem te pedir perdão pelos meus erros. Perdoas-me?

Gaby levou a mão aos olhos, parecia enxugar lágrimas, mas permaneceu sentada e muda.

Ele não recuou.

– Meu amor, por favor, diz alguma coisa... qualquer coisa... Zanga-te comigo! Manda-me embora... mas fala comigo, por favor... fala comigo, Gaby!

"Fala sim pra ele, boba!", alguém gritou do outro lado do barracão, e outra retrucou: "Hein, ele não fez o pedido não, sua tonta! Como ela vai falar sim?" Vozes aumentaram por todos os lados, "Fala que quer ele, quem falou que precisa de pedido?" Rodrigo abaixou a cabeça e soltou os ombros. Outra costureira gritou: "Abre a boca, sua demente!".

Os olhos de Gaby ardiam. Ela respirou fundo e engoliu o nó preso na garganta que a impedia de falar sem chorar.

– Oi.

O som da voz dela fez ele levantar os olhos.

– Olá!

Os aplausos ressoaram.

– Faz muito tempo... Não é melhor a gente conversar em particular? – Gaby sentiu o rosto queimar.

"Começou, termina!" "Não é justo, eu quero saber." Os comentários não cessavam e Rodrigo sentiu a barriga gelar. O que Gaby estava tentando dizer? "Perdoa ele", uma gritou e as demais começaram um coro, batendo nas mesas: "Perdoa, perdoa, perdoa!".

Gaby ficou em pé, limpou as lágrimas que brotaram no canto dos olhos.

– Faz muito tempo que te perdoei, foi no mesmo instante em que saí do restaurante, naquele dia tenebroso. Eu também preciso do seu perdão, eu destruí tudo...

– Fui um completo idiota, um insensível, um cego... nem pensei na dor que te infligi sem o querer...

Ninguém respirava para conseguir ouvir. Duas costureiras foram cochichar e levaram tapas no ombro seguidos por reprimendas com o indicador nos lábios. "Shiuuu!"

– Rodrigo, eu passei esses meses todos procurando motivos para manter distância de você e talvez isso seja o mais sensato para nós dois. – Gaby puxou o ar para continuar: – Eu sou muito desastrada... em tudo na vida. Eu sou um trator! – Virou as palmas das mãos para cima e depois deixou os braços caírem junto com os ombros. – Eu sei que sou assim e não consigo ser diferente, nada sobrevive por onde eu passo.

Acredite em mim, não serei boa para você. – Lágrimas brotaram em seus olhos e nariz. A costureira da frente estendeu um lenço, Gaby pegou, levou ao rosto, limpou-se e voltou-se para ele. – Você é incrível em todos os sentidos – o "Ohh" das costureiras arrancou um sorriso de Gaby, entre lágrimas, que sumiu em seguida –, mas seja esperto e fique longe de mim. Sou um ímã para problemas, e você teve provas concretas disso. Em algum momento vou estragar tudo, estou longe de ser perfeita…

Rodrigo a interrompeu:

– Sim… Porque a tua teimosia não te deixa desistir de nada e faz-te destemida! A tua ira faz-te lutar contra as injustiças, dá-te força de leoa para brigares por o que quer que seja… A tua impulsividade é contagiante e dá-me ânimo para sair da minha zona de conforto, para acreditar e correr atrás dos meus sonhos. Pensas que atrais problemas, mas é a tua lealdade que não te deixa fugir deles e te faz enfrentar qualquer desafio… E tu fazes isso pelos teus amigos, por quem amas… mesmo que tenhas que te envolver dos pés à cabeça. Ah… sim, tens razão, minha querida, és mesmo um trator… E daqueles que esmagam até os egos mais inflados, porque por onde tu passas nada mais ficará igual ao que era! Tu abalas as estruturas das pessoas que quando te conhecem e veem como és, se sentem estimuladas a arriscar, a fazer algo novo, a serem melhores… É por isso que eu adoro cada uma das tuas imperfeições, elas sustentam tudo o que há de melhor em ti… Acredita em mim, é com elas que eu quero passar o resto da minha vida! Seria um tédio desperdiçar uma vida inteira ao lado de alguém perfeito. Eu sinto uma falta absurda de ti tal como és, de como vais ser com o tempo e de tudo o que já foste. Sinto falta de tudo o que não vivi e de tudo o que quero viver contigo… Eu quero tudo: defeitos e qualidades… não há azar com isso! Estou inclusive morrendo de saudades dessa tua cicatriz que tens na nuca… – Apontou.

"Uiiiii!", as costureiras reagiram de forma uníssona. Parecia um público de final de copa do mundo.

Ele saltou da mesa.

Gaby sentiu um arrepio na região citada por ele. Rodrigo desviou das máquinas e em segundos parou em sua frente, a puxou para si, enterrou os braços em suas costas e cheirou seu cabelo, pescoço... Os lábios dele comprimiram sua pele sobre a cicatriz, depositando beijos. Ele foi desenhando um caminho de beijos até a bochecha, segurou seu rosto com as duas mãos, olhou-a nos olhos, esfregou os lábios nos seus... Gaby abriu a boca e ele possuiu sua língua. Ela sentiu o efeito nas pernas, estômago e coração... Ancorou os braços ao redor do pescoço dele e se entregou.

Quando ele se afastou alguns milímetros para recuperarem o fôlego, Gaby percebeu que estavam sendo aplaudidos.

– Rodrigo... Meu Deus, estamos no meio da fábrica! – Sentia o rosto em chamas.

– Quem se importa? – Ele riu, ajoelhou-se e levantou o anel de brilhantes. – Gabriela Castro, queres casar comigo?

Gaby levou a mão à boca e permaneceu muda por alguns segundos.

"Fala sim logo", as vozes se misturavam. "Hein, vou socar essa menina, fala sim." "Sim." "Meu Deus, vou enfartar!"

– Sim, mil vezes sim! – Gaby estendeu a mão, e ele deslizou o anel em seu dedo. Rodrigo levantou-se e estalou os lábios nos dela, uma, duas, três vezes... Então, fechou os olhos, grudou boca com boca e aprofundou o beijo.

– Alguém me explica o que está acontecendo aqui? – A voz de Maurício tomou o ambiente. – Eu vou um minuto ao banheiro e isso vira a casa da mãe Joana? Você não é o maldito cozinheiro que a irmã do dono da empresa contratou para servir o almoço? Me fez até mudar o horário do amigo secreto...

Gaby levou a mão à cabeça e sussurrou entredentes:

– Me perdoa, chefe, ele é meu namorado! Na verdade, agora é meu noivo.

Maurício pousou os olhos na aliança e levantou as sobrancelhas.

– Rodrigo – Gaby apertou a mão do noivo e sussurrou –, você falou com a irmã do dono?

– Sim, e dou graças a Deus por alguém nessa família gostar de romance. – Ele riu. – Tive que lhe contar a nossa história, meu amor. – Ele acenou para alguém na porta do barracão, que retribuiu. Era a irmã do homem da pasta preta acenando de volta.

Maurício franziu o cenho.

– Gabriela, sinto muito, você está suspensa! Já pra casa.

Aquele chefe valia ouro.

– Obrigada por tudo, chefe! – Gaby estendeu a mão. O chefe apertou de volta e piscou.

Gaby ainda tinha algumas questões a resolver... *Tenho medo que pior... Não, não, não, nem pensar. Nem termina essa frase, Gaby!* O importante era que ele estava ali e ela disse sim. O resto dariam um jeito! *Melhor, muito melhor, só ia melhorar... Melhor do que está sempre dá para ficar!*

Rodrigo segurou a mão dela e eles saíram juntos do barracão sob muitos aplausos. Quando chegou à porta, Gaby olhou para trás e acenou para os colegas de trabalho.

Uma costureira cochichou para outra: "Essa menina é uma peste, mas não posso negar que as saídas dela são sempre triunfais", riu e continuou aplaudindo.

– Estão pensando que estão com a vida ganha? – Maurício berrou. – De volta ao trabalho, cambada!

Capítulo 30

Gaby puxou Rodrigo para sair rápido dali, mas então notou Rapha de costas, do outro lado do pátio, conversando com o mecânico. Ela se perguntava se seria bom ou não interrompê-los para alertar a amiga de que aquele sujeito não era boa coisa, quando ouviu...

– Não encosta suas mãos em mim. – Rapha puxou o braço e colocou o dedo em riste na cara dele. – E se assediar qualquer uma das meninas, eu vou te denunciar e não será para o chefe: eu vou à polícia!

Ele estufou o peito, mas Rapha não se encolheu; ao contrário, levantou ainda mais a cabeça e se projetou para a frente. Gaby arregalou os olhos e sorriu. Josney recuou ao perceber a presença do casal, atravessou o pátio e correu em direção ao barracão da produção.

– Está tudo bem? – Gaby posicionou-se em frente à amiga.

– Um pouco melhor agora. – Rapha levou a mão à cabeça, puxou o ar e soltou. Olhou para as próprias mãos, tremendo...

– Estou tão orgulhosa, Rapha!

– Acredita que eu também estou orgulhosa de mim? – Sorriu. – Eu consegui, Curica! Eu enfrentei! – Rodrigo entrou em seu campo de visão, ela arregalou os olhos e pousou a mão no peito.

– Rodrigo! Não acredito! Você aqui? Como... – Olhou para os dois de mãos dadas e sua boca fez um "O" quando viu a aliança. – E pelo visto já se entenderam. Gente, o que eu perdi?

– Onde você estava, Rapha?

– No banheiro, Curiquinha! Passo mal quando como camarão, mas nunca passei tão mal como hoje.

— Oh…Desculpa, Rapha! Acho que repetiste o camarão no preciso momento em que mandei a refeição ao vosso chefe.

— E?

— Bem… é que… eu precisava de desviar daqui por alguns minutos o chefe da produção.

— Rodrigo! — Gaby bateu no ombro dele. — Não acredito que você colocou laxante na refeição do meu chefe. Eu gosto dele, sabia?

— Mais um motivo para eu me vingar do galã — riu. Gaby fechou a cara e ele engoliu o riso. — Mas não te preocupes, Rapha, foram só algumas gotinhas de óleo de rícino, e amanhã já estarás bem.

— Só vou perdoar porque estou vendo que se entenderam. Mas aonde vocês estão indo antes de acabar o expediente?

Os ombros de Gaby começaram a chacoalhar, em seguida ela levou a mão à boca, numa tentativa frustrada de refrear a gargalhada que explodiu.

— Rapha, olha só, amiga… — Gaby riu de novo, limpando os olhos.

— Gaby, por que está rindo e me olhando desse jeito? — Rapha cheirou o sovaco e se olhou de cima a baixo. — O que foi? Estou cagada, é?

— Não é isso… Talvez um pouco. Estou brincando! — Gaby tomou fôlego e tentou falar sem rir… falhando. — Amiga, é que você se safou em Portugal por não gostar de suco de laranja, e hoje se ferrou porque foi gulosa. E o pior é que você tem um pouco de alergia a camarão e até isso ignorou… Seu anjo da guarda tenta te proteger, amiga, mas você não colabora!

— Curica, não tem graça nenhuma… — Rapha riu e deu um tapinha no ombro da amiga. — Ri das desgraças dos outros, ri! — Rapha levou a mão à barriga… — Vou ter que voltar para o banheiro… — Franziu o cenho. — Acho que não vou conseguir trabalhar mais hoje. Por falar em trabalhar, aonde você pensa que está indo antes de acabar o expediente?

— Fui suspensa, amiga. É uma longa história… mas vai ficar para depois. — Comprimiu os lábios com um riso forçado e movimentou os olhos para a esquerda, apontando para Rodrigo, para tentar explicar o motivo da pressa.

– Gaby, por que você está fazendo essa careta e apontando para o Rodrigo?

– Urgh! Você não estava com dor de barriga, Rapha? Não era para o Rodrigo que eu estava apontando, e sim para o banheiro. – Beijou o rosto da amiga. – Agora vai, beijo, me liga! Tchau. Fui. Te amo! – Empurrou-a em direção ao vestiário e deu a mão para o noivo.

Rodrigo tinha um sorriso de malícia no rosto, o mesmo que se refletia no rosto de Gaby. A saudade era tanta, mas tanta que doía só de olhar. Ele a queria com todas as forças e ela tinha pressa, muita pressa em estar nos braços dele. Sentiu o aperto dele em sua mão ainda mais forte enquanto corriam para o estacionamento.

– Ainda não acredito que você está aqui. Sabe... Eu estou com medo!

– Ah... minha amada! Medo de quê?

– Medo de não conseguir lembrar da perfeição que foi o dia de hoje e esquecer as palavras que você me disse. – Gaby esfregou o nariz no pescoço de Rodrigo e inspirou... O cheiro dele misturou-se ao cheiro do amor que fizeram naquele pequenino quarto de motel na rodovia, o primeiro que encontraram assim que saíram da fábrica. Gaby pousou um beijo no queixo de Rodrigo e acarinhou-lhe a barba, enroscou os dedos nos fios grossos, comprimiu os lábios nos pelos, mordeu e desceu os lábios até encontrar a jugular. Inspirou fundo de novo e fechou os olhos com força por alguns segundos, queria guardar também aquele aroma.

– Pareço um náufrago à deriva, não é? Sim... Pois foi nisso que me tornei por não te ter junto a mim...

– Não, você está lindo. Fica lindo de qualquer jeito... O que ficaria feio em qualquer homem, em você fica despojado e sexy. – Ela traçou um coração com o indicador no ombro dele.

Gaby tinha o dom de resgatá-lo, sentia-se salvo nos braços dela, vivo, inteiro. Ele tocou a pintura branca descascando na parede... mal cabia uma cama de casal naquele quarto, então percebeu que seria feliz com ela não importava onde. Endireitou-se de frente para ela, alisou a testa da noiva e moveu alguns fios de cabelo para trás da orelha dela. Esfregou o indicador na têmpora de Gaby e beijou.

– Estás tensa! O que é que te preocupa, meu amor?

– Não é nada... Não precisamos falar sobre isso agora.

– Sou todo ouvidos. – Ele levantou uma sobrancelha.

– Não queria trazer mais problemas ainda para você...

– Gaby... Pensei que já nos havíamos entendido acerca disso. Por favor, amo-te, serás em breve minha esposa. Se não podes dividir os teus problemas comigo, com quem o farás?

– Tá. – Respirou fundo. – Tá bom, tá bom... é que não estou confortável em deixar minha vó com essa família de loucos que eu tenho. Ela já era negligenciada na abundância, imagina como será agora que estão falidos? Eles estão usando toda a aposentadoria dela pra pagar as próprias despesas... Estão morando perto da minha casa e só passaram a me deixar visitar a vovó porque não conseguem mais pagar enfermeira. Então tenho servido de babá aos fins de semana. Algumas vezes até levo ela comigo pra casa. Rodrigo, não posso deixá-la para trás numa situação dessas, minha mãe nunca iria me perdoar se...

– Shiuuuu! Agora a tua família é minha também e vamos dar um jeito de resolver isso.

– Só não sei como vou resolver isso com meu tio, não acredito que ele vá me deixar levá-la comigo.

– Logo que voltaste para o Brasil, o SEF enviou um aviso para que fosse buscar os papéis a comunicar que o nosso casamento estava autorizado. – Riu. – Ainda podemos usar aquele dossiê para nos casarmos lá. Mas caso o teu tio não permita que tua avó vá conosco para Portugal, podemos ficar no Brasil e casarmo-nos aqui. O que me dizes?

– Jura que faria isso por mim? Mas e sua mãe? Seus irmãos?

– Bom... De qualquer maneira, já ninguém me aguentava mesmo! – Riu. – Sei que vão preferir ver-me feliz contigo. Confia em mim, vamos resolver isso! Mas não agora, porque agora vou demonstrar-te o quão sexy posso ser com esta barba. – Debruçou-se sobre Gaby e desceu arrastando a boca por todo o corpo dela, deixando rastros de beijos. Ela olhou para o espelho no teto, sorriu, gargalhou e em seguida perdeu os sentidos.

Não fora uma negociação fácil. Era duro usar a palavra "negócio", mas foi exatamente o que aconteceu. Gaby teve que pagar para ficar como curadora da avó. Seu tio veio com uma conversinha do tipo "me ajuda que eu te ajudo... Está muito difícil ficar sem carro, e não posso negar que a aposentadoria da mamãe está nos ajudando nesse momento difícil". Então Gaby e Rodrigo financiaram um carro usado, mas em boas condições, e além disso acordaram com o tio em deixar toda a aposentadoria da avó com ele por mais dois anos.

Gaby partia feliz para Portugal. Se Rodrigo poderia deixar a vida dele lá para viver no Brasil com ela, então ela também poderia deixar o seu país mais uma vez para ir atrás dele... E se a avó estava indo junto, ela não deixava nada para trás, a não ser recordações... Sendo que a maior parte delas, enterradas com sua mãe, sua tia Fernanda e Sammy.

Só não esperava ver dona Marta no aeroporto, vindo em sua direção enquanto estava prestes à embarcar. Era insuportável olhar para ela depois de tudo que acontecera com o Sammy. Ainda não se sentia pronta para perdoar nem a si mesma, quanto mais aquela mulher que se dizia mãe. Virou as costas e continuou andando.

– Gaby!!!

Ignorou mais uma vez o chamado de seu nome, empurrou o carrinho de malas com mais força e apressou o passo.

– Gabyyyy! – As mãos de dona Marta prenderam seu braço. – Espera, eu só preciso de um minuto, por favor.

Gaby levantou o indicador.

– Um minuto!

– Eu soube que você está indo embora, eu só queria te pedir perdão. – Lágrimas brotaram nos olhos dela. – Me perdoa! – Dona Marta fungou, levou a mão ao rosto e enxugou as lágrimas.

– Eu não sou Deus para julgar a senhora, dona Marta, nem para te dar o perdão.

– Eu gostaria de ter te procurado antes. Eu queria...

– Está meio corrido – Gaby puxou a mala e acenou para Rodrigo, que trazia, a passos lentos, sua avó pelo braço. – Preciso fazer o check-in...

— Sentiu um nó na garganta e uma dor no peito, queria ser capaz de não sentir desprezo por alguém.

— Tudo bem, eu te entendo, Gaby! Só quero que saiba que eu me arrependo muito, e o único jeito que encontrei de me reconciliar com Deus e comigo mesma foi ajudando outras pessoas na mesma situação em que esteve meu filho, precisando de acolhimento e de amor. Voltei a frequentar uma igreja e o meu pastor... — Ela respirou fundo. — O Pastor Paulo me acolheu e me ajudou a enxergar qual é o verdadeiro papel do cristão na vida dos irmãos, e julgar não faz parte desse papel. Sabe, minha filha, o tempo se encarrega de derramar entendimento sobre tudo, e hoje eu tenho consciência de que errei muito. E... Eu devia ter amado mais o meu filho!

Uma descompressão no peito transformou-se em lágrimas no rosto de Gaby. Ela respirou, e vieram mais abundantes...

— Fico feliz por você, dona Marta, espero que consiga se perdoar, porque eu não consigo me perdoar ainda.

— Você não teve culpa de nada... Você foi a irmã que ele não teve, nunca desistiu dele. — Dona Marta limpou o rosto e respirou. — Ao contrário de mim... Eu me culpo, mas estou em processo de reconciliação: transformando toda maldição em bênção. É esse trabalho voluntário que está me ajudando a levantar todas as manhãs e ter um propósito. O que eu não fui capaz de fazer por meu próprio filho, farei por essas pessoas... Vou amá-las como devia ter amado meu filho. Mas eu preciso também do seu perdão... Me perdoa, minha filha?

Gaby a abraçou, colocou naquele abraço todo o amor que sentiu e continuava a sentir por seu melhor amigo, então deixou-se derramar no choro de alívio, de libertação, que jamais se permitira.

— Eu perdoo! E se eu conheço o Sammy, dona Marta, tenho certeza de que ele deve estar muito feliz por esse trabalho que a senhora está fazendo. Deve estar achando inclusive que a morte dele teve algum significado. Talvez a missão dele aqui na terra fosse a de transformar o coração da senhora e o meu também. Ainda é muito doloroso, mas ajuda enxergar algum sentido nas coisas e ressignificar a dor de alguma forma... – Limpou o rosto.

– Está no caminho certo... Soube que você vai se casar e que está indo embora em definitivo para Portugal.

– Sim.

– Eu desejo a vocês bênçãos infinitas! Que sejam prósperos, que tenham filhos saudáveis e que nunca se esqueçam de que Deus age o tempo todo e que podem contar com Ele.

– Obrigada, dona Marta! Fica com Deus!

– Obrigada, Deus os acompanhe! – Deram mais um abraço, dona Marta acenou para o Rodrigo e sua vó, e deixou o aeroporto.

– Quem era?

– A mãe do Sammy.

– Imaginei que fosse ela! – Rodrigo comprimiu os lábios. – Vamos? Estás pronta, meu amor? Está tudo bem?

– Por incrível que pareça, está tudo bem melhor agora. Ela era a última pessoa que eu gostaria de ver, achei que seria um encontro pesado, mas foi completamente ao contrário, deixou tudo mais leve. Vai ser muito bom recomeçar sem deixar pendências para trás.

Epílogo

Fevereiro de 2025.

Pegou um lenço na bolsa para conter as lágrimas. Gaby já sabia que seria assim, então se preveniu. Há mais de sete anos não visitava o Brasil, mas não poderia deixar de estar presente em mais um dia tão importante, pois a reta final da gravidez a impedira de estar na formatura da amiga em Direito.

O mestre de cerimônias se dirigiu à plateia.

– Senhoras e senhores, recebam nossa nova presidente do Sindicato dos Trabalhadores da Indústria do Vestuário, Raphaela de Oliveira Rodrigues.

Gaby esticou o pescoço e conseguiu enxergar Rapha subindo os degraus e, em seguida, receber o microfone estendido pelo mestre de cerimônias.

– Boa noite a todos! Estou muito feliz pelo voto de confiança, mas sei que é um desafio muito grande estar aqui para me tornar oficialmente a representante da minha classe. Vamos trabalhar em conjunto com as empresas e ter uma negociação limpa e transparente por melhores condições de trabalho, continuar a luta que o nosso sindicato já vem enfrentando há anos, mas quero também defender com coragem a nossa dignidade e honra. Eu quero ser os olhos, os ouvidos e a voz de quem não tem vez. Eu prometo trabalhar com afinco para que nunca mais uma mulher precise ter medo de passar o cartão e se sentar numa máquina de costura para trabalhar, correndo o risco de ser assediada. Vou fazer o meu melhor para motivar e encorajar as denúncias, para que não haja nunca mais a impunidade. Vou lutar para que você, mulher, entenda que não é normal ser tratada como um objeto, vou me esforçar para que você saiba que tem muito valor e que existem homens bons, sim, e que portanto você não precisa ter de aceitar que lixos façam parte do seu convívio como se fossem pessoas. Faremos nossos avanços com sensatez, porque não queremos correr o risco de punir as pessoas erradas, nem prejudicar as empresas que favorecem um ambiente saudável de trabalho. Vamos, com o apoio que espero receber do Sindicato Patronal, separar o joio do trigo para que os profissionais sérios continuem tendo o nosso respeito. E podem ter certeza de que sabemos quem eles são!

As palmas ressoaram, produzindo eco, e Rapha precisou esperar alguns instantes para continuar:

– Assumo um compromisso de lutar para que sejam cumpridos os direitos assegurados, para que as horas extras... – Rapha falava com autoridade, e Gaby orgulhava-se de cada palavra dita com a força e a convicção de quem ama o que faz.

Rapha esteve exuberante, circulando na recepção. Recebeu vários cumprimentos, depois sentou-se à mesa ao lado da amiga e levantou a taça.

– Aos nossos fracassos! – Rapha sorriu e a suspendeu ainda mais. – E às conquistas que tivemos justamente por causa deles e por tudo que aprendemos com nossos erros!

– À vida! – Gaby encostou os cristais.

Brindaram e levaram o espumante à boca.

– Eu sinto que hoje é o primeiro dia da minha vida, Gaby, é uma sensação de que até aqui era só uma etapa de teste para o que viria. Parece que minha jornada começa realmente agora. Eu me encontrei, descobri o que quero fazer da minha vida. O mais interessante de tudo é que eu sempre achei que chegar lá estaria relacionado a ganhar muito dinheiro, ser rica. Hoje vejo que me enganei: eu quero mudar vidas, fazer algo significativo, quero deixar um legado.

– Eu não poderia estar mais feliz por você, Rapha.

– É uma pena o Rodrigo não estar mais aqui para ver tudo isso.

– Eu sei que ele gostaria muito de estar com a gente, mas é a vida!

– Ainda bem que ele deixou você para mim.

– Não pensa que está sendo fácil.

– Eu imagino! Por isso sou ainda mais grata por estar aqui por mim, ainda mais depois de tudo o que está acontecendo.

– No final vai dar tudo certo, só não posso me atrasar. Daqui vou direto para o aeroporto.

– O presidente de Portugal ligou mesmo?

– Ligou. – Gaby sorriu.

– Como é o nome das honras que ele vai receber do presidente?

– Ordem do mérito.

– Ai, gente, o Rodrigo é muito chique! Fala para ele que só porque o compromisso dele é com o presidente de Portugal é que vou perdoar por ele ter voltado antes e ter perdido a minha posse.

– Você sabe... ficou difícil recusar os convites das emissoras de televisão. Isso tudo gera muita publicidade gratuita. Mas eu fiquei, não fiquei? Só reza para ter teto para decolar amanhã cedo, para eu não perder a cerimônia dele em Portugal.

– Vira essa boca para lá, vai dar tudo certo, Curica! Bate na madeira! – Rapha deu três soquinhos na mesa. – Por falar em azar, e a Áurea?

– Ela foi morar na Austrália, acho que teve vergonha de voltar para Palmela depois de tudo o que aprontou... Eu tenho dó, sabia? Acho que ela pagou um preço muito alto.

– Você está ficando com o coração muito mole, isso sim.

– Não é isso... É que tem pessoas que só aprendem do jeito difícil.

– Verdade... – Rapha levou a taça à boca e saboreou as bolhinhas. – E seu pai? Alguma notícia dele?

– Nada, nunca mais apareceu. Dói muito saber que ele nunca se importou comigo; mesmo assim eu torço para que ele tenha reconstruído a vida dele em algum lugar.

– Você está certa, melhor desejar o bem, porque de alguma forma tudo acaba voltando para a gente. Talvez seja por isso que você e o Rodrigo estejam tão bem e tenham chegado tão longe... Por falar em chegar lá, ele ainda sonha com a estrela Michelin mesmo com essa honraria toda e esse sucesso que o restaurante de vocês faz em Lisboa?

– Desde que ele veio me buscar, nunca mais tocou no assunto, nem uma só vez. Mas eu desconfio que, no fundo, ele ainda quer a estrela, mesmo que inconsciente... Quem sabe um dia! O Rodrigo só tem 40 anos, muitos sonhos para serem resgatados, muita vida pela frente.

– Aos sonhos que nos mantêm vivos! – Brindaram mais uma vez.

Dois dias depois, os aplausos eram para o marido de Gaby, que recebia do presidente uma medalha no pescoço. Julius acompanhava cada detalhe pela tela do televisor em sua frente.

Graças ao pai de Gaby, Rodrigo ainda tinha um pescoço para abrigar aquela medalha. O que talvez nem ela e nem o marido jamais viriam a saber era que seu pai havia salvado a vida dos dois. Fora no dia do assalto à Quinta Santo Antônio que Julius descobrira quem era o casal responsável por estragar toda a operação do tráfico de mulheres para a Espanha, que culminara na prisão de seu comparsa, Lineu. "Viúvo, aqui tens o endereço do casal. Mata-os!", determinou Lineu ao lhe entregar o papel.

Julius forjara um assalto para matar o tal casal, só não imaginou que teria que apagar sua própria filha. Enquanto esperava na sala pelo casal que se recompunha no quarto, ele elaborou um plano, que se tornou ainda mais conveniente ao perceber que Rodrigo era o maldito garçom... Julius sorriu porque facilitaria tudo, seriam dois coelhos: apagaria o infeliz e protegeria Gaby da quadrilha, mas o que não esperava era constatar que sua filha amava o desgraçado.

Tivera que agir rápido, associando-se à Áurea...

"Minha proposta é a seguinte: eu fico com o dinheiro e você tira a brasileira do seu caminho. Ela será presa, acusada pelo roubo... Basta você fazer a sua parte!" Colocou o copo de cerveja sobre a mesa e olhou para a câmera escondida que vinculava a imagem de Áurea com a dele.

Ela caíra direitinho na cama de gato e quem acabou presa, no final das contas, fora justamente a lourinha. Porém, a morte de Sammy atrapalhara seus planos, colocando Gaby justo na casa à qual Lineu tinha total acesso, mesmo da cadeia.

Julius puxou a morena para dentro de uma loja de roupas quando ela passava. "Tide, por favor, tire a Gabriela de lá! Toma este dinheiro." Colocou as notas na palma da mão dela. "Este é seu e este é para a garota. Não faça perguntas, só me ouve... A Thássia não pode saber, sua amiga não precisa de muito dinheiro para vender a própria mãe."

No fim de semana seguinte, quando Julius soube pelos noticiários da morte das duas prostitutas, percebeu que estavam chegando perto da verdade. O único jeito seria livrar-se do chefe...

"Consegues dar conta do próximo carregamento sozinho?" Lineu chupava o osso do frango, sentado em sua frente, na sala de visita da cadeia. "Sua presença fará muita falta, mas darei o meu melhor, chefe!" Julius comprimiu os lábios. "Esse disfarce é incrível! Apesar de a tua foto estar em todos os jornais, conseguiste entrar aqui." Curvou os cantos da boca para baixo e balançou a cabeça, encarando a peruca e a barba falsa. "Obrigado, chefe!" Julius ajeitou os óculos e sorriu. Lineu jogou o osso na sacola e lambeu os dedos. "Vê se da próxima trazes carne de boi, porque o que mais comemos aqui dentro é frango, embora o sabor deste esteja divino!" Algum tempo depois de voltar para a cela, Lineu começou a vomitar, seguido de diarreia e delírios. No final de dois dias morreu de falência cardíaca.

Uma batida na porta e os passos que a seguiram trouxeram Julius de volta ao presente.

– Não sabia que te interessavas por culinária, Viúvo! – O baixinho sorriu, mas tirou o sorriso do rosto quando percebeu que o homem em sua frente não mexera um músculo da face.

Julius não gostava de ser chamado de Viúvo desde quando a morte de Lineu fizera dele o novo chefe. Aquele fora um caminho sem volta e Viúvo não existia mais. Desligou a televisão onde apareciam sua filha e seu genro, e levantou-se.

– O que você quer? – grunhiu.

– Só vim avisar que o carregamento chegou.

– Já estou descendo para conferir a mercadoria.

Enquanto o presidente condecorava Rodrigo, passava um filme pela cabeça de Gaby... Desde a primeira vez em que o viu ao primeiro prato que provou... Até tudo que conquistaram juntos. Reformaram a casa da dona Fátima e construíram mais duas casas, uma para eles e outra para o Dado com a família, ajudaram Malu a dar entrada num apartamento em Lisboa, teriam sua primeira colheita da uva aragonês idealizada por seu avô. Tudo parecia encaminhado como Rodrigo sempre sonhou. Graças a ele, a culinária das docas recebera destaque ainda maior internacionalmente, seu talento merecia o reconhecimento que estava recebendo do governo.

Na solenidade só foram permitidas a presença de Gaby e sua sogra Maria de Fátima. As crianças e a bisa ficaram em casa, sob os cuidados de Malu, Dado e Margarida, que depois os encontrariam no restaurante para a comemoração, onde iriam receber as maiores autoridades do país. Nico estava aflito quando passaram pelo restaurante antes de irem para a cerimônia. "Ele recebe o prêmio, e eu que vou ser sabatinado? Sou apenas um *sous chef*!" Rodrigo sorriu: "Calma, Nico!" Enquanto isso, Gaby rezava para que a pequena Emanuelly não sujasse o vestido antes da hora e para que o pequenino Samuel permitisse que a madrinha calçasse nele os sapatos sociais. Sorriu, porque mesmo que tudo desse errado, não poderia ser mais perfeito.

Gaby inspirou fundo e soltou o ar quando se deitou na cama e seu cérebro voltou a rebobinar. Que dia! Até o tio Zé Manel viera do Porto com a esposa, Maria da Graça... Eles ficaram mais próximos desde que Rodrigo os convidara para serem padrinhos da Manuzinha, que teve o nome em homenagem ao tio... Gaby previra essa harmonia quando plantara na cabeça do marido a ideia de os convidar. Com o mesmo raciocínio de deixar os laços familiares mais fortes, escolheram Dado e Malu como padrinhos do pequeno Samuel. Sorriu, porque deu tudo certinho... Exatamente como imaginara! E hoje tiveram um dia incrível, perfeito... Quer dizer, quase perfeito! Abriu ainda mais o sorriso e emitiu um pequeno som.

– Um beijo pelos teus pensamentos! – Rodrigo pousou os lábios em sua bochecha e aconchegou-se ao seu lado na cama. – Pagamento adiantado.

– Estava pensando na perfeição da nossa família imperfeita.

– Imperfeita? Para mim é a perfeição da família perfeita. – Riu.

– Rodrigo, a Manu derrubou suco no presidente da república, o Samuca tirou os sapatos e colocou sobre a mesa... O namorado da Malu apareceu de boné! Sua mãe não parava de mandar fotos para o grupo das vizinhas no WhatsApp, e minha vó... melhor nem lembrar! Ainda não acredito que ela tirou a dentadura e colocou ao lado do sapato do Samuca. Várias vezes repreendi mentalmente a minha frase, para não dar azar, porque sempre dá para piorar.

– Bem... Mas apesar disso tudo, o Dado e a Margarida dessa vez não brigaram! – Rodrigo levantou as sobrancelhas e sorriu.

– Brigaram, sim, quebraram o pau no banheiro. Parece que o Dado estava olhando para a esposa de um ministro... Ele jura que não.

– Tens razão, meu amor, a nossa família é uma perfeita imperfeição. Mas sabes o que considero realmente perfeito?

– O quê?

– Teres voltado a tempo! Se não estivesses aqui, nada faria sentido para mim.

– Eu sempre cumpro minhas promessas. – Retribuiu o beijo na bochecha dele. – Eu disse que voltava e voltei!

– Sim, disseste... Por isso, vais ganhar milhões de beijos, porque nunca mais vais deixar-me, e porque fazes de mim o homem mais feliz de Palmela.

– Só de Palmela?

– Hummm, vamos fazer uma pesquisa e descobrir... Talvez seja de todo o Portugal!

– Achei que fosse do mundo inteiro.

– Para ser do mundo inteiro também terias que torcer pela seleção portuguesa.

– Mas você também é brasileiro.

– Apenas no registro de nascimento.

– Serve uma simpatia que passei a nutrir pelo Cristiano Ronaldo quando ele foi ao nosso restaurante? – Mostrou os dentes.

– Só disse para torceres pela seleção portuguesa, não para simpatizares com um gajo que já nem joga. – Fechou a carranca. – Pronto, agora sou apenas o homem mais feliz da Quinta Santo Antônio, isso só porque o Dado deve estar zangado com a Margarida.

– Você está com ciúme de um jogador de futebol que eu vi uma vez na vida, durante uma refeição?

– Estou. – Ele tentou manter a pose, mas seus ombros começaram a chacoalhar e a gargalhada invadiu o quarto. E Rodrigo pensou que era impossível ser mais feliz do que era.

Setembro de 2029

Dois espanhóis adentraram o restaurante, eram os mesmos que doze anos antes presenciaram a tragédia do fatídico dia em que Gaby destruíra tudo. Um deles quis provar mais uma vez o camarão na mostarda e dessa vez, sem catástrofe, conferiu a Rodrigo sua primeira estrela Michelin. Nesse dia, Nico preparara todos os pratos, com exceção do camarão, que Rodrigo estava fazendo exclusivamente para Gaby, mas ele acabou aumentando a quantidade porque um pedido chegou à cozinha no mesmo instante. As palavras do especialista foram: "Tão saboroso e tão belo quanto a primeira vez, mas hoje estava ainda mais intenso, com um equilíbrio de aroma e sabor que tornou o prato apaixonante".

Há muito tempo Rodrigo não se importava mais com aquela estrela, embora sua família pensasse o contrário. E quando sua mãe lhe entregou a revista, ele examinou, leu alguns trechos e a jogou sobre a mesa. O que sentiu serviu apenas para certificar-se do que já preenchia sua mente e coração: seus sonhos mudaram de lugar e sua felicidade se completara no instante em que decidiu que seria feliz com o que já havia conquistado. E sua maior conquista era sua família!

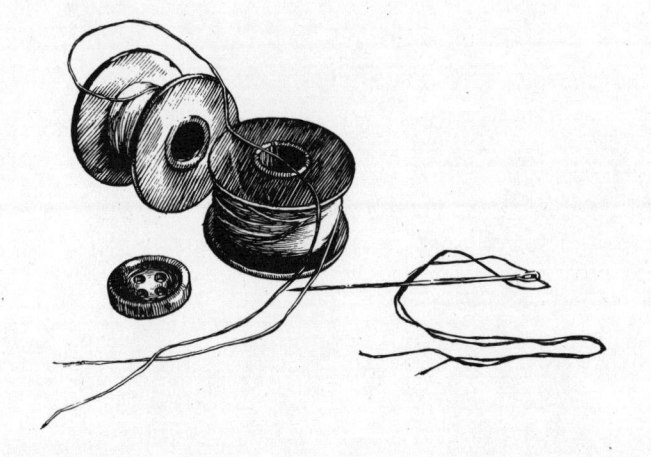

Agradecimentos

A Deus, por se fazer presente nos momentos de dúvida, em que eu não sabia se agradava ao seu coração. Nessa hora tive amigos de fé, que me ajudaram a entender que algumas histórias precisam ser contadas. Em especial agradeço aos meus amigos Padres, à minha intercessora Cíntia, à amiga e serva Juliana Lima e ao Pastor Paulo, que carinhosamente me trouxeram luz em simples bate-papos.

Este livro não trata de ferir essa ou aquela religião, ao contrário, trata de entender que somos humanos e somos falhos, independentemente do templo que frequentamos. Mas podemos aprender uns com os outros, com nossos erros, amadurecer nossa fé e, de alguma forma, fazer a diferença na vida de outras pessoas, sem julgamento, pois este não é nosso papel.

Os mais próximos estavam carecas de ouvir o relato do que aconteceu na primeira cena desta obra, de quando fomos a Portugal. O resto é tudo ficção... Mas realmente houve um garçom, cujo nome não me lembro... E de fato minha filha, com 7 anos na época, falou aquelas coisas para ele e prometeu: "Daqui a dez anos eu volto". E este era o título provisório, até a Sue Hecker, junto com a Kacau Tiamo, me enfiarem no carro da editora Tábata Mendes, e esta me fazer mudar o título. O Universo conspirou de alguma forma para isso: estávamos em quase vinte escritoras que iriam jantar juntas no shopping, eu iria no carro com Bya Campista, mas a Rebecca Cruz quis ir com ela, e uma loura que eu nunca tinha visto na vida me puxou: "Vem você com a gente!" O mundo precisa saber que a Sue, ao descer do carro, pegou a bolsa da Tábata, achando que era minha. Nunca ri tanto! Sim, é divertido ver uma pessoa em pânico repetindo: "Gente, o que minha editora vai pensar quando perceber que nos deu uma carona, e eu simplesmente peguei a bolsa dela? Não tem como ligar para ela, o celular deve estar na bolsa... Vocês não estão me ajudando, rindo assim!" Sorry, loura!

Agradeço em especial à minha revisora Kyanja Lee e às minhas betas: Bruna Fracaro, Deise Picolo, Mariane Scariante e Letícia Fernanda. Sem palavras... Amo vocês, meninas! À minha sobrinha, Beatriz Oliveira, por partilhar seus momentos mais difíceis e por me ajudar tanto com o Sammy. Te amo tanto que nem sei. Para o Sammy, também tive ajuda dos meninos do londrinando, Matheus e Rafael, vocês são demais! À minha sobrinha Kaísa, que me ajudou a entender que o meu mocinho se chamaria Rodrigo – eu tentei vários nomes, mas esse sempre voltava em minha mente. Quando comentei com a Ka, ela disse que também estava pensando nesse nome há mais de um mês. Todo mundo que me conhece sabe que perdemos um Rodrigo muito especial. Não foi fácil digitar tantas vezes esse nome, mas acho que tinha que ser ele. Rodrigo, você nunca morrerá para mim. Te amo!

Nasceu esse Rodrigo na versão portuguesa, mas ele não teria a mesma intensidade, nem a mesma verdade se não existisse Maria Olimpia Cardim, minha amiga portuguesa mais querida, que conheci através do V.L. Tu foste o melhor presente durante a escrita deste romance! Todos os trocadilhos e as confusões que criei com o português do Brasil e com o português de Portugal... Eu contei com a ajuda dessa pessoa singular para me explicar em detalhes as palavras e a cultura desse povo irmão. Eu visitei Portugal, mas nada se compara com tudo que aprendi com a Maria. Passei a amar ainda mais esse povo que já tinha um lugar especial em meu coração por intermédio de gestos concretos de bondade que minha família recebeu de um português muito especial, Sr. Romão Martins, pai do Padre, marido da Hilda – mulher que trouxe muito de Deus para dentro da nossa casa, com um sorriso no rosto que não tem igual! Família irmã! Quando dona Hilda chegou a nossa casa para convidar para a novena, apareceram cinco crianças na sala, e ela pensou: "Que família numerosa!" Mas aí minha irmã mais velha entrou na sala com um bebê no colo, era eu. Cresci amando esse povo português e morrendo de vontade de conhecer Portugal. Chorei tanto em Fátima que não consigo explicar. Passou um filme em minha cabeça, desde minha infância vivida na paróquia de mesmo nome até a mulher e mãe que me tornei.

Eu nasci numa fábrica de calça jeans, meu pai e meus irmãos estão no ramo até hoje. Meu irmão, Alexandre, sempre será o homem da pasta preta... rsrsrs. É um ambiente natural para mim, mas preciso agradecer à minha prima Mônica e à minha irmã Maria de Fátima, que me ajudaram com as cenas das costureiras: vocês são demais! Agradeço por minha irmã Mariza ter tacado uma tesoura na minha irmã Margarete e terem me servido de inspiração – estou rindo mais é de nervoso... rsrsrs.

Tem uma escritora que se tornou muito próxima durante minha pequena trajetória de escritora: Paula Toyneti Benalia. Mais do que dividir o quarto na bienal, dividimos sonhos, medos, dúvidas... e o mais importante, partilhamos Deus! Dois outros escritores fazem minha jornada mais leve: Roberto Cruz e Bya Campista, vocês me fazem rir quando tudo parece desmoronar.

À Roberta Teixeira e suas dicas valiosas. Teve mais suspense no acidente do Rodrigo graças a ela. "As leitoras vão querer te matar, mas será só por alguns minutos." rsrsrs. Ro, algumas pessoas não somos nós que escolhemos para nossa vida, simplesmente estava escrito. Que Nossa Senhora esteja sempre intercedendo por sua vida e seus projetos. Muita proteção divina e bênçãos de Deus!

Nesse último ano, pensei em desistir algumas vezes. Dr. Frederico Fernandes, quando você adotou o meu primeiro livro para o quarto ano de letras da UEL, em 2018, foi decisivo para que eu percebesse que sou uma escritora e acreditasse ter feito alguma coisa certa. À minha prima Dra. Cleide, que sempre que pode dá opiniões valiosas. Não posso deixar de agradecer também ao meu psicanalista, Mauro Duarte, doutor, você me conduziu muito bem no meu processo de análise e me ajudou a me reconectar com a vida.

Aos meus amigos e amigas que compram meu barulho, dão meus livros de presente, obrigam o povo a ler... Vocês são os melhores do Universo! À minha família que é gigante: muitos tios, primos, sobrinhos, irmãos, cunhados, agregados... Em especial, aos meus pais, sogros, meu marido e filhos, por me amarem mais do que mereço. Não posso esquecer dessa vez da minha cunhada Letícia, que me cobre quando tiro férias para pesquisar para os meus livros: obrigada!

A você, leitor, que torce por mim e acredita nas minhas histórias. Obrigada por ler, presentear, divulgar... Aos diversos grupos de leitores virtuais e presenciais, em especial ao grupo que coordeno Café com livro, o apoio que todos esses grupos dão à literatura brasileira é surreal, obrigada por estarem presentes nos lançamentos, usei inclusive o nome da querida Rapha Tasmo do Caixa de Pássaros (também inspirada numa outra Rafa Alves, costureira) e o sobrenome da Jackie Rodrigues, escritora e minha interlocutora multicultural, que também faz parte dos Amigos de Palavra. À galera em terras estrangeiras que começou a ler minha duologia "Pequena Londres" na Inglaterra, Portugal, França e Estados Unidos. Às minhas incansáveis apoiadoras do "Pequenas da Angel", mantido por Luciana, Mari, Deise, Lelê e Nat. Deus retribua em dobro!

À minha editora, a todos os envolvidos no processo do início ao fim, em especial ao Luiz Vasconcelos e sua família pelo carinho que recebo. Um afago especial à Nick, que me ajuda sempre a distribuir meus marcadores na bienal. Tem coisa que não tem preço!

Quem tem Deus e amigos, tem tudo! Aos incansáveis Michel Martins (fotógrafo), Gabriela (minha filha), Leonardo Oliveira (afilhado) e Mariane Scariante (minha sobrinha já citada) por me ajudarem com as fotos. Há coisas que não fazemos nem por um milhão, mas fazemos por um amigo!

Eu sou uma pessoa muito grata, por isso tenho certeza de que vou esquecer de alguém... Me perdoem e acreditem que todo bem que recebo, faz toda a diferença! Não desistam de mim!

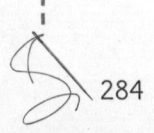

Nota de revisão:

Em favor de uma melhor experiência de leitura, optamos por deixar os diálogos dos personagens portugueses os mais verossímeis, de acordo com a forma falada em Portugal, porém obedecendo à gramática e ortografia do Brasil (principalmente no que diz respeito às regras do uso dos porquês).

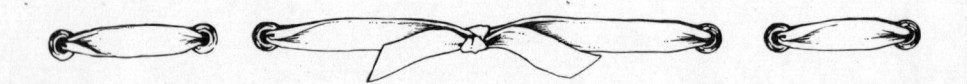

FONTE: Adobe Caslon Pro

#Novo Século nas redes sociais